폭염의 용제
Dragon order of FLAME

FANTASY FRONTIER SPIRIT
김재한 판타지 장편 소설

폭염의 용제 10
김재한 판타지 장편소설

초판 1쇄 찍은 날 § 2011년 11월 9일
초판 1쇄 펴낸 날 § 2011년 11월 16일

지은이 § 김재한
펴낸이 § 서경석

편집부장 § 권태완
편집책임 § 박우진

펴낸곳 § 도서출판 청어람
등록번호 § 제1081-1-89호
등록일자 § 1999. 5. 31
어람번호 § 제1-1290호

주소 § 경기도 부천시 원미구 심곡2동 163-2 서경B/D 3F (우) 420-822
전화 § 032-656-4452 팩스 § 032-656-4453
http://www.chungeoram.com
E-mail § chungeoram@chungeoram.com

ⓒ 김재한, 2011

ISBN 978-89-251-2680-7 04810
ISBN 978-89-251-2419-3 (세트)

※ 파본은 구입하신 서점에서 교환하여 드립니다.
※ 저자와 협의하여 인지를 붙이지 않습니다.
※ 이 책은 도서출판 청어람과 저작자의 계약에 의해 출판된 것이므로,
　무단 전재 및 유포·공유를 금합니다.

10
사라진 추억

폭염의 용제

김재한 판타지 장편 소설

FANTASY FRONTIER SPIRIT

Dragon order
of FLAME

Dragon order of FRAME

제42장 스포르카트   7

제43장 사라진 추억   57

제44장 뒤틀린 과거와 용의 손녀   155

제45장 로드리고의 괴물   223

CHAPTER 42
스포르카토

폭염의 용제

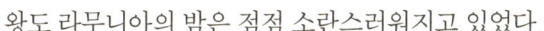

1

왕도 라무니아의 밤은 점점 소란스러워지고 있었다.

처음에 왕궁에서 시작된 그 소란은 시간이 지나자 왕도 전체로 번져갔다. 400년 만에 왕궁에 침입했다가 멀쩡한 몸으로 나가는 진귀한 기록을 세운 침입자를 추격하기 시작한 탓이다. 왕도의 경비대원 전체가 움직이기 시작하니 추격자는 어디로도 빠져나갈 길이 없어 보였다.

그렇게 왕도 전체의 잠을 깨운 침입자, 루그는 왕궁에서 그리 멀지 않은 으슥한 골목에서 드래곤 스포르카트와 마주하고 있었다.

"이런……. 애들이 쓸데없이 힘을 빌려준 모양이네."

문득 스포르카트가 왕궁 쪽을 보면서 혀를 찼다. 루그가 물었다.

"무슨 소리지?"

"응? 왕궁에 있는 용족 애들 있잖아. 그 애들이 네 위치를 추적해 준 모양이야. 네가 지금 쓰는 마력원을 추적했는데… 그거 레비아탄의 마력 결정체지?"

아공간에 있는 레비아탄 코어의 정체를 단번에 꿰뚫어보는 스포르카트의 말에 루그는 혀를 찼다. 스포르카트는 루그가 대답을 하든 말든 상관없이 말했다.

"뭐, 이렇게 된 거 조용히 대화를 나누고 싶으니까……."

스포르카트가 하늘을 올려다보며 말했다. 그녀의 거대한 마력이 꿈틀거리나 싶더니 루그가 그 구조를 짐작조차 할 수 없을 정도로 고도의 마법이 한순간에 완성되어 발현되었다.

그 직후 시간이 멈췄다.

"뭐야?"

루그는 깜짝 놀라서 주변을 둘러보았다.

모든 것이 멈춰 있었다.

주변을 지나다니는 사람들의 기척도, 불빛도, 소리도, 하늘을 날아가던 야행성 새조차도…….

스포르카트가 태연하게 말했다.

"시간을 멈췄어."

"마, 말도 안 돼……!"

루그가 경악했다. 시간을 멈췄다고? 확실히 눈에 보이는, 아니, 루그의 감각에 잡히는 모든 것들이 움직임을 멈추고 있었다. 심지어 공기와 마력의 흐름까지도!

스포르카트가 말했다.

"아, 물론 너와 내가 숨쉬고 말하고 움직이는 데는 아무런 지장이 없으니까 걱정하지 않아도 돼."

"걱정하지 않을 문제가 아니잖아!"

루그는 자기도 모르게 버럭 소리를 지르고 말았다. 그러자 스포르카트가 눈을 동그랗게 뜨고 물었다.

"왜 화를 내?"

"아니, 화가 난 건 아니고… 그냥 좀 어처구니가 없어서 그만."

루그는 머리가 지끈거리는 것을 느끼며 손가락으로 관자놀이를 눌렀다.

세상에, 조용히 대화를 나누고 싶다고 시간의 흐름을 멈춰? 살다살다 이런 어처구니없는 경우는 처음이다.

스포르카트가 말했다.

"서서 이야기하기도 좀 그렇지?"

다음 순간 둘 사이에 테이블과 의자가 나타났다. 그 위에는 따뜻한 차까지 준비되어 있었다.

루그는 뭐라고 할 기력조차 없어서 잠자코 그녀의 맞은편에 앉았다. 그리고 물었다.

"차라리 사리를 옮기면 그만일 텐데 시간을 멈추다니 기가 막히는군."

"어디로 자리를 옮겨도 시간은 흘러가니까. 물론 시간 흐름이 다른 아공간을 만드는 방법도 있지만 그쪽이 더 번거로워. 내 본체는 지금 마족과 전투 중이기도 해서 심력을 많이 할애할 수 없거든."

"마족과 전투 중이라 심력을 많이 할애할 수 없다면서 하는 짓이 시간 정지냐?"

루그가 기가 막혀서 물었다. 처음 그녀가 드래곤이라는 것을 알았을 때는 막대한 존재감에 압도당했지만, 시간이 지나자 평정을 되찾을 수 있었다. 그동안 계속 볼카르를 상대하다 보니 드래곤이라는 존재에 대한 내성이 생긴 것인지도 모르겠다.

스포르카트가 웃었다.

"후훗. 하지만 시간 정지는 전투에도 유용하니까. 마족들도 이 세계에 진입하는 순간부터는 이쪽 세계의 시간에 영향을 받거든. 실제로 지금도 그런 식으로 공방이 진행 중이야. 뭐, 얼마 안 있으면 끝날 것 같지만."

"여러 번 들었고, 보기도 했지만 기가 막히는군. 마족과의 전투라면 보통 거창한 게 아닐 텐데 본체는 그런 짓을 하면서 여기서는 이러고 있단 말이지……."

루그는 혀를 내둘렀다. 마족과의 전투가 어떤 것인지는 꿈을 통해서 볼카르의 기억을 엿보았을 때 몇 번 본 적이 있었다. 그런데 그런 전투를 하면서 또 하나의 몸을 조종해 온 세상의 시간을 정지시키고, 그 속에서 한가롭게 자신과 대화를 나눈다니 도저히 믿어지지 않는다.

루그가 물었다.

"근데 시간이 정지했으면 공기의 흐름도 정지해 있는 거 아냐? 어떻게 내가 숨을 쉬고 목소리가 전달되는 거지?"

"차원 전환을 통해서 처리하고 있는 거야. 원래 시간을 다룰 때는 건드려야 할 것들이 많지."

"그렇게 이야기하면 별거 아닌 것처럼 들린다는 게 무서워."

스포르카트가 말하는 것들은 그야말로 궁극적인 마법의 진리라고 해도 과언이 아니다. 그런 것을 마치 기초적인 마법을 수행하는 것처럼 말하는 것이 무섭다.

스포르카트가 말했다.

"내가 드래곤이라는 것을 알았으면서도 꽤 여유있는 태도네. 인간들은 너무 겁이 많거나, 아니면 현실 인식이 부족해서 겁을 상실하거나 둘 중에 하나였는데 신기해. 볼카르 때문에 익숙해서 그런가?"

"아마 그런 것 같군."

루그는 긍정했다. 솔직히 볼카르를 통해서 본 드래곤이라는 존재는, 지닌 바 권능을 보면 신이라고 불러도 이상하지 않을 정도였지만 인격적으로는 너무 문제가 많아서 경외심도, 두려움도 들지 않았다.

문득 볼카르가 물었다.

〈왜 그런 상태로 스스로를 제약시켜 뒀던 거지, 스포르카트?〉

"내 외유용 그릇의 상태 말야?"

⟨그래. 마력도, 감각도 모두 인간 수준으로 조작해 놨더군. 그래서 처음에는 너인 줄 못 알아봤다. 마력 파동의 진동수가 익숙해서 근본까지 거슬러 올라가 본 후에야 알아볼 수 있었지.⟩

"그건 외유를 좀 더 근사하게 즐기기 위한 장치야, 볼카르."

⟨무슨 뜻이지?⟩

"드래곤의 힘과 감각이 아닌, 외유하는 생명체에 가까운 힘과 감각을 가짐으로써 드래곤인 채로는 얻을 수 없는 경험을 얻는 거지. 너는 외유를 거의 하지 않았으니 모르겠지만 요즘은 다들 이런 식으로 외유하고 있어. 드래곤의 감각과 능력을 그대로 가진 채로 외유하는 것은 아주 지루한 일이거든. 그런 상태에서는 작은 것들의 몸으로 얻을 수 있는 자극은 아주 미약한 수준에 불과하잖아?"

⟨좀 더 진지하게 놀이를 즐기기 위해서라는 건가? 확실히 인간의 감각을 통해서 세상을 보았을 때만 얻을 수 있는 것이 있다는 사실에는 동감한다.⟩

"그 인간 속에 있으면서 알게 되었나 보구나. 그래. 우리가 알던 세상과는 다른 세상을 볼 수 있지. 예를 들면 이 차의 향을 즐기듯이. 그건 더 다양한 것을 즐기기 위한, 그리고 진정한 자유를 누리기 위한 제약이야."

스포르카트는 찻잔을 내려다보면서 미소 지었다. 그리고 루그를 보면서 말했다.

"그런데 네가 선택한 인간이 나를 찾아온 적이 있는 인간이라니 재미있네. 그때보다는 훨씬 젊지만. 늘 생각하는 거지만 인간은 너무 빨리 변한다니까."

"뭐라고?"

순간 루그는 깜짝 놀랐다.

그럴 수밖에 없었다. 스포르카트의 말이 의미하는 바가 너무나도 충격적이었기 때문이다.

루그는 떨리는 목소리로 물었다.

"설마… 당신은 시공 회귀하기 전의 일을 기억하고 있는 건가?"

"응? 당연하지. 나는 드래곤인걸."

스포르카트는 무슨 말을 하냐는 듯 대답했다.

2

루그는 잠시 동안 멍청하니 그녀를 바라보았다. 시공 회귀 전의 일을 기억한다고? 그렇다면 그녀야말로 루그가 볼카르 이외에는 처음 만나는, 시공 회귀 전과 동일한 존재가 아닌가?

"어떻게 그럴 수가 있지? 불카누스는 기억 못하고 있었는데……"

"볼카르기 말 안 해줬나 보네? 숨길 필요가 있었던 거야?"

〈숨긴 게 아니라 한 번도 궁금해한 적이 없어서 말하지 않았을 뿐이다.〉

스포르카트 15

"이런 중요한 건 알아서 말했어야지!"

루그가 으르렁거렸다. 볼카르가 의아해하며 물었다.

〈하지만 별로 중요한 문제는 아니지 않은가?〉

"드래곤들이 시공 회귀 전의 기억을 가졌다는 건 불카누스도 기억하고 있을 수도 있는 거 아냐!"

〈그렇지 않다는 게 확실하기 때문에 말하지 않았다. 너도 직접 만나봤으니 알지 않는가?〉

"봉인이 풀리면 기억이 돌아올 수도 있잖아!"

〈그럴 일도 없다. 걱정 마라. 녀석은 기억을 포함한 자신의 정보를 시공 회귀 때 보호할 수 있는 조치를 취해놓지 않았다. 그리고 만에 하나 내 기억이 흘러들어 갈 경우를 대비해서 봉인을 개조하기까지 하지 않았나?〉

"으……."

분명히 잘못한 건 볼카르 쪽인데 뭐라고 추궁해도 꼬박꼬박 당당하게 대꾸하니 열 받는다. 루그는 주먹을 부들부들 떨다가 의심스럽다는 듯이 물었다.

"믿어도 되는 거야?"

그러자 스포르카트가 푸훗 하고 웃음을 터뜨리며 말했다.

"믿어도 돼. 불카누스라는 녀석은 바보거든. 게다가 볼카르가 스스로 행한 봉인이 꽤 악랄한 구조로 개조되어서 풀면 풀수록 자신을 얽매는 꼴이 되던걸. 그런 꼴이 됐으면서도 인간을 이용해서 그런 일을 하다니, 감탄했어, 볼카르."

〈내가 이 녀석을 교육시키느라 얼마나 고생했는지 알면 나

를 존경하게 될 거다.〉

"흐음. 확실히 인간의 수준은 가볍게 초월한 것 같네. 게다가 마력 문제를 개선한 방식은… 어라?"

루그를 살펴보던 스포르카트가 눈을 반짝였다. 그녀가 감탄한 표정으로 말했다.

"정령을 가공해서 마력의 저장, 출력 개선으로 사용하다니 대단한데? 마력을 이런 식으로 증폭시키는 것은 생각도 못해 봤어. 볼카르, 네가 고안한 거야? 뭐라고 부르고 있어?"

〈그렇다. 이 상태로는 할 수 있는 것이 워낙 제약되는지라 궁여지책으로 고안한 방식이지. 일단 가공된 정령은 피코 엘레멘탈, 그리고 이 방법 자체는 엘레멘탈 콜로니라고 이름 붙였다.〉

"피코 엘레멘탈과 엘레멘탈 콜로니라, 알기 쉬운 이름이네. 어쨌든 굉장히 훌륭해. 인간처럼 마력이 약한 종족이라도 이 방법을 사용하면 상위 용족 이상의 마력을 가질 수 있겠어. 게다가 이 인간의 경우는 아직 미완성이잖아?"

〈맞다. 최저목표치의 20퍼센트 정도만을 충족시킨 상태지.〉

볼카르가 우쭐거리면서 말했다. 스포르카트가 푸훗 하고 웃음을 터뜨렸다.

"역시 볼카르야. 과연 우리 중에 최강의 방구석 마법 폐인이라고 불릴 만해."

〈…그 호칭은 삼가줬으면 좋겠군.〉

볼카르가 투덜거렸다.

문득 스포르카트가 루그의 얼굴을 빤히 들여다보았다. 처음에는 왜 그러나 싶어서 눈을 깜빡이다가 결국 거북스러워진 루그가 물었다.

"왜 그러지?"

"아니, 지금은 꽤 귀엽게 생겼구나 싶어서. 나이 먹기 전에 나를 찾아왔으면 그렇게 매정하게 쫓아내진 않았을 텐데. 내 인간 취향은 남녀 가리지 않고 10대 중반부터 20대 중반까지거든."

"……"

참고로 루그는 시공 회귀 전에 스포르카트를 찾아갔다가 냉큼 꺼지라는 소리를 듣고 강제로 100킬로미터도 넘게 떨어진 곳으로 공간 이동을 당한 적이 있었다. 그런데 이런 소리를 듣고 있다니 울화통이 터질 것 같은 기분이었다.

루그는 겨우겨우 화를 참으면서 물었다.

"당신이 시공 회귀 전의 기억을 가졌다면 한 가지 물어보고 싶은 게 있어."

"뭔데? 대답할 수 있는 거라면 대답해 줄게."

"혹시 시공 회귀가 이루어진, 바라지아에서 이루어진 전투에서 불카누스의 드래곤 형태를 봉하는 마법진을 우리에게 알려준 게 당신이었나?"

"그건 내가 아냐."

스포르카트는 고개를 저었다.

루그가 물었다.

"그럼 누구였지? 역시 디르커스?"

"말해줄 수 없어."

"어째서지?"

스포르카트의 대답에 루그가 눈을 치켜떴다. 스포르카트가 어깨를 으쓱했다.

"내가 너희들에게 이야기해 줄 수 있는 정보는 한정적이야. 그러기로 약속했거든."

"약속이라니, 누구와?"

"드래곤들끼리의 약속이야. 우리는 너희들의 일에 개입하지 않기로 결정했어. 하지만 아마 다른 드래곤을 만나서 묻는다면 네 질문의 답이 자기인지 아닌지 정도는 알려줄 거야. 내가 그런 것처럼."

"그러니까……."

루그는 당혹감을 느끼며 상황을 정리해 보았다.

"당신들은 현재 나와 볼카르가 처한 상황에 대해서 모두 알고 있다는 거지?"

"그래."

"그냥 무관심해서 방치해 두고 있던 게 아니라, 서로 개입하지 않고 지켜보기만 하기로 약속을 했고?"

"맞아."

"왜 그런 약속을 한 거지? 그래야만 할 이유가 있는 건가?"

"물론 이유가 있지. 네가 납득할 만한 설명을 해줄 수는 없을 것 같지만."

스포르카트는 생긋 웃으며 말했다. 루그는 울컥해서 언성을 높였다.

"볼카르의 문제는 당신들한테도 심각한 문제 아닌가? 불카누스는 이 세계에 마족을 들여놓기까지 했는데!"

"알고 있어. 네가 메시지를 보냈잖아?"

볼카르가 알려준 연락 회선 중에는 스포르카트의 것도 있었다.

루그가 물었다.

"그걸 알면서도 불카누스를 방치해 두겠단 말야?"

"응. 그들과 싸우는 것은 너와 볼카르의 운명이고, 우리가 관여할 일이 아니야. 우리는 지켜보기로 했어."

"어째서지? 드래곤이 서로에게 동족 의식 따윈 갖지 않았다는 건 알고 있어. 그래도 마족은……."

"불카누스의 문제, 그러니까 그가 끌어들인 마족을 포함한 이번 건은 드래곤 모두가 지켜보기만 할 거야. 그러기로 결정했지."

스포르카트의 태도는 한결같았다.

그 말에 루그는 화가 머리 끝까지 올랐다.

"너……!"

〈스포르카트, 네 말은 잘 이해가 되지 않는군.〉

하지만 폭발하기 직전 볼카르가 나서는 바람에 목구멍까지 올라온 말을 삼킬 수밖에 없었다.

스포르카트가 고개를 갸웃했다.

"어떤 부분이?"

〈나와 불카누스의 문제에 너희들이 개입하지 않는 것은 당연한 일이다. 오히려 개입했다면 쓸데없이 오지랖이 넓다고 생각했겠지.〉

"사실 나는 개입할까 말까 망설이는 입장이었지만… 어쨌든 계속 이야기해 봐."

〈하지만 마족 문제는 별개이지 않나? 혹시 이미 마족은 처리한 건가?〉

"아니, 처리되지 않았어. 스스로를 지아볼이라고 지칭하는 존재는 여전히 불카누스 곁에 있지."

〈어떻게 그게 가능하지?〉

볼카르의 질문은 루그의 질문과는 뉘앙스가 달랐다. 볼카르는 '어떻게 드래곤들이 불가능한 일을 실행하고 있는가?'를 묻고 있었다.

스포르카트가 대답했다.

"다행히 그건 대답해 줄 수 있는 질문이네. 여러 가지 이유가 있어. 일단 그가 복제라는 점이 가장 크지."

〈복제라고?〉

"그는 지아볼 본인이 아니라 지아볼의 정신 정보만을 복제해서 전이시켜 만든 존재야. 즉, 마족의 자아와 지식을 갖고 있긴 해도 그 외의 모든 것이 '이 세계의 존재'란 말이지. 우리는 그 점을 이용해서 맹약이 강제하는 부분을 살짝 비틀어서 넘어가는 데 성공했어. 그가 본격적으로 마족의 기술을 사용해서 이 세계에 대한 침략 행위를 한다면 이 방법도 소용이 없겠지만, 다행스럽게도 아주 현명하게 처신하고 있는 중이야."

〈즉, 그는 분명 마족이지만, 드래곤에게 있어서 반드시 말살을 강제받을 만한 존재는 아니라고 인식하는 데 성공했단 말이군.〉

"안 그랬으면 벌써 없앴겠지. 어쨌든 우리는 지켜볼 거야. 볼카르 너는 여전히 모르고 있는 것 같지만, 너와 불카누스의 일은 드래곤 모두에게 아주 중요한 일이 되었어. 그리고 상황이 이렇게 꼬이게 된 것은 볼카르 너 때문이야."

〈무슨 뜻이지?〉

"우리는 네가 마족에게 당해서 불카누스라는 반푼이에게 몸을 내줄 때부터 상황을 지켜보고 있었어."

시공 회귀 전, 볼카르가 마족에게 당한 직후에 모든 드래곤들은 그의 상황을 알게 되었다. 볼카르가 마지막 힘을 짜내어 행한 거대한 봉인은 드래곤들이 모르고 지나갈 수가 없었다.

"불카누스라는 반푼이의 존재는 흥미로웠지. 그는 마족의 공격 때문에 나타났지만, 그들에게 지배당한 정신에서 태어난 존재는 아니었어. 그는 분명 너의 또 다른 인격이야, 볼카르."

〈나도 알고 있다. 대단히 기분 나쁜 일이지.〉

"하지만 무척 흥미로운 일이기도 해. 너에게 스스로도 몰랐던 또 하나의 인격이 있다니, 그건 어쩌면 우리 모두에게 해당되는 일일지도 모르잖아?"

스포르카트가 상기된 얼굴로 말했다. 그 표정은 너무나도 인간적이라서 루그는 그녀가 진심으로 흥분하고 있다는 것을 알 수 있었다.

"하지만 네가 행한 봉인에서 풀려날 때까지도 그는 우리에게 흥미로운 뭔가를 보여주지 않았어. 마법도 조악한 수준까지밖에 회복하지 않았고, 기억도 마찬가지였지."

〈그렇군.〉

거기까지 들은 볼카르가 입을 열었다.

〈너희들은 불카누스가 내가 드래곤이 되기 이전의 기억으로부터 비롯된 인격일 가능성을 고려한 것인가?〉

"그래. 그리고 사실 지금도 고려하고 있어. 신들이 우리에게 건 제약을 넘어서는 가능성이 거기에 있을지도 모른다고……."

〈흥미로운 가설이다. 아마 나도 불카누스가 나의 또 다른 인격만 아니었다면 너와 같은 태도를 취하고 있었겠군. 하지만 당사자인 내 입장에서 볼 때 그놈에게 그런 가능성이 있다고는 생각되지 않는다만. 실제로 시공 회귀 전까지의 과정을 보면…….〉

"바로 그거야, 볼카르."

〈무슨 소린가?〉

"시공 회귀 전까지 그 반푼이가 행한 일들에서는 우리가 기대하던 어떤 가능성도 찾아볼 수 없었어. 그래서 나는 이 모든 일을 정리하고 너를 원래 상태로 되돌리려고 마음먹고 있었지. 하지만… 너는 이 루그 아스탈이라는 인간을 선택해서 시공 회귀를 해버렸어."

〈그리고 불카누스는 기억조차 보존하지 못하고 과거로 되돌아갔지.〉

"하지만 변화가 일어났어. 우리가 관심을 기울일 수밖에 없는 변화가."

스포르카트가 눈을 반짝반짝 빛냈다. 가만히 둘의 대화를 듣고 있던 루그가 문득 생각난 사실을 말했다.

"설마… 불카누스 그 개자식이 마족의 존재를 용인하고 곁에 둔 것이 그 변화라는 것은 아니겠지?"

"바로 그거야!"

스포르카트가 흥분해서 벌떡 일어나는 바람에 루그가 움찔했다.

'이 녀석은 뭐 이렇게 감정이 풍부하지?'

같은 드래곤인 주제에 볼카르와는 정말 대조적이다. 방구석 마법 폐인으로 살았던 볼카르하고는 다르게 외유를 많이 했기 때문일까?

스포르카트가 말했다.

"그는 드래곤이라면 결코 할 수 없는 일을 했어. 그리고 그게 우리가 방침을 바꾸게 된 결정적인 이유야."

〈확실히 그건 드래곤이라면 결코 있을 수 없는 일이지. 고대의 맹약에서 벗어나다니……. 확실히 불카누스의 존재가 창세 이전의 기억과 이어져 있을지도 모른다는 사실은 부정할

수 없군. 그가 처음 나타났을 때의 상황을 봐도 그렇고.〉

"그러고 보니……."

루그는 레비아탄 기즈누를 쓰러뜨렸을 때 꿈을 통해 엿본 불카누스의 기억을 떠올렸다. 그때 불카누스는 마치 볼카르의 잃어버린 기억에 대해서 알고 있는 것처럼 말했다.

볼카르가 물었다.

〈그럼 차라리 그의 기억을 회복시켰으면 될 것을, 어째서 방관하고 있는 거지?〉

"볼카르!"

루그가 깜짝 놀라서 그를 불렀다. 볼카르의 말은 드래곤들이 불카누스의 편을 드는 경우를 말하는 것이 아닌가?

스포르카트가 말했다.

"그것도 생각해 보지 않은 것은 아니야. 하지만 디르커스가 반대했어."

〈디르커스가?〉

"디르커스는 그런 일을 해봤자 의미가 없다면서 지켜보기만 하자고 하더군. 대신에 네가 행한 봉인을 분석해서 그 속에 파편화되고 암호화된 기억 정보를 찾아보면 된다면서……."

〈생각하는 게 정말 드래곤답군.〉

볼카르가 투덜거렸다. 스포르카트가 생긋 웃었다.

"내가 말해줄 수 있는 건 여기까지야. 너희들이 다른 드래곤을 찾아간다면, 그들은 아마 말해줄 수 있는 사실만을 말해줄 거야. 너희들이 추측한 답이 자신인지 아닌지 하는 정도의 사실만을 말이지."

스포르카트는 그렇게 말하면서 몸을 일으켰다. 동시에 테이블이 원래 존재하지도 않았던 것처럼 자취를 감추었다. 루그가 놀라서 몸을 일으키자 의자도 그 뒤를 따라서 사라져 버린다.

스포르카트가 피식 웃었다.

"아아, 그나저나 아디사 클롬이라는 인물의 생애도 이걸로 끝이네."

"아디사 클롬?"

루그가 의아해하며 묻자 그녀가 대답했다.

"내가 이 육체에 부여한 이름이야. 나는 지난 7년간 아디사 클롬이라는 인간으로 살아왔어."

3

아디사 클롬은 왕궁 수비대에 소속된 엘리트 마법사였다.

그녀는 어릴 적부터 스무 살이 되는 해까지 변방에서 동네 마법사의 제자로 살다가 스피릿 비스트의 침범으로 인해 가족과 스승을 잃었고, 혈혈단신으로 왕도로 상경해서 로멜라 왕국 마법사 협회인 '용의 아이들'에 투신했다. 그후 2년간 조직 내에서 우수한 성과를 거둔 뒤 장로회의 추천을 받아서 왕도 경비대에 소속되게 되었고, 왕도에서 문제를 일으키는 범죄자 집단 두 개를 파멸로 이끈 뒤에 승진하여 왕궁 수비대의 차석 마법사가 되었다.

"…즉, 여성의 몸으로 놀라운 재능과 능력으로 고군분투하면서 많은 사람들의 선망의 대상이 되는 입지전적인 인물이었단 말이지. 그런데 너희들과 만나 버리는 바람에 이제 이 멋진 이야기도 막을 내려야 해. 아쉬운걸."

"……."

루그는 뭐라고 할 말이 없었다.

스포르카트가 아쉬운 듯 왕궁 쪽을 바라보며 한숨을 쉬었다.

"이렇게 되었으니 나에 대한 기억을 다 지우고 떠나야지. 지금 나에 대한 기억을 조금이라도 가진 존재는… 음, 전부 2,478명이네."

"그 인원 전부의 기억을 조작한다고?"

"응. 별로 어려운 일은 아니야. 쉽게 처리하려고 나를 보고, 기억하는 존재들에게는 마법의 표식이 남도록 해두었으니까."

스포르카트는 터무니없는 이야기를 태연하게 하고 있었다.

그 말에 루그는 그녀가 무서워졌다. 처음에 압도적인 존재감을 접했을 때 당황했던 것과는 전혀 다른 차원의 두려움이었다.

언제든지 자신을 죽일 수 있는 존재라서 두려워하는 것이 아니다. 차라리 강대한 적과 싸울 때는 죽음을 각오하고 싸우면 그만이다. 설령 그 끝에 절대적인 죽음이 기다리고 있다고 하더라도 마지막까지 저항할 수 있다.

하지만 시간과 기억을 자기 멋대로 주무르는 존재 앞에서 어떤 저항이 가능하단 말인가?

저항했다는 사실조차 잊게 만들고, 자신의 소중한 추억마저 지우거나 바꿔 버릴 수 있는 존재 앞에서는 그저 두려워할 수밖에 없다.

스포르카트는 그런 루그의 공포를 눈치채지 못한 듯 말했다.

"하는 김에 네가 왕궁을 탈출할 때 나를 납치했다는 사실도 지워줄게. 시간이 다시 흐르기 시작하면 아디사 클롬이라는 인물은 완전히 없었던 존재가 될 테니까."

스포르카트는 순식간에 자신이 표적으로 삼은 인간들의 기억을 조작하는 작업을 끝냈다. 그리고 시간 정지를 풀려고 할 때 루그가 자기도 모르게 말했다.

"잠깐만."

"왜?"

"당신이 가장한 인간에 대한 모든 기억을 없앴다고 했는데… 그걸로 충분할 리가 없잖아?"

"무슨 뜻이야?"

스포르카트가 눈을 동그랗게 떴다. 루그가 설마 하며 물었다.

"물리적 기록은 그대로 남아 있을 거 아냐? 예를 들면 마법사 협회나 왕궁 수비대의 서류들. 그것들도 다 처리한 거야?"

"어머나?"

그 말에 스포르카트가 아차 하는 표정을 지었다. 아무래도 그런 부분은 생각도 못하고 있었던 모양이었다.

"……."

"호호호, 이런. 과연 볼카르가 선택한 인간답네. 예리한걸."

"전혀 설득력없이 들리는 칭찬이거든?"

눈을 가늘게 뜨고 그녀를 바라보던 루그가 투덜거렸다. 슬쩍 시선을 피하는 그녀를 보며 루그는 확신했다.

'드래곤이라는 것들은 천재일지도 모르지만 확실히 바보다!'

그런 구석은 볼카르나 스포르카트나 똑같았다. 확신할 수는 없지만 디르커스나 팔다르라는 드래곤도 마찬가지 아닐까?

한숨을 쉬는 루그에게 스포르카트가 물었다.

"으음. 어디 보자, 혹시 공식적인 서류 말고 나에 대한 물리적 기록이 남아 있는 경우가 뭐가 있을까?"

"개인적인 추천서나 편지, 아니면 일기?"

"그런 것도 있구나. 고마워. 하마터면 빼먹을 뻔했네."

"고마우면 돈이라도 주지 그래?"

루그가 비아냥거렸다. 그러자 스포르카트가 순진하게 물었다.

"돈? 황금 100톤 정도면 돼?"

"대륙 금값을 폭락시킬 생각이냐!"

루그가 버럭 소리를 질렀다. 그러자 스포르카트가 혀를 쏙 내밀었다.

"농담이야."

"끄응."

루그는 눈살을 찌푸리며 그녀를 바라보았다. 그녀는 콧노래를 부르며 루그가 구성을 알아볼 수도 없을 정도로 고도의 마법들을 연달아 시전하고 투덜거렸다.

"서류에, 추천장에, 편지에… 인간은 왜 이렇게 기록하기를 좋아한담? 아디사 클롬이 타인의 일기장에 언급된 횟수가 73회나 된다니……."

도대체 무슨 마법을 썼기에 그런 것까지 알 수 있는지 신기할 지경이다. 루그가 두려움 반, 어이없음 반이 섞인 눈으로 바라보는 동안 스포르카트는 투덜거리면서 여성 마법사 아디사 클롬에 대한 물리적 기록을 없애거나 조작해 두었다.

"작업 끝! 이제 더 이상 아디사 클롬에 대해서 아는 사람은 없겠지."

"혹시 벽이나 나무에 한 낙서라던가 하는 게 남아 있을지도 모르지. 화장실 벽에 '아디사 클롬 바보!' 라고 적어둔 사람도 있을 수 있지 않겠어?"

루그가 빈정거리며 한 말에 스포르카트가 움찔거렸다. 그녀가 진지하게 다시 마법을 사용하려고 할 때, 볼카르가 말했다.

〈스포르카트.〉

"왜?"

〈그 작업이 끝나면 외유를 끝내고 사라질 생각이겠지?〉

"응. 너희들에게 말해줄 수 있는 사항은 다 말해줬고… 다시 너희들과 마주쳐도 곤란하니까 당분간은 얌전히 거처에 있을 생각이야."

〈모처럼 이렇게 만났는데 뭔가 우리에게 도움을 주지 않겠나?〉

"그건 곤란한데. 이유는 지금까지 열심히 설명했고……."

〈뭐, 루그에게 도움도 받지 않았나?〉

"애당초 너희들 아니었으면 그럴 일도 없었거든? 그리고 고마우면 돈을 달랬지? 줄게."

촤라라라락!

스포르카트가 새침한 표정으로 손을 펼치자 그곳에서 백금괴와 다이아몬드가 우수수 쏟아졌다. 대충 무릎 높이가 되도록 금은보화를 수북이 쌓아 놓은 스포르카트가 말했다.

"이거면 됐지? 인간은 이 정도면 삼대는 놀고 먹어도 되잖아?"

"…아니, 난 진짜 달라고 그런 말을 한 건 아니었는데."

정말로 그 정도 가치는 될 듯한 백금과 다이아몬드를 보면서 루그가 어이없어했다. 그러면서도 필요없다거나 다시 가져가라거나 하는 말은 절대 안 하고 마법으로 아공간에 쓸어담고 있었다.

〈비굴해 보인다, 루그.〉

"닥쳐. 돈은 소중한 거야."

"그럼 난 이만. 만나서 반가웠어, 볼카르."

스포르카트는 그렇게 말하며 몸을 돌렸다. 하지만 볼카르가 그녀를 붙잡았다.

〈내 말은 끝까지 들어주고 가면 어떤가, 스포르카트?〉

"또 할 말이 남았어?"

〈그냥 도움을 받을 수 없다는 것은 납득했다. 그러니 우리와 한 가지 내기를 하자.〉

"내기? 무슨 내기를 말하는 거야? 설마 즉석에서 마법 창조하기라도 겨루자는 건 아니겠지?"

스포르카트가 의아해하며 묻자 볼카르가 대답했다.

〈그건 꽤 흥미로운 놀이이긴 하지만 여기서 할 만한 일은 아니군. 그보다는 루그가 네게 놀랄 만한, 지금까지 외유를 해오면서 전혀 겪어보지 못한 경험을 선사해서 놀라게 한다면 성의껏 도움을 주는 것은 어떤가?〉

"호오, 이 인간이 나를 놀라게 할 수 있다고?"

볼카르의 도발적인 제안에 스포르카트가 흥미를 드러냈다. 그녀가 여유있는 미소를 지었다.

"하지만 볼카르, 너는 거의 외유를 안 해봐서 모르겠지만 나는 수도 없이 외유를 해왔어. 그때마다 매번 다른 존재가 되어서 다른 역할을 수행해 왔지. 너는 그 인간을 통해서 겪는 일들이 신기할지 모르지만, 내게는 인간의 삶이 미지로 남아 있지 않아. 그걸 알고 말하는 거야?"

〈물론이다. 네가 아무리 다양한 인간의 삶을 겪었다고 하더라도, 이 내기를 받아들이기만 한다면 이길 자신이 있다.〉

"이거 도망칠 수 없는 도전이네. 좋아."
스포르카트는 차가운 미소를 지으며 고개를 끄덕였다.

4

볼카르의 도발에 넘어간 스포르카트는 해볼 테면 해보라는 듯이 오만한 표정으로 루그를 바라보았다. 그것은 외유도 제대로 해본 적이 없는 볼카르가 뭘 모르고 하는 제안이고 자신이 질 일은 절대 없을 거라는 확신을 가진 태도였다.

물론 정작 둘 사이에 낀 루그는 어이없어하고 있었다.

―야, 무슨 생각으로 그런 제안을 하는 거야? 내가 뭘 어떻게 해서 저 드래곤을 놀라게 하라고?

〈그냥 말로 해라. 어차피 스포르카트는 다 듣는다.〉

"응. 다 들리니까 그냥 말로 해."

"……"

그 말에 루그의 얼굴이 붉어졌다. 루그가 어색한 표정으로 흠흠, 헛기침을 하더니 말했다.

"아니, 근데 진짜 뭘 하라고?"

〈그거 있잖은가, 그거.〉

볼카르가 은근한 어조로 말했다. 정신 감응을 통해 음흉한 미소가 전해져 왔다.

그 말에 루그는 비로소 감을 잡고 눈을 크게 떴다.

"설마 그거 말하는 거야?"

〈그렇다. 그거.〉

"그걸로 될까? 외유를 많이 해서 인간의 삶을 다양하게 겪었다면 너하고는 다를 텐데?"

〈단언컨대 통할 거다. 그리고 안 통해도 우리는 손해 볼 게 없지.〉

"뭐 그렇긴 하네. 밑져봐야 본전이면 해볼 만하군."

루그가 고개를 끄덕였다. 스포르카트가 고개를 갸웃했다.

"뭔가 비장의 카드가 있긴 있는 모양이네? 뭔데 그래?"

"이런 거지."

루그는 대답하면서 기격을 전개했다. 시간이 정지된 상황에서 기격이 발동하긴 할까 걱정했지만 차원 전환이 이루어지고 있어서 그런지 아무렇지도 않게 발동했다.

스포르카트가 눈살을 찌푸렸다.

"기격이잖아. 설마 내가 강체술을 겪어보지 못했을 거라고 생각한 거야? 타인에게 자신이 체험했던 감각을 전이시키는 것은 물론 흥미로운 기술이긴 하지만 그래 봤자 인간의 감각……."

〈방어하지 말고 받아들여라, 스포르카트. 그럼 너는 지금껏 한 번도 상상해 보지 못한 경험을 하게 될 것이다.〉

"흠……."

스포르카트는 의구심 어린 표정으로 그 말에 따라 기격을 방어하기 위한 마법을 해제했다. 어차피 기격으로 그녀의 감각을 공격한들 해를 입을 리가 없기 때문이다.

기격으로 그녀의 감각을 어루만진 루그는 심호흡을 한 번 했다. 그리고 자신에게는 너무나도 익숙하게 각인된 '미각'을 그녀의 감각에서 재생시켰다.

그 직후였다.

"끄흐ㅇㅇㅇㅇㅇㅇㅇ읍!"

정지된 시간 속에서 스포르카트가 손으로 입을 막으면서 끔찍한 신음을 흘렸다.

지금까지 인간의 몸으로 얻을 수 있는 온갖 자극을 경험해 봤다고 자부해 오던 그녀였다. 고통도, 쾌락도, 그리고 인간으로서의 죽음도 경험해 보았고 미각에 관해서라면 온갖 산해진미를 맛보며 그 어떤 인간보다도 풍부한 경험을 해왔다.

그러나 이것은 차원이 다르다.

맛이 없다고 말할 수 있는 수준이 아니다.

가난한 인간의 인생을 살 때 시궁창 같은 맛이 나는 음식도 얼마든지 먹어보았다. 요리를 배우는 과정에서 끔찍한 실패의 결과물을 먹어보고 토악질을 해보기도 했다.

이것을 도대체 뭐라고 해야 할까?

누군가 지옥이 무엇이냐고 묻는다면 스포르카트는 주저없이 대답할 것이다. 지금 내 혀끝에 지옥이 강림하사 지옥의 악마들에게 유린당하고 있노라고!

"아아아······."

털썩!

스포르카트는 수천 년 만에 처음으로 '졸도'라는 것을 경험해 볼 수 있었다.

"…핫!"

스포르카트가 다시 눈을 뜬 것은 그로부터 3분 정도가 지난 후였다. 여전히 정지된 시간 속에서 번쩍 눈을 뜬 그녀는 상반신을 벌떡 일으키며 숨을 몰아쉬었다.

"허억, 허억……. 처음이야. 처음으로 진정한 '죽음'이 어떤 건지 실감한 것 같아."

〈내기는 내가 이긴 것 같군.〉

볼카르가 의기양양하게 말했다. 역시 예상대로였다. 아무리 잦은 외유를 통해 인간의 삶을 다양하게 경험한 스포르카트라고 해도 오더 시그마의 비약맛만은 완벽하게 미지의 영역이었던 것이다.

그 말에 스포르카트가 창백한 얼굴로 이마를 짚었다.

"으으, 설마 세상에 이런 맛이 존재할 줄이야."

그녀는 볼카르와는 달리 미각에 대한 경험도 풍부했다. 인간의 몸으로 온갖 음식들을 섭렵해 보았으니 당연한 일이다. 하지만 그 셀 수 없는 경험을 걸고 단언컨대 이것은 상상을 초월하는 맛이었다!

"세상에, 나도 외유하면서 산전수전 다 겪었는데 설마 이런 하늘 밖의 하늘이 존재하고 있을 줄은 상상도 못했어. 인간의 감각 정보, 그것도 미각 정보 때문에 내 본체가 잠시 동안 의식을 잃는 일이 생기다니……."

〈…그 정도였나?〉

그것은 볼카르도 좀 의외였던 모양이었다. 스포르카트가 고개를 끄덕였다.

"응. 이 그릇이 의식을 잃은 동안 본체도 똑같이 의식을 잃고 있었어. 생전 처음 겪는 일이야. 덕분에 마족이 7천 개체 정도 내 거처 안으로 침범해 들어왔다고. 오는 족족 다 정지된 시간에 걸렸고, 거기에 대응해 봤자 시간의 흐름을 1만분의 1까지 가속시키는 정도라서 별 피해는 없었지만."

듣고 있자니 자칫하면 세계의 안위가 위태로울 정도의 상황이 스쳐 지나간 모양이었다. 등골이 서늘해진 루그가 안도의 한숨을 쉬었다.

"후우. 약한 걸로 하길 잘했군."

"뭐?"

그 말에 스포르카트가 눈을 휘둥그레 떴다. 그녀가 믿을 수 없다는 듯 물었다.

"약한 거라니 그게 무슨 소리야? 설마… 지금 그것보다 더 끔찍한 맛이 세상에 존재한다고?"

"응."

"그, 그럴 리가……."

스포르카트는 파랗게 질려서 몸을 떨었다. 시간을 정지하고 수천 명의 기억을 자유자재로 소삭하는 드래곤이 공포에 떠는 모습을 보고 있노라니 상당히 신선한 즐거움이 느껴졌다.

루그가 물었다.

"의심스러우면 직접 경험하게 해줄 수도 있는데? 당신이 맛본 것은 우리 오더 시그마의 비약들 중에는 상당히 정상적인 맛을 자랑하는 거야. 볼카르는 그거 300번이나 맛봤다고."

〈두 번 다시 떠올리기 싫은 추억이지…….〉

볼카르가 먼 곳을 보는 듯한 어조로 말했다. 그 말이 진실이라는 사실을 깨달은 스포르카트는 존경심마저 느끼며 볼카르에게 말했다.

"볼카르, 대단해. 그 인간과 함께하면서 믿을 수 없을 정도의 시련을 겪었구나."

〈그보다 더한 시련도 겪었다. 인간의 변태성이 궁극에 이르면 어떤 재앙이 일어나는지 영혼이 파괴되는 고통 속에서 똑똑히 느낄 수 있었지. 스포르카트, 패배를 인정하지 못하겠다면 태초의 혼돈을 담은 맛이 어떤 것인지 맛볼 것이다.〉

"…아니, 됐어. 내가 졌어."

스포르카트는 생각만 해도 끔찍하다는 듯 몸을 부르르 떨었다. 그러자 의기양양해하던 볼카르가 갑자기 아쉬워하며 말했다.

〈너무 쉽게 패배를 인정하는 거 아닌가? 네가 맛본 그건 정말 별거 아니다. 지금까지 살면서 한 번도 맛보지 못한 미지의 자극에 대한 호기심이 없나?〉

"없어. 절대로 없어."

스포르카트는 고개를 절레절레 저었다. 볼카르가 혀를 찼다.

〈쯧. 드래곤이 이렇게 근성이 없을 줄이야.〉

"누가 들으면 볼카르 너는 비약맛에 대한 도전을 마다하지 않는 기개를 가진 드래곤으로 알겠다?"

〈흠흠. 뭐 자의든 타의든 결국 그렇게 되긴 하지 않았던가?〉

볼카르는 머쓱해하며 말했다. 루그는 그런 그의 태도를 보며 한 가지 사실을 깨달았다.

'이 녀석, 그냥 스포르카트한테도 자기가 당한 고통을 똑같이 겪게 해주고 싶은 거였나!'

볼카르가 순간적으로 기지를 발휘해서 스포르카트에게서 이익을 얻으려고 했다고 생각했는데 이제보니 그건 부차적이었고 본 목적은 그냥 자기가 당한 만큼 너도 당해봐라였나 보다.

'하긴 지금까지 당한 걸 생각하면 그냥 보내기가 아쉽긴 했겠지?'

볼카르가 얼마나 괴로워했는지를 생각하면 그 심정 절절하게 이해가 간다.

루그가 고개를 끄덕일 때 스포르카트가 한숨을 쉬며 몸을 일으켰다.

"과연 네가 선택할 만한 인간이야. 드래곤을 공포에 떨게 만드는 비장의 카드라니……"

"뭐, 딱히 나만의 비장의 카드는 아니지만."

"뭐? 이런 맛을 재현할 수 있는 인간이 또 있다고?"

스포르카트가 믿을 수 없다는 듯 물었다. 루그가 고개를 끄덕였다.

"우리 유파에서 기격의 경지에 오른 자라면 다들 재현할 수 있을걸?"

"…나는 인간에 대해서는 알 만큼 안다고 생각했는데 오만했구나. 오더 시그마라고 했지? 맨손으로 무기랑 싸우겠다고 설치는 변태들인 줄만 알았지 그렇게 무서운 유파인 줄은 몰랐는데… 절대 상종하지 말아야겠다."

스포르카트는 오더 시그마의 이름을 잊지 않겠다는 듯 몇 번이나 되뇌었다.

루그가 물었다.

"이 나라에는 오더 시그마의 권사가 많은가?"

"응. 당장 왕궁 수비대장인 펠커스도 오더 시그마 소속이잖아?"

"하긴 왕궁 수비대장이면 이름도 꽤 알려졌을 거고, 도장 문화로 퍼져나갈 만하겠네. 근데 그는 로드리고 계파던데 알라움 계파는?"

"로드리고? 알라움? 그건 뭐야? 난 모르는 이야기인데."

"아니, 됐다. 유파 내부 사정까지 알라고 하는 건 무리지."

루그는 혀를 찼다.

잠시 후, 겨우겨우 방금 전에 맛본 악몽의 잔재를 떨쳐낸 그녀가 물었다.

"후우. 그럼 내기에 졌으니 원하는 도움을 줄게. 뭘 원해?

물론 해줄 수 있는 일과 없는 일이 있다는 것쯤은 알지?"
"으음……."
루그는 고민했다. 신에 가까운 권능을 가진 드래곤에게 부탁할 만한 것은 뭐가 있을까? 불카누스를 해치워 달라거나, 그의 일을 방해해 달라고 해봤자 들어주지 않을 테니 다른 것을 생각해야 할 텐데…….
하지만 루그가 결정하기도 전에 볼카르가 불쑥 말했다.
〈두 가지 정도면 좋겠군.〉
"두 가지씩이나?"
〈너한테 그렇게 어렵진 않을 일이다. 그 정도 자극을 맛보게 해줬으니 괜찮은 거래라고 생각한다만.〉
"말솜씨가 꽤 좋아졌네, 볼카르. 좋아. 뭘 원해?"
〈정령을 복속시킬 수 있는 힘을 원한다. 엘프 이상의 감응력으로 완벽하게 복속시켜 다룰 수 있도록.〉
"정령을? 하지만 이 인간은 이미 바람의 정령은 다룰 수 있잖아? 그것도 엘프와의 계약을 통해서… 어라, 상태가 이상하게 꼬여 있네?"
스포르카트는 루그와 리루의 계약을 알아보더니 흥미로워했다.
"볼카르, 너 진짜 이 인간을 이상하게 만들었구나? 마법 체계는 완전히 새로 만들었네? 이거면 아예 상대기 이 인간의 마법을 읽을 수가 없겠어. 효과적인걸. 이거 잠깐 분석해 봐도 되지?"

〈그러도록. 하지 말란다고 하지 않을 것도 아니면서.〉

"그렇기는 하지만. 어차피 네가 원하는 것을 주려면 마법을 각인시켜야 하는데, 이 마법 체계하고 맞추지 않을 수는 없잖아?"

스포르카트는 어깨를 으쓱하고는 루그가 터득하고 있는, 볼카르가 창조한 새로운 마법 체계를 분석했다. 아무리 드래곤이라고 해도 기존과 완전히 궤를 달리하는 마법 체계를 분석해서 거기에 맞추는 것은 시간이 걸리는 일이었지만…….

"상당히 흥미롭게 만들어놓았네. 이건 드래곤이 아니라면 설령 같은 체계의 마법을 익히고 있다고 해도 서로 읽기가 까다롭겠어."

"벌써 분석했다고?"

루그가 깜짝 놀랐다. 스포르카트가 분석에 소요한 시간은 체감상 10분도 채 되지 않았던 것이다.

볼카르가 비아냥거렸다.

〈벌써가 아니다. 두 달 정도는 걸렸지.〉

"홍. 지금 마족이랑 싸우고 있어서 정신이 분산되어서 그런 거야. 안 그랬으면 일주일이면 됐을걸."

스포르카트가 입술을 삐죽거렸다.

그동안 죽 볼카르를 보아온 루그는 대번에 어떻게 된 사정인지 눈치챌 수 있었다.

"아아, 외면에서 수집한 정보를 내면의 심상 공간에서 분석한 건가? 시간이 정지해 있는 상태지만 심상 공간의 시간은 또 별개로 가속시킬 수 있으니……. 하지만 아무리 그래도 그렇지 드래곤의 능력이라는 것은 도무지 끝을 모르겠군."

"헤에, 인간이면서 굉장히 잘 아네. 볼카르랑 같이 있던 시간이 있어서 그런가?"

"그렇긴 한데……."

루그는 작게 한숨을 쉬었다. 그동안 볼카르가 심상 공간에서 하는 짓을 죽 봐와서 그런가, 이렇게 어마어마한 기적이 남발되고 있는데도 태연한 자신의 상태가 이상했다.

우우우우웅!

곧 스포르카트가 새로운 마법을 조합해서 빛의 구체처럼 생긴 정보체를 띄웠다. 그녀가 말했다.

"이걸 너한테 각인시킬 테니까 거부하지 말고 받아들여."

"그건 뭔데?"

"볼카르가 요구한 정령을 종속시키는 힘."

스포르카트는 대답과 함께 마법의 정보체를 루그에게 날렸다. 루그가 뭐라고 대답하기도 전에 빛의 정보체가 각인되더니 전신으로 압도적인 마력이 퍼져 나갔다.

"이, 이게 뭐야?"

루그가 어이없어했다. 자신의 마력 구성에 스포르카트가 짜낸 이질적인 마법이 끼어들더니 한순간에 융화되었다. 동시에 체내에 흐르고 있던 마력 그 자체가 변질되면서 새로운 특성을 갖게 되었다.

스포르카트가 말했다.

"이제 의식을 통해서 정령을 불러내서 종속시킬 수 있을 거야. 엘프처럼 교감 능력을 갖게 하는 건 불가능하지는 않은데, 네 마력 구조를 훨씬 대폭으로 개선해야 하니까 그렇게는 하지 않았어."

〈이 정도면 됐다.〉

"되긴 뭐가 돼? 아니, 이런 건 최소한 내 동의는 얻어야 하는 거 아냐?"

루그가 어이없어했다. 볼카르가 뻔뻔스럽게 말했다.

〈좋은 게 좋은 거다. 처음에는 불쾌하겠지만 익숙해지면 쾌감이 될 테니 닥치고 받아라.〉

"야!"

〈스포르카트, 다른 하나는… 공간 이동이나 시간 가속 둘 중 하나가 좋겠군.〉

볼카르는 루그가 화내는 걸 싹 무시하고 말했다. 스포르카트가 손을 턱에 가져가면서 대답했다.

"공간 이동은 불확정요소가 많아서 이 인간의 능력으로는 줘봤자 제대로 통제할 수가 없을걸? 물론 통제할 수 있게 해줄 수도 있지만 그럼 육체를 좀 개조해야 하고……."

〈어떤가, 루그?〉

"맞을래?"

루그가 으르렁거렸다. 볼카르가 코웃음을 쳤다.

〈천금을 줘도 바꾸지 않을 기적을 손에 넣을 수 있는 기회이거늘 감정으로 걷어차다니 이래서 인간은 안 되는 거다.〉

"너 지금 나랑 싸우자는 거지?"

〈시간 가속 쪽으로 하지.〉

"시간 가속이라……. 이 인간의 마력이나 제어 능력으로는 오래 유지할 수는 없을 거야. 지금 상태라면 고작해야 1초?"

〈그 정도면 충분하다.〉

"알겠어. 최저 두 배에서 최대 열 배까지로 설정하지."

스포르카트는 또다시 마법의 정보체를 만들더니 루그에게 각인시켰다. 루그는 이번에는 재빨리 방어해 보려고 했지만 아무런 의미도 없었다. 루그가 둘러치는 방어 마법 따윈 존재하지도 않는 것처럼 지나쳐 버린 정보체가 몸속으로 빨려들어가고, 또다시 루그의 마력 구성이 대폭 변경되었다.

"이건……."

자신의 변화된 상태를 살펴본 루그가 눈살을 찌푸렸다. 체내의 마력 속에 뭔가 이질적인 마법 구성 하나가 각인되어 있었다.

볼카르가 말했다.

〈시간 가속 마법이다. 네가 시간 가속을 제대로 제어할 수 있을 리가 없으니 많은 연습이 필요하겠지만, 일단 마력을 흘려넣는 것만으로도 네 시간을 가속시켜서 상대 시간을 어긋나게 만들어줄 거다.〉

"아까 1초라고 했지? 중요한 국면에서 1초 동안 두 배 이상 빠르게 가속할 수 있다면… 그거 완전 반칙이네."

루그가 혀를 찼다. 1초 동안 2배속으로 가속할 수 있다는 것은 얼핏 들으면 별로 좋지 않아 보인다. 하지만 목숨을 건 국면에서 그런 오차를 만들어낼 수 있다는 것 자체가, 그것도 무조건 자신에게 유리한 어긋남이라는 점에서는 절대적인 무기였다.

무엇보다 루그는 일반인이 아니고 강체술과 마법을 극한까지 연마한 초인이다. 1초 동안 할 수 있는 일이 일반인의 상상을 초월할 정도로 많은데 그것이 두 배로 늘어난다면?

스포르카트가 말했다.

"자, 그럼 이만 갈게. 볼카르, 일단 나는 너를 응원하고 있어. 잘해봐."

〈응원보다는 그냥 대놓고 도움을 주는 게 좋지만, 뭐, 일단 마음은 받아두겠다.〉

"정말 많이 변했네. 그럼 이만."

스포르카트는 한쪽 눈을 찡긋하고는 공간에 녹아들듯이 사라져 버렸다. 동시에 정지했던 시간이 다시 흐르기 시작했다. 그리고…….

"…어?"

루그는 멍청하니 주변을 둘러보았다.

어느새 주변 풍경이 변해 있었다.

왕도의 으슥한 골목 대신 호화로운 방의 정경이 루그를 둘러싸고 있었다. 루그는 그 방이 자신에게 배정된 왕궁의 거처라는 사실을 깨닫고는 경악했다.

"나까지 공간 이동시킨 거야?"

〈스포르카트 나름의 배려인 것 같군. 덕분에 편하게 들어왔으니 다행이다.〉

"솔직히 이건 좀 고맙군."

다시 왕궁에 숨어들어 올 생각을 하면 절로 한숨이 나왔는데 그러지 않게 되어서 다행이다.

루그는 복면을 벗어던지고 모습과 목소리를 위장하기 위한 마법들을 풀었다. 그리고 침대에 걸터앉는데 방 밖에서 메이즈의 목소리가 들려왔다.

"…주인님?"

"맞아. 나야, 메이즈."

루그가 그렇게 대답하자 문이 열렸다.

5

메이즈가 눈을 휘둥그레 뜨고 들어왔다. 다르칸도 쿵쿵거리면서 따라 들어왔다.

"도대체 어떻게 다시 들어왔어? 밖은 완전히 난리가 나서 다르칸이랑 둘이서 어떻게 도와줘야 하나 고민 중이었는데."

"아, 그게… 드래곤을 만났어."

"뭐? 정말?"

메이즈가 눈을 휘둥그레 떴다.

루그가 말했다.

"스포르카트가 왕궁 수비대 소속의 마법사로 위장하고 외

스포르카트 47

유 중이었더라고. 볼카르가 그녀의 정체를 알아보는 바람에 그만."

"세상에. 그랬단 말야? 그럼 그분이 공간 이동시켜준 거야?"

"맞아. 뭐가 뭔지도 모르는 새 여기로 돌아와 있던데… 정말 대단하긴 대단해."

왕궁을 수호하는 결계고 뭐고 스포르카트 앞에서는 아무런 의미가 없었다. 하긴 아무렇지도 않게 세상의 시간을 멈춰 버리는 존재니 당연한 일이다.

루그가 스포르카트와 만나서 겪은 일들을 이야기해 주자 메이즈와 다르칸이 혀를 내둘렀다.

"스포르카트님은 예전에 뵈었던 적이 있긴 했는데, 역시 불카누스하고는 차원이 다르네."

"스포르카트를 만난 적이 있어?"

"난 여기저기 많이 돌아다닌 편이라서 드래곤의 영역에 들어가면 인사하러 가곤 했거든. 하지만 그냥 인사드린 것뿐이라서 그 이상은 몰라. 하지만 역시 진짜 드래곤은 불카누스하고는 차원이 다르구나."

〈비교하는 것 자체가 불쾌한 일이다. 그놈은 반푼이도 못된 가짜니까.〉

볼카르가 불쾌감을 드러내며 말했다.

메이즈가 말했다.

"주인님, 잠시 몸을 살펴봐도 돼? 스포르카트님이 각인시킨 마법을 좀 보고 싶은데……."

"아, 물론."

루그는 순순히 손을 내밀었다. 그러자 메이즈와 다르칸이 왼손과 오른손을 하나씩 붙잡고 진지하게 들여다본다. 메이즈는 그렇다 치고 다르칸까지 그러고 있으니 심히 위화감이 들었다.

"이거 참. 남들이 보면 참 묘한 상황이라고 하겠다."

미녀와 야수라고 해도 어울릴 메이즈와 다르칸이 인간인 루그의 손을 하나씩 잡고 무섭도록 진지한 표정으로 들여다보고 있는 상황이라니, 남들이 보면 뭐라고 생각할지 궁금해졌다.

둘이 혀를 내둘렀다.

"대단하네. 솔직히 뭐가 뭔지 잘 알아볼 수도 없을 정도로 굉장한 마법이야."

"확실히 그렇군. 인간인 마스터가 정령을 복속시킬 수 있게 하는 것도 그렇지만, 시간을 가속시킬 수 있다니 도대체 어떤 원리인지 봐도 잘 모르겠소. 이론적으로야 시간도 다룰 수 있는 영역이지만 공간과는 달리 우리에게도 아직 미개척지로 남아 있으니……."

상위 용족들의 마법은 공간을 다루는 경지에는 도달했다. 아공간노. 그렇고, 마법진을 이용한 장거리 공간 이동이 그러하다.

하지만 시간은 완전히 미지의 영역이었다. 자신의 시간만을 가속해서 상대 시간을 어긋나게 만들다니, 그런 일이 어떻게 가능한 것인지 루그의 몸속에 각인된 마법을 아무리 살펴봐도 이해할 수가 없었다. 볼카르의 지도를 받아서 마법 수준이 향상된 메이즈나 다르칸 입장에서 봐도 수준이 너무 달라서 독해가 불가능한 것이다.

"유용하게 쓸 수 있는 능력이니 오늘 몽상 세계에서 실전 테스트를 해봐야겠어. 그리고……."

문득 루그가 물었다.

"볼카르, 하나 궁금한 게 있어."

〈뭔가?〉

"아무리 봐도 납득이 안 가는 게 있는데… 너도 그렇고 스포르카트도 그렇고 이 정도의 힘이 있으면서도 그 맹약인지 뭔지를 어떻게 할 수가 없는 거야? 원하면 세계를 멸망시키는 것도, 재구축하는 것도 가능해 보일 정도인데."

시공 회귀 전까지는 불카누스가 그야말로 재앙으로 보였다. 인류를 멸망시키기에 부족함이 없는 압도적인 힘.

하지만 이제는… 현재의 불카누스와는 비교도 안 될 정도로 막강했던 그 힘조차 초라해 보인다. 그만큼 꿈을 통해 엿본 볼카르의 과거나, 조금 전에 스포르카트가 보여준 권능은 초월적이었다.

'둘 다 좀 바보이긴 하지만.'

신이라 불리기에 부족함이 없는 권능의 소유자들이 인간인 자신의 입장에서 봐도 허술한 구석 투성이라는 것이 거대한 부조리로 보일 지경이다. 하지만 생각해 보면 인간도 거대한 권력이나 힘을 가진 존재가 꼭 인격적으로도 뛰어난 것은 아니니 이 세계가 원래 이 모양 이 꼴인 것인지도 모르겠다.

볼카르가 대답했다.

〈불가능하다. 맹약을 어떻게 하는 것은 능력의 문제가 아니다. 그건 약속이기 때문이지.〉

"약속?"

〈맹약이라는 말 그대로다. 우리는 신들과 싸워 패했기 때문에 절대적인 효력을 발휘하는 약속을 강요당했다. 그리고 그것은 지금까지 이어지고 있다. 문제는 그 약속이 정확히 무엇인지 우리도 몰라서 괴롭다는 것이지.〉

"…혹시 사기당한 거 아냐?"

〈그럴 리는… 없다고 믿고 싶다만.〉

볼카르가 왠지 자신없는 목소리로 말했다. 루그가 보기에 신들이 교활하고 똑똑한 존재라면 드래곤들이 단체로 사기를 당해서 이 모양 이 꼴이 됐다고 해도 전혀 이상하지 않을 것 같았다.

애당초 신들과 드래곤들의 관계는 승자와 패자의 관계다. 볼카르는 그 일에 대한 뚜렷한 기억 따윈 없었지만 그들이 비열한 방법으로 자신들을 쓰러뜨렸고, 말도 안 되는 약속을 강요해서 지금 이 모양 이 꼴이 되어 있다고 굳게 믿고 있었다. 그런 상황이니 서로 믿음을 갖고 약속을 나눈 결과라고 보기는 어렵지 않은가?

〈그놈들이라면 그랬을지도 모르지. 아니, 왠지 굉장한 설득력이 느껴지는데… 으으으으음.)

루그는 왠지 신들은 도대체 어떤 존재이길래 이렇게 신뢰를 못 받는지 그 신성한 면상을 한 번쯤 보고 싶어졌다.

'그러고 보니 드워프의 신은 지상에 있잖아? 나중에 볼카르를 구슬려서 한 번쯤 만나러 가볼까?'

드래곤들이 정보 제공을 금한 지금, 신에게 찾아가서 물어보는 것도 나쁘지 않을 것 같다. 신을 만난다는 것을 '나쁘지 않다'고 생각하는 시점에서 루그는 자신이 심각하게 망가져 있다고 느꼈지만, 어차피 갈 데까지 간 몸이다.

'내 머릿속에는 드래곤이 살고 시간도 거슬러 봤는데 신을 못 만날 건 또 뭐가 있겠어?'

말해놓고 보니 진짜 막장이다. 인류 역사상 이 정도로 막가는 운명의 소유자가 있었을까?

어쨌든 그런 상식적인 수준의 문제보다 루그에게는 볼카르가 신을 끔찍하게 싫어한다는 사실이 더 중요했다. 드워프의 신 스노우화이트를 만나보자고 하면 노발대발할 것이 뻔하니 설득할 방법을 찾아봐야겠다.

루그가 한숨을 쉬었다.

"근데 둘 다 언제까지 내 손을 조물락거리고 있을 거야?"

메이즈와 다르칸은 아직까지 루그의 손을 붙잡고 진지하게 마법 탐구를 계속하고 있었던 것이다. 연신 감탄사를 흘리면서 고차원적인 토론을 나누는 모습이야 그럴싸하지만, 둘이 루그의 손을 하나씩 붙잡고 있는 상황이다보니 웃기기만

했다.

메이즈가 입술을 삐죽였다.

"이런다고 손이 닳는 것도 아니잖아. 주인님, 쩨쩨해."

"나 지금 피곤하단 말야. 내일 계속 해."

"흥."

메이즈는 토라진 표정으로 루그의 손을 놓아주며 물었다.

"그래서 칼리아 씨를 봐두겠다는 소원은 풀었어?"

"음. 뭐……."

그 말에 루그는 아까 전에 본 칼리아의 모습을 떠올리며 말꼬리를 흐렸다.

자신이 알던 칼리아와는 다른, 아직 행복하게 웃을 수 있는 여자.

"전쟁도 심각하지 않은 것 같고, 곧 있으면 그 사건이 일어나겠지. 그럼 아무런 문제도 없을 거야."

"그 사건이라면… 마차 사고 말이지?"

메이즈는 루그에게 예전에 들었던 이야기를 떠올렸다. 칼리아가 처음에는 약혼자, 즉 왕태자 아사르를 마음에 들어하지 않았지만 반년 정도 지났을 때 일어난 마차 사고로 인해서 상황이 달라지게 된다고.

루그가 고개를 끄덕였다.

"칼리아가 약혼한 지는 벌써 반년이 넘었지. 어쩌면 이미 그 일이 일어났을지도 몰라. 내일부터 확인해 봐야지."

그 말에 다르칸이 고개를 갸웃했다.

스포르카트 53

"무슨 말이오?"

"음……."

루그는 흠칫했다. 생각해 보니 다르칸은 시공 회귀의 진실을 아직 모르는데 이런 이야기를 하면 이상하게 여기는 것도 당연하다.

"그러니까……."

〈다르칸에게도 이제 이야기를 해주지 그러나?〉

"음? 하지만……."

〈진즉에 말해줬어야 할 일이라고 생각한다만. 언제까지 다르칸을 따돌려야 직성이 풀리겠나? 다르칸이 이제까지 당한 일들을 생각해 봐라. 드래곤인 나도 동정심을 느낄 지경이건만.〉

"아니, 다른 사람도 아니고 네가 그렇게 말하면 안 되지. 매일 네가 다르칸에게 하는 짓을 생각하면……."

〈그건 필요한 교육의 과정이다. 인간들 식으로 말하자면 사랑의 매라고 할 수 있지.〉

볼카르는 당당했다. 몽상 세계에서는 루그에게, 가상현실에서는 메이즈와 다르칸에게 매일매일 지옥을 맛보여주고 있지만 그건 어디까지나 교육의 과정이다. 사심 따윈 전혀 없다. 진짜다.

"설득력없는 설득을 하는 드래곤이 있습니다."

루그는 그렇게 투덜거린 다음 다르칸을 바라보았다. 다르칸은 순진한 눈으로 고개를 갸웃하고 있었다. 괴물의 외모를 가진 그지만 익숙해진 다음에 잘 보면 하는 짓이 귀여운 구석도 많았다.

'확실히 이제까지 모진 꼴을 많이 겪었지.'

아군이 된 후로 다르칸의 신세는 참으로 불쌍하기 그지없었다.

지금까지 그에게 시공 회귀의 진실을 이야기하지 않은 것은 신뢰하지 못했기 때문은 절대 아니다. 누군가에게 그 사실을 이야기하는 것 자체가 굉장히 부담스러웠고, 또… 기왕이면 알리지 않고 끝내고 싶었다.

사실은 미친듯이 이야기하고 싶다. 자신이 알았던 모든 사람들에게 진실을 이야기하고, 그들이 예전에 보였던 호의와 신뢰를 얻을 수 있다면 얼마나 좋을까?

하지만 그럴 수 없다는 것은 누구보다도 루그 자신이 잘 알고 있었다. 진실을 이야기하는 것은 시간의 유배자로서 느끼는 고독이라는 이름의 짐을 조금 더는 것 이상의 의미는 없다.

'그것뿐이어도 나쁘진 않겠지.'

다르칸에게는 진실을 들을 자격이 있다.

그에게 말함으로써 조금이나마 어깨에 짊어진 고독이 가벼워진다면… 그것으로 충분할지도 모른다.

결국 루그는 마음을 정하고 입을 열었다.

"다르칸. 나는 너에게 지금까지 말해주지 않았던 사실이 있어."

"무엇이오?"

"그건 이 모든 일이 어떻게 시작되었는지에 대해서야. 나와 볼카르가 어떻게 해서 만나게 되었고, 또 블레이즈 원과 싸우기 시작했는지……."

루그는 시공 회귀 후 두 번째로 사라진 시간에 대한 진실을 이야기하기 시작했다.

그렇게 소란스러운 왕궁에서의 밤이 깊어가고 있었다.

폭염의 용제

1

 블레이즈 원의 존재가 없었다면, 루그 아스탈과 칼리아 일리지스는 만나지 못했을 것이다.
 정상적인 상황이었다면 대륙에서 가장 부유한 일국의 여왕이 일개 야인과 만날 일도, 개인적인 친분을 가질 일도 없었을 터. 행복했다면 결코 만나지 않았을 두 사람은, 뒤틀린 운명 속에서 소중한 존재들을 잃고 삶을 파괴당했다는 공통된 불행을 겪었기에 만날 수 있었다. 그리고 신분을 초월하여 공감대를 형성하고 사랑 혹은 연민을 나누는 관계가 되었다.
 두 사람이 처음 만난 것은 라나 아룬데가 죽은 지 3년이 지난 해, 즉 루그가 서른네 살이었을 때였다.
 당시에 루그는 블레이즈 원에 대한 원한으로 미쳐 있었다.

모든 수단을 동원해서 블레이즈 원의 뒤를 쫓았고, 그들과 조금이라도 관련이 있는 것이라면 무엇이든 때려 부쉈다. 그 과정에서 얼마나 많은 인간을 죽였는지는 기억조차 희미하다.

그러던 중 루그는 한 가지 소문을 듣게 되었다.

블레이즈 원을 상대하기 위한 인간들의 조직이 결성되고 있다는 소문을.

이 소문을 루그에게 전해준 것은 당시 암흑가의 큰손이라 불렸던 자이르 네거슨이었다.

"여어, 선생. 떠나는 건가?"

일을 끝마치고 떠나가는 루그에게 자이르 네거슨이 어슬렁거리며 다가왔다.

그는 타는 듯한 붉은 머리칼에 얼굴 한가운데를 가로지르는, 검에 베여서 생긴 기다란 흉터를 가졌다. 항상 건들거리며 웃고 있었지만 조금도 표정을 바꾸지 않은 채로 사람을 죽일 수 있는 남자였다.

평소에는 항상 호위를 서너 명씩 달고 다니는 그였지만 루그에게 다가오는 지금은 혼자였다. 예전에 한 번 루그의 뒤통수를 치려고 했다가 박살 난 이래로 루그가 그가 수하를 대동하고 다가오는 것을 금지했기 때문이었다.

루그가 시큰둥하게 물었다.

"그래. 볼일도 끝났을 텐데 웬일이지? 그놈들이 차지했던 사업장들 잡아먹고 뒤처리하려면 너도 꽤 할 일이 많지 않나?"

"뭐, 그런 일들을 아랫것들에게 시킬 수 있으니 다들 윗대가리가 되려고 하는 거 아니겠수? 어쨌든 너무 쌀쌀맞게 굴지 마시오. 우리가 한두 번 같은 일을 하는 것도 아니고."

"지금 당장에라도 나를 배신할 수 있는 녀석이 그런 말을 하다니."

루그가 코웃음을 쳤다.

자이르 네거슨은 한때 대륙 중부의 악몽이라고까지 불렸던 팔루카 도적단의 생존자였다. 그곳에서도 따를 자가 없었던 모사꾼이었던 그는, 루그를 낀 토벌대에 의해 팔루카 도적단이 와해된 후 암흑가로 스며들어 거대 조직 하나를 차지하고 여러 나라에 세력이 뻗을 정도로 성장시켰다.

그후 그는 몇 번이나 루그와 마주쳐서 어떤 때는 조직의 이권 때문에 루그와 싸우다가 박살 났고, 어떤 때는 암흑가에 스며든 블레이즈 원의 조직과 싸우기 위해 한편이 되기도 했다. 요즘 들어서는 암흑가에 스며든 블레이즈 원의 조직원들이 그의 세력과 부딪치는 경우가 많아서 한편이 되는 일이 잦았다.

자이르가 웃었다.

"큭큭, 뭐, 언젠가 그런 때가 올지도 모르지만 적어도 지금은 아니지요. 블레이즈 원이라는 놈들이 있는 한 나와 선생은 서로에게 도움이 되니까."

이번에도 루그는 자이르의 조직원들과 함께 블레이즈 원의 지부 하나를 때려 부쉈다. 루그 입장에서는 블레이즈 원의 정보에 같이 싸워줄 놈들까지 얻을 수 있어서 좋고, 자이르 입장에서는 블레이즈 원에 대한 정보만 제공해 주면 막강한 강체술사 하나를 아군으로 삼을 수 있으니 서로 좋은 관계였다.

자이르가 말했다.

"어쨌든 선생, 재미있는 소문 하나가 있어서 말해주러 왔수다."

"재미있는 소문? 뭔데?"

"선생 말고도 블레이즈 원과 싸우는 인간들이 있는 모양이우."

"당연히 있겠지. 원한을 가진 이가 나 혼자뿐은 아닐 테니까."

루그는 당연한 소리를 왜 하냐는 듯 대꾸했다. 자이르가 킥킥 웃었다.

"아니아니, 그냥 댁과 똑같은 입장의 누군가가 있다는 그런 이야기가 아니라니까."

자이르가 이야기해 준 소문은 거대한 조직에 대한 이야기였다. 점차 인간 사회에 스스로를 노출시키며 활동의 수위를 높여가고 있는 블레이즈 원과 맞서기 위해 부와 권력을 가진 이들이 주축이 되어 거대한 조직을 만들고 있다는 것이다.

루그가 비로소 흥미를 보였다.

"호오, 정말인가?"

"아직까지는 소문일 뿐이지만, 선생 입장에서는 흥미를 가질 것 같아서 이야기해 주는 거요. 일단 우리가 알아낸 바로는······."
 자이르는 지금까지 자신의 조직에서 수집한 소문의 진상을 이야기해 주었다. 루그는 그가 건네준 정보를 따라서 그들의 실체를 추적했다.
 추적에는 오랜 시간이 걸리지 않았다.
 루그가 그들을 찾고 있었듯이 그들도 루그를 찾고 있었으므로.

 우중충한 하늘에서 부슬비가 내리고 있었다. 밑도 끝도 없이 우울해 보이는 잿빛 도시의 뒷골목을 걷던 루그는 어느새 자신이 포위당했다는 사실을 깨달았다.
 "너희들은 뭐하는 놈들이지?"
 루그는 자신을 포위한 자들을 보며 살기를 드러냈다.
 제법 실력이 있는 자들이었다. 은은하게 풍겨오는 강체력의 파동만 봐도 알 수 있었다.
 '마법사도 있는 것 같군.'
 루그는 마법을 쓸 수 없었지만, 블레이즈 원과 싸우면서 마법사와 상대하는 데 익숙해졌다. 지금까지 그가 죽인 마법사의 숫자만 해도 스무 명이 넘는다. 마력의 기척을 읽어내는 데는 자신이 있었다.
 이들은 강체술이 아니고 마법으로 모습과 기척을 감추고 있다가 자신을 포위했다. 그렇지 않았다면 포위당할 일도 없었을 것이다.

그들 중 하나가 물었다.
"루그 아스탈 맞나?"
"내 질문에 대답부터 하시지. 너희들은 뭐하는 놈들이지?"
스르릉!
루그의 말에 남자가 대답 대신 검을 뽑아 들어서 그에게 겨누었다. 혀를 차며 위협적인 목소리로 말한다.
"상황 파악이 안 되나? 블레이즈 원과 싸우고 있는 루그 아스탈이 맞냐고 물었……."
파아앙!
남자의 말은 끝까지 이어지지 못했다. 어느새 그의 앞까지 접근한 루그가 주먹을 날렸기 때문이다. 그는 반사적으로 팔을 들어 막았지만 그것은 실수였다.
"커어억!"
단번에 팔이 부러지고, 충격이 전신을 관통했다. 뼈가 몇 대나 부러지면서 단숨에 전투 불능 상태에 빠진다.
'어떻게 이럴 수가 있지?'
그는 쓰러지는 와중에도 의문을 품었다.
이래 봬도 그는 4단계의 강체술사로 풍부한 실전 경험을 가졌다. 그런데 이번 일의 목표인 루그 아스탈이라는 남자는 그의 감각이 포착하지도 못하는 사이에 다가와서 기습을 날렸다.
"흥!"
루그는 코웃음을 치며 뒤로 물러났다. 결정타를 가하지 않은 것은 옆에 있던 다른 자가 검을 뽑아 들고 찔러왔기 때문이다.

쉬쉬쉬쉬쉭!

날카로운 검광이 난무했다. 세 명의 전사가 루그를 포위한 채 연속적으로 공격을 가했다.

차앙!

하지만 어느 순간 그들은 자신들 사이에서 루그의 모습이 사라졌다는 사실을 깨달았다. 루그의 팔다리에 맞부딪쳐 튕겨 나오던 검들이 허공에서 맞물린다.

"이런……!"

경악의 소리가 흘러나올 때 루그는 이미 그들 중 하나의 뒤를 점하고 있었다.

퍼엉!

루그의 손바닥이 그의 등을 때리자 폭음이 울려 퍼졌다. 전신을 타고 흐르는 강체력이 흐트러지면서 내장을 다친 남자가 비명조차 지르지 못하고 쓰러져 버린다.

하지만 아직 상대의 수는 많았다. 모습을 드러내지 않은 마법사를 포함해서 아홉 명이 루그를 노려보고 있었다.

'귀찮게 됐군. 슬슬 눈치챈 것 같은데…….'

루그가 혀를 찼다. 두 명을 쉽게 쓰러뜨린 것은 이들이 그에 대해서 잘 몰랐기 때문이다. 하지만 동료 두 명이 당하고 나자 슬슬 어떻게 된 건지 감을 잡은 것 같았다.

"기격의 경지에 올랐다는 정보는 없었는데?"

과연 그들 중 하나가 동요하며 말했다.

루그가 두 명을 쉽게 쓰러뜨린 것은 기격을 사용했기 때문이다. 라나가 죽은 후에 혹독하게 자신을 몰아붙인 루그는 결국 기격의 경지에 도달했다.

상대가 말했다.

"기격의 강체술사라니 대단하긴 하지만, 우리에게는 마법사도 있다. 호락호락하진 않을 거다."

"그러냐?"

루그가 스파이럴 스트림을 가속시키며 웃었다.

"그러든 말든 상관없다. 블레이즈 원과 관련이 있는 놈들이라면 이 목숨이 다하는 한이 있어도 죽인다!"

루그의 눈은 시퍼런 광기로 타오르고 있었다. 마주하기만 해도 모골이 송연해질 정도의 살기가 뿜어져 나오면서 루그가 땅을 박찼다.

"막아!"

하늘로 솟구치는 루그를 본 적들은 그가 도망치려 한다고 판단했다. 하지만 루그는 전혀 도망칠 생각이 없었다.

후우우우우!

팔을 휘감은 스파이럴 스트림이 한순간에 임계점까지 가속한다. 그리고……!

'스톰 브링거!'

허공을 박찬 루그의 몸이 지상으로 쏘아져 나갔다. 스톰 브링거가 크로스 오버 스타일로 전개되어서 지면을 강타했다.

콰아아아앙!

주먹이 작렬한 자리를 중심으로 충격파가 원형으로 퍼져 나갔다. 루그가 도망치는 줄 알고 도약하려던 이들은 그야말로 허를 찔리고 말았다.

"크악!"

비명이 울려 퍼졌다.

루그가 사용한 기술은 다수에게 포위당했을 때를 위해 존재하는 스톰 브링거의 응용 형태 중에 하나다. 스톰 브링거의 파괴력을 집중하는 대신, 대지를 이용해 확산시킴으로써 포위망을 와해시키는 것이 목적이다.

파박! 팍!

루그는 충격파에 휘말려 우왕좌왕하는 이들 사이를 누비면서 그들을 쓰러뜨렸다. 다들 꽤 실력이 있어서 혼란스러운 와중에도 방어를 했지만, 루그의 일격이 날아들 때마다 착실하게 전투 불능 상태에 빠져버렸다.

팍!

"제기랄! 루그 아스탈… 오해다!"

문득 루그의 공격을 검으로 막아낸 남자 하나가 절박하게 말했다. 루그는 코웃음을 치며 칼날을 붙잡고 남자의 균형을 무너뜨렸다. 남자가 검을 쥔 채로 빙글 돌아서 땅에 처박힌다.

루그는 그의 목을 발로 밟은 채로 말했다.

"뭐가 오해라는 거지? 다짜고짜 검을 들이댄 주제에 나한테

우호적인 제의라도 가져왔다고 할 셈인가?'

"끄억, 끄극……."

루그의 발에 목을 밟힌 남자는 말을 제대로 하지 못하고 끅끅거렸다.

그 모습을 본 다른 이들은 함부로 달려들지 못했다. 달려드는 순간 루그가 발에 힘을 주어서 그를 죽여 버릴 것임을 직감했기 때문이다.

그런데 그때였다. 갑자기 루그가 흠칫하며 뒤로 물러났다.

'뭐지?'

루그는 목에 칼이 들이대어진 것 같은 위협을 느끼며 안색을 굳혔다.

방금 전에 그의 감각을 자극한 것은 분명…….

'기격! 내 기격을 쉽게 알아보더라니, 저쪽에서 기격을 쓰는 놈이 있었나?'

과연 골목 저편에서 한 남자가 걸어오고 있었다. 루그는 그가 방금 전의 기격을 쓴 자임을 확신했다.

가벼운 무장을 한 그는 흑발에 푸른 눈동자를 가진 미남자였다. 곱상한 얼굴은 루그와 비슷한 연령대, 30대 초반 정도로 보인다. 하지만 뺨에는 검으로 남겨진 뚜렷한 흉터가 하나 나 있어서 관록이 있는 전사라는 느낌을 주었다.

"이런."

그가 상황을 보더니 난감해하는 표정을 지었다.

그리고 루그를 보며 묻는다.

"혹시 당신이 루그 아스탈인가? 인상착의를 보면 맞는 것 같은데……."

"그러는 네놈은 누구지? 네놈들은 내가 누군지 확인하려고만 하지 자기 이름 밝히는 데는 더럽게 비싸게 구는군."

루그가 흉흉한 기세를 풍기며 물었다. 그러자 흑발의 남자는 피식 웃으며 대답했다.

"그랬나? 내 친구들이 예의가 부족했군. 나는 요르드 시레크라고 하지. 일단 시레크 백작이야."

"요르드 시레크라고?"

루그는 놀라고 말았다.

요르드 시레크라면 아네르 왕국에서는 비교 대상을 찾을 수 없을 정도로 명성 높은 기사였다. 무수한 무투회에서 우승했고, 각지를 떠돌며 마물들을 토벌하여 사람들의 칭송을 받았으며, 몇 년 전에 일어났던 아네르 왕국의 내전에서도 무시무시한 활약을 보였던 것으로 유명하다.

요르드 시레크가 말했다.

"아무래도 내 친구들이 실례를 저지른 모양인데… 오해가 있었던 것 같군."

"칼을 뽑아 들고 위협한 자는 상대에게 죽어도 할 말이 없는 법이지."

"맞는 말이긴 해. 하지만……."

"명성 높은 시레크 백작이 블레이즈 원의 주구였을 줄은 몰랐어. 하긴 그놈들의 귀족 후리는 솜씨는 일품이지."

사라진 추억 69

"아니, 잠깐. 그러니까……."

"입 닥쳐라, 쓰레기. 사악한 용족 놈들과 붙어먹은 놈의 말에선 악취가 난다."

루그는 으르렁거리는 목소리로 말한 뒤 강체력을 끌어올렸다. 대화 자체를 하지 않겠다는 그 태도에 요르드는 난감한 표정으로 말했다.

"이런. 정말 오해인데… 뭐 어쩔 수 없지. 이렇게 된 거 당신과 하하호호 웃으며 일이 잘 풀려도 앙금이 남을 테지? 무인답게 한판 붙고 나서 이야기하지."

스르릉!

요르드가 검을 뽑아 들고 루그를 겨누었다.

그리고… 후에 서로 등을 맞대고 블레이즈 원과 싸우게 될 두 남자가 전력을 다해 맞붙었다.

2

요르드와 격렬한 전투를 벌인 루그는 결국 힘이 다해 패하고 말았다.

스승도 없이 홀로 기격을 깨달은 천재, 요르드는 이미 기격을 숨쉬듯이 자연스럽게 다루는 경지에 이르러 있었다. 기격을 깨달은 지 얼마 안 된 루그가 그에게 패한 것은 당연한 결과였다.

그에게 패해서 의식을 잃었을 때, 루그는 죽음을 각오했다.

하지만 다시 눈을 떴을 때는 고급스러운 방이었다.

루그는 그제야 요르드와의 싸움이 오해에서 비롯된 일임을 알게 되었다.

반 블레이즈 원 연합의 행동대원들은 정규군에 소속된 자들뿐 아니라 칼밥 먹고사는 용병들도 많았기에 거친 성정의 소유자들이 많았다. 그들은 루그를 회유하러 가서 기싸움을 벌이려 했고 그 결과는 참혹했다. 요르드가 나서지 않았다면 돌이킬 수 없는 선을 넘고 말았을 것이다.

요르드는 차분하게 사정을 설명하고 루그를 설득했다. 며칠에 걸쳐 극진한 간호로 몸을 회복한 루그는 그의 제안에 따라 전대륙에 걸친 반 블레이즈 연합을 구축하는 데 성공한, 사실상 연합의 수장이라 할 수 있는 이를 만나보기로 했다.

그것이 바로 루그와 칼리아의 첫만남이었다.

그 만남은 연합의 아지트 중 하나로 쓰이고 있는 저택에서 이루어졌다.

루그는 상당한 실력의 인원들이 저택을 삼엄하게 경비하고 있는 것을 보며 긴장했다. 일이 결렬될 경우 빠져나가기가 어렵다고 판단했기 때문이다. 요르드가 호의적인 태도를 보이고 있긴 했지만 완전히 믿기는 어려웠다.

그런 가운데 루그는 한 방으로 안내되었다. 그 방에는 한 여성과 시녀가 있었다.

'아니, 한 명이 더 있군.'

루그는 한 박자 늦게 또 한 명의 존재를 알아차렸다. 방 한 구석에 날이 시퍼렇게 선 표정으로 검자루에 손을 대고 있는 검은 머리칼의 여성이 있었다.

요르드가 속삭였다.

"그녀는 내 제자인 바리엔 경이야. 이분을 밀착호위하고 있지. 낯선 사람에게 민감하니까 험악하게 바라봐도 그러려니 해줘."

그 말에 루그는 고개를 끄덕였다. 반 블레이즈 연합의 수장을 맡고 있는 여성이라면 항상 떨어지지 않는 호위 한두 명 정도는 있는 게 당연했다.

방 중앙에 놓여진 테이블에 앉아 있던 여성이 루그를 바라보며 미소 지었다.

은은한 붉은 빛을 띤 금발, 그리고 숲을 연상시키는 진록색 눈동자.

이국적인 느낌이 물씬 풍기는 드레스를 입은 그녀와 시선을 마주하는 순간, 루그는 본능적으로 한 가지 사실을 깨달았다.

'이 여자… 힘들게 웃고 있군.'

진심으로 짓는 웃음인지, 아니면 사교계에 익숙한 귀하신 몸답게 가면을 쓰듯이 짓는 웃음인지의 문제가 아니다. 루그는 그녀가 정말 필사적으로 웃고 있다고 느꼈다.

그녀의 눈에서는 왠지 루그 자신과 비슷한 느낌이 풍겨났다. 더 이상 잃을 것도 없을 정도로 모든 것을 빼앗겨 버린 자만이 가질 수 있는 절망과 증오가.

요르드가 말했다.

"루그 경, 인사해. 이분이 우리 연합을 만드신 로멜라 왕국의 칼리아 여왕 폐하셔."

"여왕?"

루그는 깜짝 놀라고 말았다.

귀한 신분의 여성이라는 것은 한눈에 알 수 있었다. 눈에 띄는 미모와 옷차림뿐만이 아니라 철저하게 귀족적인 환경에서 자라난 자만이 가질 수 있는 기품과 위엄이 느껴졌으니까.

하지만 일국의 여왕이라니! 그런 신분의 여성이 머나먼 타국까지 와서 자신과 가까운 곳에서 얼굴을 마주하고 있다는 사실 자체가 농담처럼 느껴졌다.

"…루그 경?"

요르드가 속삭이며 루그의 몸을 살짝 흔들었다. 루그는 퍼뜩 정신을 차리고 예를 표했다. 아스탈 백작가에 있을 때 익혀두었던 귀족의 예법을 떠올리며 한쪽 무릎을 꿇었다.

"여왕 폐하의 존안을 뵙게 되어 영광입니다. 루그 아스탈이라고 합니다."

"만나서 반갑습니다. 일어나세요."

칼리아의 말을 들은 루그는 천천히 몸을 일으켰다.

루그, 요르드와 함께 테이블을 돌리씨고 앉은 그녀가 차분한 목소리로 말했다.

"칼리아 일리지스 로어 자므 로멜리어스라고 해요."

그녀는 로멜라 왕국의 여왕이면서 동시에 일리지스 대공이기도 했다. 원래 여왕 자리에 올랐을 때 일리지스 대공의 자리는 다른 왕위 계승권자에게 넘겨줘야 했지만, 블레이즈 원이 일으킨 참극의 날 이후 그럴 만큼 계승권이 높은 왕족은 남아 있질 않아서 여전히 칼리아가 겸임하고 있었다.

"루그 경에 대한 이야기는 많이 들었어요. 블레이즈 원과의 싸움에서 많은 성과를 올리셨다고 하더군요."

그녀는 반 블레이즈 연합이 입수한 루그에 대한 정보를 담담하게 나열했다. 그녀의 말을 듣는 내내 루그는 놀랄 수밖에 없었다. 반 블레이즈 연합은 루그의 행적에 대해서 정확히 파악하고 있었을 뿐만 아니라, 루그가 국지적으로 거둔 승리 때문에 블레이즈 원의 행동이 어떻게 변화했는지까지 파악하고 있었던 것이다.

'놀라운데.'

그저 무작정 블레이즈 원의 뒤를 쫓아서 잡히는 대로 때려 부수던 루그 입장에서는 전혀 볼 수 없었던, 커다란 전체상을 칼리아는 파악하고 있었다. 이야기를 듣고 있다 보니 신분이 높다고는 해도 아직 젊은 그녀가 어떻게 이런 거대한 연합을 만들어냈는지 납득할 수 있을 것 같았다.

루그의 행적과 그에 대한 평가를 이야기한 칼리아는 차분하게 미소 지으며 말했다.

"이미 요르드 경에게 들으셨겠지만, 우리는 블레이즈 원에 맞서서 인류를 지키고자 하는 목적으로 움직이고 있어요. 서로 태어난 곳도 다르고, 지키고 싶어하는 것도 다른 사람들이 모여 있지만 적어도 블레이즈 원을 타도한다는 목적만큼은 일치하고 있죠. 나는 루그 경도 우리와 함께 해줬으면 좋겠군요."

루그는 일개 야인에 불과한 몸이긴 하나 혈혈단신으로 블레이즈 원과 싸우면서도 놀랄 만한 성과를 거두어왔다. 게다가 그들이 입수한 정보와는 달리 기격의 경지에 오른 강체술사. 이 정도면 천금을 주고서라도 아군으로 포섭할 가치가 있었다.

칼리아가 제안했다.

"물론 공짜로 일해달라고는 하지 않겠어요. 보수는 충분히 드릴 거예요. 원한다면 우리나라의 영주 자리도 드리죠."

"그건 됐습니다."

루그는 고개를 저으며 말했다.

"여왕 폐하께서는 이상하시군요."

"뭐가 말이죠?"

"블레이즈 원과의 싸움은 인류의 존망을 건 싸움입니다. 아닙니까?"

"맞아요."

"그런데 당신은 마치… 다른 이해집단과 싸우기 위해 병력을 필요로 하는 것처럼 말하는군요."

루그의 입장에서 보면 칼리아의 태도는 너무나도 이상했다. 블레이즈 원과의 싸움을 숭고한 것으로 포장하고, 인류를 위해 함께 하자고 호소해야 정상 아닐까? 그러한 이상에 동감하는 자들만이 믿고 싸울 만한 동지가 될 수 있지 않을까?

칼리아는 고개를 저었다.

"생각했던 것보다 순진하시군요."

"생전 처음 들어보는 말입니다."

살면서 누구도 그에게 순진하다는 말은 하지 않았다. 교활하다거나 영악하다는 소리도 별로 들은 적이 없긴 하지만.

칼리아가 말했다.

"루그 경, 당신은 블레이즈 원에 대해서 누구보다도 잘 아는 사람입니다. 인간의 운명을 가볍게 짓밟을 수 있는 그들의 힘과 그것을 놀이처럼 생각하는 끝 모를 악의를 접해보았지요. 당신 같은 분께는 방금 말씀하신 대로 설득해도 들어주실지도 모릅니다."

"다른 사람들은 다르다는 겁니까? 하지만 블레이즈 원의 행패는 곳곳에서 이루어지고 있어요. 직접적으로나 간접적으로나 그들에게 피해를 보고, 원한을 갖게 된 자들을 모으면……."

"그런데 왜 당신은 지금까지 홀로 싸웠죠?"

칼리아의 질문에 루그는 말문이 막혔다.

지금까지 루그는 철저하게 혼자 싸워왔다. 소소한 도움을 주는 친구, 거래를 하는 관계에 있는 조력자는 있었지만 목숨을 걸고 함께 싸울 수 있는 동료 따윈 만들지 않았다.

하지만 칼리아는 수많은 이들이 모인 반 블레이즈 원 연합을 만들었다. 심지어 국가라는 가장 절대적인 굴레마저 초월한 조직을.

"블레이즈 원에 대해서 실감해 보지 않은 사람들은 그런 식으로는 포섭할 수 없어요. 인간은 눈앞에 당장 죽을 위기가 닥쳐도 스스로의 이익을 생각하는 자들. 자신이 타고 있는 배가 침몰하기 시작할 때 인간은 가진 것을 나누어 많은 이들을 구하기보다는 자신이 가진 것을 하나도 포기하지 않고 혼자 살아남을 궁리부터 하게 마련이죠."

당연하게도 대부분의 인간은 철저하게 이기적이며 눈앞의 일밖에 보지 못한다.

인류의 존망, 세상의 위기 따위를 이야기해도 거기에 공감해서 목숨을 걸 수 있는 자는 극소수에 불과하다. 심지어 블레이즈 원에게 씻을 수 없는 원한을 가진 자들조차 개인적인 동기로 목숨을 걸뿐, 그들이 가져오려는 거대한 파멸을 막지 않으면 안 된다는 숭고한 사명감을 갖고 싸우는 것은 아니다.

"아무리 거대한 파멸이 닥쳐온더라도 인간은 그 앞에서 일치단결하기보다는 서로의 이익을 다투게 되어 있습니다. 당신이 걸어온 길을 보세요. 전쟁을 쫓아다니면서 선이나 악, 거창한 이상이나 희망 대신에 한 푼의 동전을 위해 자신의 검을 팔고 아무런 원한도 없는 자들의 목숨을 앗아가는 자들을 보세요. 그들이 과연 자신이 가담한 행위가 가져올 미래의 결과를 이해하고 움직이나요?"

결코 그렇지 않았다.

그래서 칼리아는 이상과 이익을 합쳐 인간들을 움직여 왔다.

공감대를 형성할 수 있는 감정을 지닌 자들을 모으고, 그렇지 않은 자들에게 블레이즈 원이라는 존재가 가져올 손익에 대해서 이야기하며 거래를 해왔다. 로멜라 왕국의 여왕이라는 신분과 대륙을 통틀어 필적할 자를 찾을 수 없는 어마어마한 재력이 그것을 가능케 했다.

"단순히 거대한 악이 나타났으니 싸워야 한다고 말하는 것만으로는 사람들을 하나로 모을 수 없습니다. 만약 재앙의 날개가 펼쳐져 한 나라가 멸망을 맞이한다 해도 인간들은 단합하지 못할 거예요. 한 개인으로서 연민을 품을지언정, 집단으로서는 자신과 경쟁하던 집단의 파멸을 보며 자신들이 얻을 이익을 상상할 겁니다."

물론 아무리 인간들이 눈앞의 이익만 쫓아 움직이는 존재라고 해도 언젠가는 단합할 것이다.

도저히 항거할 수 없는 힘이 자신들이 여기까지는 절대적으로 안전하다고 생각했던 영역을 짓밟아 버린다면, 그제야 우왕좌왕하며 움직이리라.

하지만 그 기준은 개개인마다, 그리고 각 집단마다 다르고 그렇기에 모두가 하나가 되기까지는 오랜 시간이 걸릴 것이다. 셀 수 없을 정도로 많은 사람들이 죽어가고, 인간이 쌓아올린 역사가 잿더미가 되는 지옥 같은 시간이.

"그렇게 될 때까지 기다릴 수는 없어요. 너무 늦기 전에, 무슨 수를 쓰든지 많은 힘을 하나로 모아야 해요. 그러기 위해서 나는 무슨 일이든 할 겁니다. 내가 가진 모든 것을 더해서라도……."

'이 여자, 굉장하군.'

그 순간 루그는 칼리아에게 감탄하고 말았다.

고작해야 그와 비슷한 나이의 여자다. 고귀한 신분을 가졌다고 해도 스스로의 힘으로는 블레이즈 원의 말단 병사조차 감당하지 못할 것이다.

그러나 지금 루그를 설득하기 위해 마음속에 품은 생각을 풀어놓는 그녀는 너무나도 거대하게 보였다. 그저 눈앞의 적에게 주먹을 휘두르는 것밖에 모르는 루그는 죽었다 깨어나도 할 수 없는 일을 가능케 하는 에너지가 넘쳐흐르는 것 같았다.

루그는 자기도 모르게 말했다.

"당신은… 인간을 믿지 않는군요."

"그래요."

칼리아는 쓴웃음을 지었다.

루그는 순간 그것이야말로 그녀의 진짜 웃음이라고 느꼈다. 우아하고 기품있는 미소는 필사적으로 만들어낸 가면일 뿐이고, 절망에 지쳐 있는 쓴웃음만이 그녀의 진짜 웃음이었다.

칼리아는 뼛속까지 인간에 대한 불신으로 가득 차 있었다. 누구보다 인간의 힘을 믿고 의지해야 할 위치에 있으면서도 그녀는 인간이라는 존재에게 절망해 있었다.

그 자리에서 루그에게 이야기하지는 않았지만, 블레이즈 원에 의해 왕도 라무니아가 파멸했을 때 칼리아는 인간이 가진 가장 추잡한 본성을 보고 말았다.

평소 명예와 도리를 이야기하던 자들은 욕망 앞에서 그들을 인간답게 만들어주던 모든 것을 버렸다.

차라리 살고자 했을 뿐이라면 이해할 수 있었을지도 모른다. 자신의 목숨을, 그리고 소중한 자의 목숨이 위협받았을 때 차라리 죽겠다고 말할 수 있는 이가 얼마나 될 것인가?

하지만 그들은 목숨보다도 이익을 위해 배신했다.

파멸 속에서도 자신이 가진 권력과 재산을 유지하고 싶다는 욕망, 평소 우러러보던 자들을 짓밟고 그 자리를 차지하고 싶다는 욕망으로 움직인 자들에게 칼리아가 사랑하던 이들이 죽었다.

칼리아는 지쳐 있었다. 그날 이후로 한 번도 쉬지 않고 달려왔다. 수중에 가진 모든 것을 동원해서 싸워야 할 자들에 대해서 조사하고, 싸우기 위한 조직을 만들었다.

당장에라도 지쳐서 쓰러질 것 같건만, 아무것도 하지 않고 휴식에 빠졌을 때 찾아올 악몽이 두려워서 그럴 수가 없었다. 혼자서 멍하니 허공을 올려다보고 있노라면 그날의 악몽이 떠올라서 영혼이 짓눌려 질식해 버릴 것만 같았으니까.

칼리아가 말했다.

"나는 블레이즈 원을 파멸시키기 위해서라면 무엇이든 할 겁니다. 루그 경, 부디 우리와 함께 해주세요."

3

 결국 루그는 반 블레이즈 연합에 소속되는 것을 받아들였다.

 반 블레이즈 연합 안에는 다양한 세력들이 존재하고 있었다. 칼리아가 연합의 구심점이 되는 것은 사실이었으나 국가가 다르고, 서로 품은 뜻이 다른 자들을 하나의 조직으로 묶을 수는 없었다.

 루그는 칼리아의 직속 조직에 들어갔다. 막강한 재력을 이용해서 운용하는 그 조직은 다른 어떤 조직보다도 강한 자들이 많이 모여 있었다. 그 조직에 들어간 루그는 너덜너덜해진 장비들 대신에 마법 처리까지 된 장비들로 무장할 수 있었다.

 그 조직의 수장은 요르드였다.

 "요르드 경, 당신은 아네르 왕국의 기사잖아?"

 "맞아."

 "그런데 왜 이 조직의 수장을 맡고 있는 거지?"

 "루그 경은 정말 세상이 어떻게 돌아가는지는 잘 모르시는군? 블레이즈 원과 싸우려면 그런 것에도 관심을 가져두는 게 좋을 거야."

 요르드는 쓴웃음을 지었다. 루그는 눈앞의 목표를 달성하는 데는 뛰어난 능력을 발휘한다. 강력한 무력을 가졌고 암흑가의 생리를 잘 알기에 그것을 철저하게 이용해 왔기 때문이다.

 하지만 국가의 정세나, 일련의 거대한 흐름을 보는 눈은 너무 취약했다. 지금까지 한 마리 외로운 늑대처럼 살아온 것도 당연해 보인다. 조직에 들어온 후로도 사교성이 부족해서 요르드 말고는 제대로 말을 나누는 사람조차 없을 정도였다.

 요르드가 말했다.

 "우리나라는 사실상 블레이즈 원에게 점령당했어. 티아나 아카라즈난을 알고 있나?"

 "독사 같은 년이었지."

 루그가 대답했다. 요르드가 쓴웃음을 지었다.

 "그녀는 우리나라의 왕비였어."

 "그것도 알고 있어. 그녀가 이미 죽었다는 것도."

 블레이즈 원의 상위 용족 간부 티아나 아카라즈난. 그녀는 다이아몬드 광산을 가진 굴지의 부호 가문 크리스틴 백작가의 딸이라는 신분을 가졌다. 어느 순간부터 아네르 왕국 사교계의 여왕으로 군림하던 그녀는 결국 아네르 국왕의 사랑을 받아 왕비가 되었다. 그리고 당연하게도 그를 자신의 뜻대로 움직이는 꼭두각시로 만들었다.

 그런 티아나 때문에 루그는 아예 아네르 왕국에는 접근조차 할 수 없는 신세가 되고 말았다. 아네르 왕국에 깔린 블레이즈 원의 지부들을 습격하다 보니 정규군이 움직였기 때문이다.

티아나가 죽은 지금도 루그는 아네르 왕국에서는 수배당한 신세다.

요르드가 말했다.

"그녀가 죽었는지까지는 모르겠지만 실종된 것만은 사실이지. 어느 날 갑자기……."

"확실히 죽었어. 내 눈으로 직접 봤으니까."

"뭐?"

요르드가 놀라서 루그를 바라보았다.

루그가 말했다.

"리제이라 바레론, 티아나 아카라즈난, 케텔로스 셋은 우리 스승님과의 싸움에서 죽었다."

그레이슨은 루그와 함께 블레이즈 원의 상위 용족 간부 여섯 명 전원과 그들이 이끌고 온 100명의 정예 마물과 싸웠다.

그 결과 리제이라와 티아나, 케텔로스는 사망했고 다르칸과 메이즈는 목숨이 경각에 달할 정도로 심각한 부상을 입었다. 엘토바스가 재빨리 둘을 빼내지 않았다면 거기서 모든 상위 용족 간부들을 몰살시킬 수 있었을지도 모른다.

루그의 이야기를 들은 요르드가 혀를 내둘렀다.

"네 스승님은 정말 무시무시한 분이셨군. 아무리 네가 옆에서 도왔다고는 하지만 상위 용족 간부 여섯을 모두……."

"당시의 나는 기격의 경지에도 오르지 못했기 때문에 큰 도움은 되지 못했어. 어쨌든 그런 이유로 현재 블레이즈 원에 남아 있는 상위 용족 간부는 엘토바스, 메이즈, 다르칸 셋뿐

이야."

"정말 귀중한 정보야. 우리는 그들이 우리 정보망이 미치지 않는 곳에서 활동하고 있다고 생각했거든."

블레이즈 원은 전대륙을 무대로 활동하고 있으며, 상위 용족 간부들의 활동 반경은 터무니없을 정도로 넓었다. 마음만 먹으면 하루에 천 킬로미터 이상도 이동할 수 있는 자들이니 인간의 정보망이 그들을 완전히 붙잡지 못하는 것은 당연한 일이다.

요르드가 말했다.

"알고 있겠지만 티아나가 왕비에 등극한 뒤에 우리나라에는 피바람이 불었어. 아이러니하게도 나는 그녀가 일으킨 내전 속에서 명성을 얻었지."

티아나가 왕비가 된 후 어째서인지 왕실에 반역하는 자들이 우후죽순처럼 일어나고, 그들 모두가 숙청당했다. 그 과정에서 나라를 지배하는 세력이 둘로 나뉘어서 내전이 벌어졌으며, 요르드는 왕실파의 선두에 서서 뛰어난 활약을 보임으로써 나라 밖까지 전해지는 명성을 얻게 되었다.

"하지만 얻은 것이 없어. 잃기만 했지."

내전 속에서 요르드는 많은 것을 잃었다.

영지 사람들은 물론이고 가족들도 많이 죽었다. 심지어 아버지와 동생마저 잃었다.

그리고 그중 아버지의 죽음은 블레이즈 원이 내전을 일으키고자 하는 목적으로 행한 공작이 불러온 결과였다.

"티아나가 사라진 후에는 더 큰 혼란이 나라를 덮쳤어. 그 와중에 블레이즈 원의 세력은 오히려 더 강력한 지배력을 행사하게 되었고."

티아나가 실종된 후 그녀의 꼭두각시였던 국왕은 미쳐 버렸다. 국왕의 광기로 인해 피폐해진 나라에 한바탕 광풍이 몰아치고, 결국 참다 못한 귀족들이 반역을 일으켜 왕권을 교체했다.

그러나 그 왕도, 귀족들도 모두 블레이즈 원의 지배를 받는 자들이었다.

"이제는 내 힘으로는 뭘 어떻게 할 수가 없어. 하지만 칼리아님이라면 방법을 찾아줄 거야. 나는 그녀를 믿는다."

요르드 역시 블레이즈 원에 의해서 소중한 것을 잃은 슬픔을 간직하고 있었다. 그렇기에 칼리아의 뜻에 동참하여 이곳에 있는 것이다.

"그렇군."

루그는 만인에게 칭송받는 요르드에게도 자신과 같은 그늘이 있다는 사실을 이해했다. 오로지 그런 그늘을 가진 자만이 어떤 이익도 바라지 않고 순수하게 블레이즈 원과의 싸움에 목숨을 걸 수 있으리라.

그후 루그는 요르드와 급속도로 친해졌다. 칼리아의 직속 조직 내에서는 오로지 둘만이 기격의 경지에 올랐기에 하루가 멀다 하고 무예에 대한 이야기를 나누고, 서로 대련을 해가면서 기량을 향상시켰다.

칼리아와는 첫 만남 이후로는 거의 보지 못했다. 그녀와 다시 이야기할 기회가 생긴 것은 조직에 들어간 지 한 달이 지난 어느날이었다.

4

칼리아는 장시간 로멜라 왕국을 비우고 돌아다니고 있었다. 표면적으로는 대륙 제일의 부, 정확히는 마법 금속의 채굴권을 가진 그녀가 그것을 이용한 사업을 하는 과정이었다.

물론 사업이라는 것은 위장일 뿐이고 실제로는 몇몇 세력을 연합에 참가시키기 위한 협상이 진행 중이었다. 루그와 만나지 못하는 동안에도 그녀는 뛰어난 수완을 발휘하여 연합의 세력을 키워 나가고 있었다.

그러한 협상을 위한 자리에 루그는 호위자로 따라가게 되었다.

"왜 요르드가 아니고 접니까?"

칼리아 앞에 선 루그는 의아한 점을 물었다. 자신은 아직 조직에 들어온 지 한 달밖에 되지 않았다. 기격의 강체술사니 무력으로 인정받는 것은 당연하지만, 이런 일은 좀 더 신뢰받는 이가 맡는 게 정상 아닐까?

칼리아가 말했다.

"사실 요르드 경은 바빠요. 아네르 왕국의 상황을 반전시킬 계획을 진행 중이기 때문이죠."

이때의 루그는 몰랐지만 칼리아는 아네르 왕국의 유력자들과 손을 잡고 반역을 준비하고 있었다.

블레이즈 원에게 지배당한 아네르 왕국은 눈에 띄게 피폐해져 갔다. 내전으로 국력을 소모한 주제에 타국과의 분쟁도 심화시키고, 거기에 더해서 블레이즈 원이 의도적으로 각지에서 문제를 터뜨리고 있으니 당연했다. 이 상황을 뒤집을 방법은 반역밖에 없었다.

루그가 물었다.

"그래도 좀 더 당신이 신뢰할 수 있는 인원들이 있을 텐데요?"

"자신이 신뢰받지 못한다고 생각하시나요?"

"나는 연합에 들어온 지 한 달밖에 되지 않았습니다. 완전히 신뢰받는다면 그게 더 이상하지 않을까요?"

루그가 물었다. 그때 칼리아 곁에 서서 말없이 루그를 쏘아보던 날카로운 눈매의 여기사, 바리엔이 입을 열었다.

"무례하군요, 루그 경."

"무례한 것은 당신 같군요. 나는 칼리아님과 대화 중입니다만."

루그가 곧바로 받아쳤지만 바리엔은 싹 무시하고 말을 이었다.

"나도 솔직히 당신 같은 사람을 폐하의 지척에 두고 싶지 않습니다."

"그렇습니까?"

"천둥벌거숭이처럼 날뛰는 것밖에 모르는 당신 같은 사람이……."

"그만."

칼리아가 바리엔의 말을 막았다. 그녀는 피곤한 듯 손을 이마에 가져가며 말했다.

"쓸데없는 일로 감정을 소모하지 않았으면 좋겠군요. 루그 경, 당신이 납득할 만한 이유를 말하죠. 인간적인 신뢰를 기준으로 삼는다면 당신의 의문은 타당해요. 하지만… 당신이 없다면 나는 문제가 생겼을 경우 살아 돌아올 자신이 없어요."

그 말에 루그는 흠칫했다.

칼리아는 자신이 죽을 가능성을 이야기하면서도 담담한 표정을 짓고 있었다.

하지만 루그는 그녀의 눈동자에 깃든 공포를 보았다. 그 누구보다도 자신이 싸워야 할 적의 힘을 뼈저리게 알고 있기에 그녀는 두려워하고 있었다.

그 사실을 알아채는 순간, 루그는 망설임을 버렸다.

"알겠습니다."

블레이즈 원의 상위 용족 간부들을 상대로 칼리아를 지킬 수 있는 것은 루그나 요르드처럼 기격의 경지에 오른 자밖에 없다. 칼리아는 그 사실을 잘 알고 있었던 것이다.

"당신은 내가 지키겠습니다."

루그는 라나 아룬데를 잃은 이후 처음으로 누군가를 지켜내겠다고 결의했다.

칼리아의 우려는 적중했다.

그녀는 매사를 처리함에 있어 기밀 유지를 최우선으로 한다. 하지만 사람이 하는 일에는 허점이 없을 수 없다. 특히 마법을 이용해 간단히 인간의 눈을 속일 수 있는 블레이즈 원은 어디에나 스며들 수 있었고, 어떤 인간이든 농락할 수 있었으니까.

어디서 정보가 샌 것인지 모르겠지만 회담 상대는 이미 블레이즈 원의 손아귀에 잡혀 있었다. 자신도 모르는 사이에 흑마법의 저주에 걸린 그는, 칼리아와 이야기하는 동안에 몸에서 검은 연기를 뿜어내더니 지독한 독으로 화한 피를 사방으로 흩뿌리며 폭발해 버렸다.

칼리아의 곁에 있었던 것이 루그가 아니었다면 그녀는 죽었으리라.

루그는 사전에 불길한 마력의 움직임을 간파하고 그것을 막아낸 뒤 회담 장소인 시골의 별장을 탈출했다.

"젠장!"

별장에서 빠져나온 루그는 숲을 둘러싸고 무수한 괴물들이 움직이는 기척을 느꼈다. 블레이즈 원은 킬리아를 죽이기 위해 만반의 준비를 갖추고 있었던 것이다.

'이 기척으로 보건대 적어도 대략 50 정도. 놈들도 은밀하

게 동원할 수 있는 숫자는 이 정도가 한계였나? 상위 용족 간부만 없다면 이 정도는······.'

칼리아의 수행원으로 따라온 인원은 스무 명 가량이었다. 칼리아는 항상 이런 상황을 상정하기 때문에 만약의 사태에 걸리적거릴 수 있는 비전투원을 데리고 다니지 않는다. 칼리아의 시중을 드는 여기사 바리엔도 요르드를 스승으로 모시고 강체술을 4단계까지 연마한 실력자였다.

적들이 일반 조직원 50마리 정도에, 일반 용족 간부 한둘 정도라면 충분히 빠져나갈 수 있다. 루그는 그렇게 생각하며 먼저 돌진해서 활로를 트려고 했다.

"음? 예상 외로군. 한 명도 죽지 않다니······."

그때 하늘에서 의아해하는 목소리가 들려왔다. 루그는 흠칫 놀라서 하늘을 올려다보았다.

거대한 덩치를 가진 푸른 비늘의 드라칸이 지상으로 내려서고 있었다. 그를 보는 순간 루그가 입술을 깨물었다.

"다르칸······!"

블레이즈 원을 지배하는 여섯 명의 상위 용족 간부 중에 하나, 질풍의 다르칸이 그들을 가로막고 있었다.

루그를 발견한 다르칸이 고개를 갸웃했다.

"루그 아스탈? 네가 어째서 여기에 있지?"

이미 루그와 다르칸은 두 번이나 싸워본 적이 있었다. 한 번은 그레이슨과 함께 블레이즈 원의 상위 용족 간부 여섯 명을 한꺼번에 상대했을 때, 그리고 또 한 번은 라나가 죽은 후에 블레이즈 원의 지부들을 습격하는 과정에서. 당시의 루그는 기격을 각성하기 전이었기 때문에 겨우 목숨만 건져서 달아났다.

'최악이다.'

기격을 터득한 지금이라면 다르칸에게 한 방 먹여주는 것도 가능할지도 모른다. 문제는 루그가 죽자사자 싸우다 산화하면 끝이 아니고 어떻게든 칼리아를 무사히 탈출시켜야 한다는 것이다.

―바리엔 경!

루그는 강체술의 응용 기술인 트랜스 메시지를 이용해서 다른 수행원들에게 말을 걸었다.

―저놈, 다르칸은 내가 막는다! 당신들은 칼리아님을 모시고 포위망을 돌파해!

―아무리 루그 경 당신이라도 상위 용족 간부를 혼자 상대하는 건 무모합니다! 일단 힘을 합쳐서……

―주변을 포위한 적의 숫자가 50마리쯤 된다. 전력을 분산하다가는 발목을 잡혀. 그리고 내가 이놈을 얼마나 막을 수 있을지 모르겠으니 최대한 빨리 돌파해서 빠져나가라고.

―하지만 그럼 당신은…….

―아, 다른 사람이면 몰라도 바리엔 경 당신은 내가 죽는다고 슬퍼할 것도 아니잖아. 그냥 바보 같은 놈이 자기 목숨이 아까운 줄 모르나 보다 하고 넘어가.

―…….

루그의 말에 바리엔이 입술을 깨물었다. 루그가 피식 웃었다.

―지체할수록 상황은 더 나빠져. 간다!

루그는 그렇게 말하곤 팔을 당기고 스톰 브링거를 장전했다. 그 모습을 본 다르칸이 말했다.

"네 힘으로 나를 어쩔 수 없다는 것은 지난번에 뼈저리게 깨달았을 터. 왜 그렇게 죽고 싶어하는 거지, 루그 아스탈?"

후우우우우!

그의 몸을 감싸고 광포한 바람이 휘몰아치기 시작했다. 다르칸은 마법을 하나도 쓰지 않더라도 속성력만으로도 인간 수십 명을 찢어 죽일 수 있는 능력의 소유자였다.

순간 그의 눈앞에서 루그가 사라졌다.

"뭐지?"

다르칸의 눈이 휘둥그레졌다.

놀란 그는 즉시 마법으로 자신의 감각을 점검했다. 마법사답게 자신도 모르게 환상 마법이나 현혹 마법에 당했을지도 모른다고 판단한 것이다.

그러나 그것은 실수였다. 그가 당황하는 잠시 동안의 틈을 타고 루그는 뒤쪽으로 돌아가 있었다.

기격으로 다르칸의 허를 찌르고 뒤를 잡은 루그는 망설이지 않았다. 조금 전부터 장전해 두고 있었던 스톰 브링거를 최대 출력으로 전개했다.

'스톰 브링거!'

콰아아아앙!

주먹이 등에 작렬하며 광포한 폭음이 울려 퍼졌다. 다르칸의 몸을 감싼 바람과 방어 결계가 모조리 흩어지면서 등뼈가 박살 났다.

"크아아아악!"

다르칸이 비명을 지르며 날아가 버렸다.

지금까지 일방적으로 인간을 학살해 오던 상위 용족의 오만이 부른 틈은 가혹한 결과를 불러왔다. 다르칸은 수십 미터나 날아가서 땅에 처박혔다.

구구구구……!

루그는 가라앉는 흙먼지 속에서 주먹을 내민 자세로 서 있었다.

방금 전의 일격에는 그야말로 혼신의 힘을 쏟아부었다. 아무리 상위 용족이라고 해도 무방비 상태로 등을 얻어맞았으니 죽었어야 정상이겠지만…….

"끈질긴 놈."

루그는 이를 갈았다.

다르칸의 생명 반응이 끊어지지 않았다. 다수의 인간을 상대하기 위해 겹겹이 둘러쳤던 방어 마법과 무시무시한 기세로 휘몰아치는 바람을 돌파하는 과정에서 스톰 브링거의 위력이 절반 이하로 죽어버렸다. 하다 못해 바람만 일으키지 않은 상태였어도 숨통을 끊어놓을 수 있었을 것을…….

"도대체 무슨 수를 썼기에 내 감각이……."

다르칸은 고통에 젖은 목소리로 중얼거리며 몸을 일으켰다.

아니, 아무리 강건한 육체를 가진 드라칸이라고 해도 등뼈가 부러진 상태에서 일어날 수는 없다. 그는 마법의 힘으로 스스로를 허공에 띄우고 있었다.

콰드득, 콰드득……!

보이지 않는 마법의 힘이 부서진 뼈와 찢겨진 내장을 본래대로 맞춘다. 인간이라면 벌써 즉사했을 부상이거늘 다르칸에게는 응급처치용 마법을 사용할 정도의 여력이 남아 있었다.

쉬쉬쉬쉿!

루그는 그에게 틈을 줘서는 안 된다는 생각에 주변의 돌멩이를 차올려서 연속적으로 집어던졌다. 강체력이 실린 돌멩이가 무시무시한 기세로 공간을 관통했다.

파바바박!

그러나 다르칸은 이미 방어막을 펼쳐두고 있었다. 돌멩이가 일정 범위 안에 들어오는 순간, 강력한 마법의 역장이 그것들을 가루로 만들어 버렸다.

화아아아아악!

뒤이어 다르칸의 마법이 발동하면서 무수한 불의 구체가 날아들었다.

퍼버버버벙!

"이 자식!"

루그는 화염구를 막아내면서 후퇴했다.

그러는 동안 다르칸은 응급처치를 마치고 하늘로 날아올랐다. 통각을 끊고, 부서진 뼈를 최대한 제자리에 맞춰두고, 내장 기능을 대체하는 생명 유지 활동을 위해 마력의 7할 가량을 소모해야 하긴 하지만, 나머지 3할만으로도 인간 수십 명 정도를 몰살시키기엔 충분하다!

"길게 싸울 수는 없겠군."

다르칸은 30미터 상공에 뜬 채 중얼거렸다. 블레이즈 원에 들어온 이래 처음으로 죽을 고비를 넘겼다. 나약한 줄만 알았던 인간들에게 이런 힘이 있을 줄이야?

하지만 그것은 그가 방심했기 때문에 일어난 일이다. 처음부터 인간의 손이 닿지 않는 하늘에 뜬 채 마법으로 지상을 유린한다면 인간에겐 대책이 없었다. 이제부터는 철저하게 그런 방식으로 싸울 것이다.

5

콰아앙! 콰광!

다르칸이 높은 곳으로 날아올라 마법으로 공격하기 시작하자 루그도 대책이 없었다. 돌멩이를 던져봤자 다르칸의 방어벽이 견고해서 타격을 주지 못한다.

'그나마 화력이 줄어든 게 다행인가!'

본래대로라면 다르칸은 무시무시한 마력을 이용, 수십 발의 마법을 연달아 쏟아내서 지상을 초토화시킬 수 있었다. 그러나 루그에게 당한 부상 때문인지 단발성 마법을 한두 발씩 쓰는 게 고작이었다.

하지만 그것만으로도 인간들을 상대하기에는 충분했다. 블레이즈 원의 병력과 상대하는 인간들 중에 하나를 골라잡아서 잠깐 동안 감각을 현혹시키는 것만으로도 치명적인 허점이 발생하고…….

"크아아아악!"

…그 허점을 블레이즈 원의 조직원이 용서없이 찔러서 인간을 죽일 수 있었으니까.

루그가 외쳤다.

"자스란! 발드! 감각 보호 마법을 써! 뚫려도 상관없으니까 효과를 저하시킬 수 있는 건 뭐든 해!"

루그는 수행원 중에 포함된 두 명의 마법사에게 명하고는 정신없이 적들을 쓰러뜨렸다. 칼리아의 주변을 맴도는 그가 공격을 가할 때마다 블레이즈 원의 조직원 숫자가 착실하게 줄어가고 있었다.

그러나 모든 적이 만만한 것만은 아니었다.

"흐앗!"

기이한 기합성과 함께 검이 내려쳐졌다. 루그는 그 검에 실려 있는 묵직한 강검의 힘을 감지하고는 재빨리 옆으로 피했다.

이상한 오크였다. 키는 루그와 비슷하지만 근육은 오크답게 두텁게 발달해 있다. 그런데 눈이 기이한 붉은 빛을 발하고 있는 데다 팔이 비정상적으로 길었다.

"히이이이잇!"

오크는 괴성을 지르며 달려들었다. 오크 주제에 루그 이상으로 돌진 속도가 빨랐다.

쉬이이잉!

'제기랄! 간부인가?'

블레이즈 원의 조직원들은 대부분 마법적인 개조를 받고 능력이 약간씩이라도 상승한 존재들이다.

그중에서도 간부들은 비정상적으로 강화된 능력을 갖고 있었다. 지능이 인간 수준으로 높은 것은 물론, 마력이나 신체 능력도 상대하기 짜증날 정도로 강하다. 이놈의 경우 신체 능력이 비정상적으로 강화된 개체인 것 같았다.

마법적인 강화에 강체술도 4단계까지 익혀서 그런지 근력과 순발력만큼은 루그보다도 더 뛰어나다. 게다가 비정상적으로 긴 팔 때문에 검의 궤도를 파악하기가 까다로웠다.

쉬쉬쉬쉬쉬쉬!

오크 전사는 정신없이 루그를 몰아붙였다. 하지만 어느 순간 루그는 스파이럴 스트림을 휘감은 왼팔로 검을 받아내고는 반대쪽 주먹으로 라이트닝 바운드를 날렸다.

콰이앙!

오크 전사의 몸이 기역자로 꺾여 버렸다. 보통 사람이면 몸통이 박살 났을 위력인데도 뼈만 몇 대 부러진 느낌이 오는 것을 보니 보통 단단한 것이 아니다. 하지만…….

쾅!

루그가 추가타를 날리자 머리가 박살 나며 쓰러지고 말았다. 루그는 쓰러지는 그를 넘으면서 숨을 골랐다.

"후우, 후우……!"

계속해서 적들을 상대하다 보니 아무리 그라고 해도 지쳐가고 있었다. 특히 다르칸에게 혼신의 일격을 퍼부은 다음 방어하면서 물러나는 동안에 강체력을 너무 많이 소모했다.

"아아아악!"

"카악!"

그러는 동안에도 주변에서는 비명이 메아리치고 있었다.

루그가 잠깐 동안 묶여 있는 것만으로도 아군의 피해가 가속화되어 간다. 수행원들은 다들 실력있는 전사들이었지만, 적들의 마법에 감각을 유린당하자 억울할 정도로 쉽게 당하고 있었다.

'빌어먹을 마법!'

적의 마법사가 너무 많았다. 다르칸뿐만 아니라 다른 병력들 뒤쪽에 숨어서 마법을 구사하는 놈이 최소한 넷 이상은 된다. 이렇게 되자 두 명밖에 안 되는 아군 마법사들로서는 도저히 막아낼 수가 없었다.

그나마 적들의 수가 착실하게 줄어드는 것은 어디까지나 루그가 있기 때문이다. 아군의 수가 열 명 미만으로 떨어지는 동안 루그는 적을 열아홉 마리나 처치했다. 다른 이들이 처치한 적까지 합쳐서 이제 남은 것은……

'아직도 30 이상.'

루그는 암담함을 느꼈다. 다르칸이 상공에서 계속 수작을 부리는 이 상황에서 과연 빠져나갈 수 있을까?

문득 그의 시선이 수행원들 사이에 선 칼리아에게 향했다. 칼리아는 사방에서 죽음이 일어나고 있는 상황에서도 결연한 표정을 짓고 있었다. 하지만 루그는 비명이 울려 퍼질 때마다 그녀의 눈동자가 흔들리고 있는 것을 알아차렸다.

'그래. 당신은… 살아야 해.'

그녀는 여기서 죽어서는 안 될 사람이다.

비록 눈앞의 적 하나도 쓰러뜨릴 수 없는 연약한 존재라고 할지라도, 그저 닥쳐오는 적과 싸우는 것밖에 할 수 없는 루그보다는 훨씬 많은 일을 할 수 있을 것이다. 그녀가 없으면 인간은 블레이즈 원과 제대로 싸워보지도 못하고 패하리라.

"바리엔 경!"

루그는 철저하게 칼리아의 곁을 지키고 있는 바리엔을 불렀다. 동시에 그 앞으로 뛰어들며 두 개의 돌멩이를 집어던졌다.

팍! 팍!

돌멩이에 맞은 적들이 주춤하는 순간, 루그의 발차기가 한 놈을 날려 버린다. 한 박자 늦게 바리엔이 휘두른 검이 또 한 놈을 베어넘겼다.

루그는 트랜스 메시지로 말했다.

―이대로는 다 죽는다! 내가 길을 터줄 테니까 칼리아님을 안고 달려!

"뭐라고요?"

칼리아가 놀라서 물었다. 루그가 대답했다.

─그 길밖에 없습니다. 바리엔 경, 그 정도 힘은 남아 있겠지?

─하지만 어떻게 길을 트실 생각입니까?

바리엔이 물었다.

아무리 루그라고 해도 두터운 적의 포위망을 한 번에 열어젖힐 수 있을까? 그 자신이 빠져나가는 것이야 가능하겠지만, 다른 이가 지나갈 길을 트는 것은 난이도가 완전히 다르다.

루그가 말했다.

─나를 믿고 내 등 뒤에 바짝 붙어. 한순간이지만 분명히 빠져나갈 틈을 만들어주마. 절대로 놓치면 안 돼.

─알겠습니다. 별로 믿고 싶진 않지만, 다른 길이 없군요.

─이런 때까지 까칠하게 굴기는!

바리엔은 루그의 투덜거림을 들으면서 검을 집어넣었다.

"폐하, 무례를 용서하시길."

그녀는 칼리아를 붙잡고 안아올렸다. 격전 중에 검을 집어넣고 사람을 안아든다니, 미친 짓이다. 목숨을 걸 정도로 루그를 신뢰하지 않고서야······.

"마음에 들진 않지만 이 남자를 믿을 수밖에 없습니다."

바리엔이 결연한 표정으로 말했다. 루그는 고개를 끄덕이고는 강체력을 끌어올렸다.

'뒷일은 생각하지 않는다.'

지금까지는 계속해서 싸워 나가는 것을 전제로, 즉 어느 정도 여력을 남긴 채 장기전을 벌이는 것을 생각하며 싸웠다.

하지만 그런 식으로는 도저히 이 포위망을 돌파할 수 없다. 조금만 더 지체하면 수행원들은 몰살당하고 칼리아와 루그만 남게 될 것이다.

그렇게 되기 전에, 아직 격발시킬 여분의 힘이 남아 있을 때 돌파해야 했다.

'간다!'

심호흡을 한 루그가 잠력을 격발시켰다. 안정적으로 체내를 흐르고 있던 강체력이 미친 듯이 연소되면서 전신에 폭발할 것 같은 힘이 차올랐다.

"하아아앗!"

동시에 루그가 달리기 시작했다. 오크가 휘둘러 오는 검을 왼팔로 막고 그대로 오른팔을 날려서 안면을 박살 내버린다. 그 직후 뒤쪽에서 당황하고 있는 트롤이 나타나자 뛰어서 무릎차기로 날려 버리고, 그 양옆에 있던 놈들을 라이트닝 바운드와 발차기로 쓰러뜨린다.

그 너머에는 트롤 마법사가 있었다. 루그는 기격으로 트롤 마법사의 집중을 방해하고는 손목을 덥썩 잡았다.

휘리리리리!

스파이럴 스트림이 트롤 마법사의 몸을 휘감고 그대로 허공으로 날려 버린다. 루그는 그대로 팔을 빙글빙글 돌려서 그를 허공에다 휘두른 다음 적들을 향해 집어던졌다.

파아아아아앙!

가속된 스파이럴 스트림에 휘감긴 트롤 마법사가 적들 사이로 날아갔다. 적들이 비명을 지르며 거기에 휘말려서 우수수 쓰러져 버린다.

"하아아아앗!"

그 직후 루그가 섬광을 발하는 권격을 연달아 퍼부어서 적들을 쓰러뜨렸다. 빠르게 날아드는 연타 모두가 라이트닝 바운드라 그것을 막는 적들의 병장기도, 갑옷도 그대로 박살 나고 만다.

"크아앗!"

단번에 십수 명을 쓰러뜨린 루그가 비명처럼 외치며 양손을 외쳤다. 그러자 그 앞쪽에서 굵직한 섬광이 뻗어나가 적들을 관통했다.

콰아아아앙!

원거리 공격 기술 샤이닝 블래스터였다. 마치 마법처럼 뻗어 나가는 섬광에 격중당한 적들이 비명을 지르며 날아가 버린다.

"허억, 허억……!"

일순간에 힘을 폭발시켜 적들을 유린한 루그가 숨을 몰아쉬었다.

잠력을 격발시킨 그의 힘과 속도는 방금 전과는 차원이 달랐다. 하지만 그것은 1분 동안 동안 쓸 힘을 1초 만에 써버리는 방식이다. 같은 페이스를 유지하며 싸우면 힘이 순환하면서 꾸준히 소모와 회복이 반복되지만, 이렇게 한 번에 써버리면 금방 고갈된다. 게다가 단번에 출력을 올리기 때문에 몸에 막대한 부담이 간다.

불과 수십 초가 지났을 뿐이지만 루그는 벌써 몸이 비명을 지르는 것을 느꼈다. 하지만 그 결과 마치 폭풍이 휩쓸고 지나간 것 같은 참상이 만들어졌다.

'부상자들이 일어나기 전에 돌파해야 해!'

십수 명을 일거에 쓰러뜨렸지만, 그들이 모두 죽은 것은 아니다.

잠력을 격발시키기 전까지는 착실하게 적들의 숨통을 끊어놓았지만, 지금은 그저 돌파구를 열기 위해 무작정 쓰러뜨리기만 했다. 잠시라도 지체한다면 그들이 부상을 딛고 일어나 다시 달려들 터.

"쿨럭!"

달려가던 루그는 속에서 울컥 치솟는 것을 참지 못하고 기침을 했다. 그러자 핏방울이 튀었다.

"루, 루그 경?"

그것을 본 칼리아가 등 너머에서 떨리는 목소리로 그를 불렀다. 루그는 씩 웃으며 중얼거렸다.

"오랜만에 피 토해보는군."

루그는 워낙 생사의 경계를 낳이 넘다 보니 피를 토하는 것 정도로는 동요하지도 않았다. 그때였다.

콰아아아앙!

사라진 추억 103

달려가는 루그의 앞쪽에 섬광이 작렬했다.

숲이 불타오르면서 아름드리 나무가 쓰러진다. 그 직전에 멈춰 선 루그가 섬광을 쏘아낸 자, 다르칸을 노려보았다.

"개자식, 끝까지 방해할 셈이군."

다르칸 역시 상태가 심각할 텐데 루그와 칼리아를 그냥 보내주기는 절대 싫은 모양이다. 루그는 몸을 돌리며 말했다.

"가."

"뭐라고요?"

칼리아가 물었다.

루그가 말했다.

"빨리 가. 일시적으로 포위망을 돌파하긴 했지만 끝난 게 아니야. 아직 안 죽은 놈도 많고, 무엇보다 저 빌어먹을 파란 도마뱀 녀석이 나를 보내줄 생각이 없는 것 같거든."

루그는 파리해진 안색으로 씩 웃었다. 심호흡을 해서 잠력 격발로 헝클어진 강체력을 바로잡으며 다르칸을 노려본다.

그 직후 다르칸이 다섯 개의 화염구를 만들어 루그를 향해 낙하시켰다. 멀리서 급속도로 접근하는 화염구를 본 루그가 양팔을 앞으로 내밀고 크게 원을 그리며 휘둘렀다.

화아아아악!

폭발하는 불길이 루그가 회전시킨 양팔의 움직임을 따라서 사방으로 흩어져 간다. 스파이럴 스트림의 원리를 적용시킨 방어 기술이었다.

하지만 지칠 대로 지친 루그가 막강한 위력의 폭염을 막아내고 멀쩡할 수는 없었다. 루그는 눈앞이 아찔해지는 것을 느끼며 한쪽 무릎을 꿇었다.

"으으윽… 이 근성없는 몸뚱이가 진짜!"

이 화염구 공격은 피했어야 했다. 루그가 지쳐 있다고 해도 그 정도는 충분히 할 수 있었다.

하지만 그의 뒤에 칼리아와 바리엔이 있어서 그럴 수가 없었다.

"허억, 허……."

루그는 숨을 몰아쉬며 일어났다. 하늘에 떠 있는 다르칸 역시 상태가 안 좋아 보였다. 아무리 뛰어난 마법사라도 그의 몸은 당장 죽어도 이상하지 않을 중상, 차분히 몸을 회복해도 부족할 판에 계속 마법을 써댔으니 상태가 나빠지는 것도 당연하다.

루그가 뒤도 돌아보지 않고 말했다.

"빨리 가."

자신은 여기서 죽을 것이다.

하지만 칼리아와 바리엔은 살아남는다. 그것으로 충분했다.

'머리 나쁜 사내 자식 하나가 죽어서 아리따운 여자를 둘이나 살릴 수 있으면 남는 장사잖아?'

그러나 그때 예상치 못한 대답이 들려왔다.

"아니요. 가는 건 제가 아닙니다."

바리엔이 차분한 목소리로 대답했다. 루그는 짜증스런 표정으로 뒤를 돌아보았다.

그녀는 칼리아를 내려놓고 검을 뽑아들었다.

스르릉!

"루그 경, 당신이 칼리아님을 데리고 탈출해 주세요. 저놈은 제가 막겠습니다."

"무슨 헛소릴 지껄이는 거야? 빨리 가지 못해?"

루그가 으르렁거렸다. 한시가 급한 판에 이런 소릴 듣게 되다니, 어이가 없어서 머리끝까지 화가 났다.

하지만 바리엔은 그 말에 따르는 대신 미소 지었다.

"착각하지 마십시오. 절대 당신 목숨이 아까워서 그러는 게 아닙니다. 당신이 가야만 칼리아님이 삽니다."

"뭐? 아니, 잠깐… 너……!"

루그는 비로소 바리엔의 상태가 이상하다는 사실을 깨달았다. 그녀의 눈은 초점이 흔들리고 있었고 안색은 루그 이상으로 창백했다.

"전 이미 틀렸습니다. 곧 죽을 겁니다."

루그는 그녀가 어깨와 허벅지 두 군데 칼을 맞았고, 그 상처를 통해 독에 중독됐다는 사실을 알아차렸다. 강체술사인 그녀가 독에 쉽게 당할 리는 없을 테니 그것은 아마도…….

'마법인가!'

다르칸이나 아니면 다른 마법사가 혼전을 틈타 독성을 일으키는 저주를 걸었을 것이다. 정신없이 달리는 동안에는 몰랐지만 잠시 멈추게 되자 전신에 독성이 퍼져서 자신이 죽어간다는 사실을 깨달았으리라.

칼리아가 창백해진 얼굴로 그녀를 불렀다.

"바리엔!"

"죄송합니다, 폐하. 아니……."

언제나 칼리아에게 극존칭을 쓰던 바리엔의 말투가 바뀌었다. 마치 친한 친구에게 말하는 소녀처럼.

"미안해, 칼리아. 끝까지 지켜주지 못해서. 부디 행복해져야 해."

바리엔은 마지막으로 칼리아를 돌아보며 미소 지었다. 그리고 잠력을 격발시키면서 루그에게 말했다.

"칼리아의 털끝 하나라도 상한다면 지옥에 가서도 당신을 저주하겠습니다!"

그녀는 루그가 미처 대답할 틈도 주지 않고 달려 나갔다. 그러면서 손으로 땅바닥을 훑어 돌멩이들을 집어 들었다.

파바바바박!

그녀가 연달아 던진 돌멩이와 단검이 다르칸의 방어막에 부딪치면서 그의 주의를 끌었다. 다르칸이 힘겨운 목소리로 말했다.

"방해하지 마라."

쫘르르룽!

다르칸은 그녀를 향해 뇌격을 쏘아냈다. 그러나 바리엔은 강체력으로 전신을 감싸 그것을 받아낸 뒤 쓰러진 적들 사이에 놓여져 있던 창을 집어 들었다. 그리고 몸을 탄력있게 뒤로 젖히더니 무시무시한 기세로 다르칸을 향해 투척했다.

사라진 추억 107

콰하하핫!

그녀를 별로 신경 쓰고 있지 않았던 다르칸은 그 공격에 허를 찔렸다. 바리엔이 혼신의 힘으로 투척한 창이 그의 방어막을 꿰뚫고 날개를 찢어발겼던 것이다.

"크아아악!"

다르칸이 비명을 지르며 추락했다. 지상에 충돌하기 직전, 겨우 몸을 바로잡은 그를 노려보며 바리엔이 외쳤다.

"나는 로멜라 왕국의 기사 바리엔! 사악한 용족아, 인간을 무시하지 마라!"

바리엔은 당장에라도 꺼질 듯한 의식을 붙잡고 무시무시한 눈으로 다르칸을 노려보았다. 그리고 이글거리는 강검의 기운을 두른 검을 든 채 질풍처럼 돌격했다.

그것이 루그가 기억하는 바리엔의 마지막 모습이었다.

6

바리엔의 희생 덕분에 루그는 칼리아를 데리고 도망칠 수 있었다.

회담 장소에서 얼마간 떨어진 곳에 아군들이 있었기에 그들과 합류, 즉시 더 멀리 떨어진 아지트로 이동했다. 젖먹던 힘까지 끌어내서 싸운 루그는 한동안 죽은 듯이 잠들어 있다가 이틀이 지난 밤에나 눈을 떴다.

"몸상태는 괜찮아 보이는군요, 루그 경."

칼리아는 지친 얼굴로 루그를 맞이했다.

거처 주변을 지키는 이들은 여전했지만, 방에는 칼리아 혼자뿐이었다. 칼리아는 시녀조차 물린 채 혼자서 창밖의 밤하늘을 쳐다보고 있었다.

루그가 물었다.

"왜 혼자서 있는 겁니까? 누구라도 한 명 정도는 곁에 두어야……."

"알아요. 알고 있어요."

칼리아는 루그에게서 고개를 돌린 채 대답했다. 그 목소리는 담담했지만 루그는 그 이면에서 꿈틀거리는 감정을 읽었다. 처음 만났을 때 필사적으로 만들어 쓴 가면처럼 보였던 그 웃음처럼, 평정을 가장한 목소리 역시 그녀가 젖 먹던 힘까지 끌어내어 비명을 억누른 결과물이었다.

"곧 밀착호위자를 한 명 뽑을 거예요. 하지만 당장은 어쩔 수 없어요. 실력과 신뢰 두 가지를 양립하는 인물을 찾기 어려우니까요."

"바리엔 경은……."

아무렇지도 않은 척하며 말하는 칼리아를 보던 루그는 자신도 모르게 물었다.

"…당신과 어떤 관계였습니까?"

"……."

그 물음에 칼리아가 흠칫했다. 마치 순간적으로 그녀의 시간이 정지해 버린 것 같았다. 태연함을 가장한 얼굴도, 그리고 몸짓도… 마치 그것을 어떻게 제어해야 할지 모르는 것처럼 창백하게 굳어져 버렸다.

순간적으로 쩌적, 하고 그녀의 가면에 금이 가는 소리가 들려오는 것 같았다. 잠시 동안 망연해져 있던 칼리아는 시체처럼 창백한 얼굴로 허공을 올려다보며 말했다.

"바리엔은… 마지막으로 남은 내 친구였어요."

바리엔 라한드리가.

왕도의 참극 때 사망한 에리체 메이달라와 마찬가지로 불카누스가 원하는 봉인의 조각을 가졌던 자.

라한드리가 백작가의 혈통에 이어져 내려온 '축복'을 이어받은 바리엔은 놀랍게도 공간을 이동하는 능력을 갖고 있었다. 그 능력 덕분에 봉인의 조각을 빼앗기고 죽어가는 와중에도 칼리아를 데리고 달아날 수 있었지만, 그후에는 능력을 완전히 잃어버렸다.

본래 무가의 여식이었던 그녀는, 무슨 일이 있어도 칼리아를 지키겠다고 결의하고 피를 토하도록 열심히 단련했다. 그리고 지금까지 칼리아의 곁에 머물러 준 단 하나뿐인 위안이었다.

"모두 나만 두고 가버리는군요. 모두가……."

창밖으로 보이는 창백한 달을 보는 칼리아의 눈에서 투명한 눈물이 흘러내렸다.

그녀가 살았으면 하는 사람들은 모두 죽었다. 마지막까지 남아 있던 한 사람마저도.

"…제 곁에 있던 사람들도 그랬지요."

문득 루그가 입을 열었다. 칼리아가 눈물 젖은 눈으로 그를 돌아보았다. 잠시 동안 루그의 눈을 바라보던 칼리아가 무너질 것 같은 웃음을 지으며 말했다.

"역시… 당신도 똑같군요."

"예."

무엇이 똑같다는 건지 루그는 묻지 않았다.

처음 칼리아를 보는 순간부터 루그는 그녀가 자신과 똑같은 상실을 경험했다는 사실을 알고 있었다. 절대적인 악의에 의해 소중한 것을 잃은 사람만이 가질 수 있는 상처가 그녀의 눈동자 속에 아로새겨져 있었으니까.

아마도 칼리아 역시 루그를 보고 같은 느낌을 받았으리라. 그렇기에 망설임없이 그에게 자신의 목숨을 맡겼을 터.

문득 칼리아가 몸을 일으켰다. 그녀는 벽 쪽에 있던 찬장에서 술 한 병과 유리잔 두 개를 꺼내면서 말했다.

"술이 필요할 것 같네요."

"괜찮겠습니까?"

"가끔은 괜찮겠죠. 지금은… 솔직히 맨정신으로는 도저히 견딜 수 없을 것 같으니까."

칼리아는 그렇게 말하며 루그와 마주앉아서 술을 따랐다.

두 사람은 밤을 지새우며 과거를 이야기했다.

서로에게 공통된 상처로 남아 있는 원한과 증오에 대해서.

목숨을 바쳐서라도 지켜내고 싶었던 소중한 사람들에 대해서.

그리고… 그 모든 것이 무참하게 짓밟혔던 악몽 같은 날에 대해서.

루그와 칼리아는 많이 닮았다.

태어난 곳도, 살아온 궤적도 도무지 공통점을 찾을 수 없을 정도로 달랐지만, 가슴에 새겨진 상처만은 놀랍도록 똑같았다.

슬픔도, 절망도, 그리고 꺼지지 않는 분노와 증오마저도…….

서로 닮은꼴이라는 것을 알아본 두 사람이 가까워진 것은 당연한 일이었는지도 모른다.

칼리아는 루그를 바리엔을 대신하는 밀착호위자로 삼았고, 루그는 기꺼이 그녀의 곁을 지켰다. 타고난 신분은 도저히 가까워질 수 없을 정도로 다를지언정 두 사람은 서로의 상처를 어루만져 주는 연인이 되었다.

그렇게 시간이 흘러갔다.

칼리아는 계속해서 연합의 세력을 늘려가면서 실력자들을 초빙해 블레이즈 원의 세력을 축소시켜 갔다.

연합의 전력을 강화하기 위해 그녀는 많은 노력을 기울였다. 그중 하나가 바로 엘프들과의 연계였다.

"엘프들이라면 비약을 만드는 데 필요한 약재를 공수할 수 있을 거야."

칼리아가 아무리 막강한 재력을 가졌어도 강체력을 증가시키기 위한 비약은 필요한 만큼 구하기가 쉽지 않았다. 약재 자체가 비싸기도 하지만 수량도 한정되어 있기 때문이다.

그러던 중 그녀는 루그가 엘프들과 인연을 맺었던 이야기를 듣고는 즉시 행동에 나섰다.

루그는 그녀가 계획을 세우는 것을 보고는 의아해했다.

"뭘 할 생각인데?"

"마법사 협회와의 거래로 손에 넣을 수 있는 약재는 너무 한정되어 있어. 터무니없이 비싼 값을 부르는 데다 자신들이 사용하는 양이 많아서 재고가 적지. 그럼 생산자들에게서 얻는 수밖에."

칼리아는 아예 엘프들을 해방시킬 목적으로 특수부대를 조직하는 강수를 두었다.

그들로 하여금 변방의 군주들에게서 엘프 노예들을 탈환하게 하고, 섣불리 손댈 수 없는 중앙의 귀족들에게서는 아예 자신의 사재를 털어서 엘프들을 사들여 버렸다. 그렇게 해방시킨 엘프들을 각지의 엘프 거주지로 보내주면서 친분을 맺고 나자 막대한 양의 약재를 공급받아서 아군 강체술사들의 전력을 강화시킬 수 있었다.

하지만 그녀는 엘프들과의 관계에서 많은 아쉬움을 느꼈다.

"엘프들이 조금만 호전적이었어도 좋았을 텐데……."

블레이즈 원의 악의는 인간에게만 미친 것이 아니다. 엘프들도 그들의 표적이 되어 다수가 희생되었다.

하지만 엘프들은 적극적으로 맞서 싸울 의지가 없이 거주지에 틀어박히는 길을 택했다. 인간들이 자신들의 동족을 노예로 만들었을 때도 그러했듯이……

칼리아는 루그와 만난 이듬해에는 아네르 왕국의 반역을 성공시켜서 왕권을 교체시켰고, 연합 내에 자신을 대신할 수 있는 인물들을 다수 끌어들여서 내실을 다졌다. 설령 자신이 블레이즈 원에 의해 살해당하더라도 연합이 와해되지 않도록 만반의 준비를 마쳤던 것이다.

"루그, 우리는 잊어서는 안 돼. 내일 당장에라도 우리 목숨이 끝날 수도 있다는 것을. 그리고 우리가 죽더라도 우리가 쌓아올린 것이 무너져서는 안 된다는 것을."

칼리아는 입버릇처럼 스스로의 죽음을 이야기했다.

2년이라는 시간이 흐르는 동안 그녀가 받은 생명의 위협은 셀 수 없을 정도로 많았다. 그녀를 지키기 위해 죽어간 생명의 수는 세 자리 수에 달할 정도였다. 루그가 그녀의 곁을 지키지 않았다면 일찌감치 모든 게 끝났을 것이다.

분명 시간이 흐를수록 블레이즈 원이라는 조직은 약해져 갔다. 인간들 사이에 스며들었던 그들을 끄집어내 격파하고, 그들이 꼭두각시로 삼았던 인간들을 처단함으로써 거대한 나무를 말라 죽이듯이 그 실체를 차단해 갔다.

그러한 상황을 상징하는 것은 블레이즈 원의 상위 용족 간부 중 하나, 뇌격의 메이즈의 죽음이었다.

7

"하하하하……."
메이즈 오르시아는 하늘을 올려다보며 웃었다.
사방이 불길에 휩싸여 있는 거리 한복판에서 그녀의 백색에 가까운 금발이 휘날렸다. 보이드 아머의 검은 투구는 무차별적인 맹공 속에 깨져 나가서 흉측한 화상 흉터가 있는 얼굴이 반쯤 드러나 있었다.

콰드드득!
메이즈는 투구의 부서진 틈을 붙잡고 그것을 뜯어내 버렸다. 손으로 얼굴에 난 상처를 만져본 그녀는 손끝에 묻은 피를 핥으면서 미소 지었다.
"루그 아스탈, 정말로 끈질기구나. 역사에 이름을 남기는 것은 강한 자도, 현명한 자도 아니고 살아남는 자라고 하더니 그게 바로 너를 가리키는 이야기가 아닐까?"
"글쎄."
루그는 살벌한 눈으로 그녀를 노려보았다.
메이즈에게 품은 그의 원한은 끝을 알 수 없을 정도로 깊었다.
처음 블레이즈 원과 싸우게 되는 계기가 되었고, 그리고 루그의 눈앞에서 라나를 죽인 증오스러운 적.

 그녀만큼은 반드시 자신의 손으로 죽이겠다는 맹세를 품고 지금까지 싸워왔다. 그리고 마침내 그때가 왔다.

 쿠르릉! 꽈르릉!

 메이즈의 뒤쪽에서 벼락이 작렬했다. 건물들 뒤에 있는 마법사들이 안쪽을 공격하기 위해 연달아 마법을 쏘아내고 있었다.

 그 표적이 된 것은 드래고닉 리저드였다. 붉은 리저드맨의 머리에 벼슬 같은 털이 있는 용족 마법사.

 메이즈와 함께 이 자리에 들어온 블레이즈 원의 간부들은 다섯이었고, 이제는 그 하나밖에 남지 않았다.

 "후훗, 이게 마지막이라면… 길동무 정도는 내가 정해도 되겠지."

 메이즈는 광기에 찬 미소를 지으며 거대한 보이드 블레이드를 들어 올렸다.

 그녀는 이미 만신창이였다. 수백 발의 마법을 두들겨 맞고, 강체술사들의 연합 공격에 격중당했으니 아무리 보이드 아머를 입고 있다고 해도 멀쩡할 리가 없었다.

 메이즈는 루그조차도 일대일로는 대적할 수 없을 정도로 강력한 힘의 소유자였다. 막강한 방어력을 자랑하는 보이드 아머를 두른 채 폭풍처럼 마법을 쏟아내며 거대한 검을 휘두르는 그녀가 날뛰기 시작하면 국지적인 태풍이 몰아친다고 해도 과언이 아니다.

그러나 칼리아가 스스로를 미끼로 삼아 판 치밀한 함정은 마침내 그녀를 죽음으로 걸어 들어오게 만드는 데 성공했다.

칼리아의 휘하에 있는 대마법사 에반스를 비롯, 각국에서 초빙해 온 세 명의 대마법사와 그들을 보좌하는 40여 명의 마법사가 구축한 마법진의 힘에 사로잡히자 메이즈조차도 제대로 힘을 쓸 수 없었다.

루그가 차갑게 말했다.

"네 길동무는 이미 충분히 많아. 지나치게 많지."

마법을 봉쇄당했으면서도 메이즈는 무시무시한 전투력을 발휘했다.

루그를 중심으로 마법사들의 지원을 받는 여섯 명의 실력자가 덤벼들었지만 아직까지 살아남은 것은 루그 혼자였다. 나머지 다섯 명은 메이즈에게 타격을 입히는 대가로 시체가 되어 대지에 누웠다.

"캬아아아악!"

겨우겨우 버티던 드래고닉 리저드가 비명을 지르며 쓰러졌다. 쓰러진 그에게 작렬하는 마법의 폭음을 신호 삼아 루그와 메이즈가 격돌했다.

후우우우웅!

보이드 블레이드의 거대한 칼날이 루그를 향해 날아들었다. 둔중하지만 스치기만 해도 사지가 날아가 버릴 것 같은 공격이다.

루그는 그것을 피하면서 메이즈에게 기격을 걸었다. 메이즈의 감각이 어긋나면서 그녀가 보이드 블레이드를 땅에 꽂고 몸을 지탱하며 날린 발차기가 허공을 걷어찬다.

콰아앙!

폭음이 울리며 메이즈의 몸이 허공으로 떠올랐다. 그녀의 공격을 피한 루그가 라이트닝 바운드를 전개, 빛의 철권으로 복부를 후려갈겼던 것이다.

루그가 그녀의 뒤를 이어 땅을 박찼다. 그리고 결정타를 찔러넣으려는 순간, 그녀의 몸에서 황금빛 뇌격이 타올랐다.

쫘르르르릉!

마법진의 힘과 소나기처럼 쏟아지는 마법사들의 방해로 마법을 쓸 수 없다고 해도 속성력은 사용 가능했다. 그것조차도 위력이 반 이하로 억제되긴 하지만 이 순간에는 치명적인 한 방으로 작용했다.

"크아아악!"

감전된 루그가 비명을 지르는 순간, 메이즈가 몸을 비틀었다. 그러자 검은 장갑에 감싸진 꼬리가 채찍처럼 루그를 후려갈겼다.

투학!

아슬아슬하게 양팔을 교차해 그것을 방어한 루그가 충격을 이기지 못하고 나가떨어졌다.

그 사이 메이즈가 자세를 바로잡고 착지한다. 하지만 곧바로 루그에게 돌진하려던 그녀는 비틀거리며 주저앉았다.

아무리 드래코니안의 강건한 육체라도 지금까지 받은 타격은 한계를 초월하고 있었다. 관절이, 근육이 비명을 지르면서 더 이상의 움직임을 거부한다.

그그그그그……!

하지만 그때 불길한 마력이 꿈틀거리기 시작했다. 흉포한 광기를 뿜어내던 메이즈의 황금색 눈동자에서 빛이 사라진다. 대신 보이드 아머의 힘이 그녀의 의식을 침범해서 금지된 힘을 끌어냈다.

"베르세르크 모드인가? 마지막에는 자기 의지로 싸우다 죽을 각오도 없는 거냐?"

루그가 으르렁거렸다.

보이드 암즈의 베르세르크 모드.

그것은 주인의 의식을 날려 버리고, 그 육체에 깃든 모든 잠재 능력을 모조리 끌어다 쓰는 최종 전투 형태였다. 생명체라면 누구나 가진 보호 본능을 무시하고 사용자가 죽어도 상관없이 전투를 계속하기에 그 반동은 상상을 초월한다.

어차피 죽음을 앞둔 메이즈에게는 최선의 선택이리라. 하지만 그때 메이즈의 대답이 들려왔다.

"루그 아스탈, 기뻐해라. 나는 지금 너를 죽이는 것 말고는 아무것도 바라지 않으니까."

"너……"

루그가 놀라서 그녀를 바라보았다. 그녀는 놀랍게도 스스로의 의지를 유지한 채로 보이드 아머의 베르세르크 모드를 사용하고 있었다. 자신의 의지로는 더 이상 움직이지 않는 몸을,

사라진 추억

생명을 깎아내는 것을 담보로 하여 싸우게 하기 위해서.

"하아아아아!"

메이즈가 비명처럼 날카로운 괴성을 지르면서 달려들었다. 조금 전까지보다 더 빠른 돌격이다. 그녀가 쏘아낸 황금의 뇌격이 루그를 때리고, 그 틈을 찔러 보이드 블레이드를 내려친다.

하지만 루그는 그녀의 움직임을 완전히 읽고 있었다. 그녀가 돌격하는 순간, 기격으로 감각을 비틀어놓으면서 거리를 벌린다. 그리고 발차기를 옆구리에 꽂아넣어 밀어낸 다음 뒤따라 뛰어들면서 주먹을 날렸다.

콰콰콰쾅!

라이트닝 바운드가 연달아 작렬하면서 메이즈가 피를 토했다. 루그는 질풍처럼 공격을 때려넣으면서 그 모든 타격을 갑옷을 격해 육체까지 전달시켰던 것이다.

"으아아아아!"

메이즈가 비명을 지른다. 베르세르크 모드 때문에 통증은 없지만 자신의 육체가 돌이킬 수 없을 정도로 파괴되었다는 사실을 느낀다. 그녀가 모든 마력을 다해 뇌격을 뿜어내자 루그가 튕겨 나간다. 그 뒤를 따라가면서 검을 휘두르자 루그가 허공으로 솟구쳐서 피했다.

최악!

루그의 옆구리가 길게 찢어지면서 피가 튀었다. 그저 스쳤을 뿐인데도 뼈가 드러날 정도로 깊숙한 상처가 난 것이다. 허공에 뜬 루그의 자세가 그 충격으로 흐트러졌다.

동시에 메이즈가 그를 올려다보았다. 화상 흉터 사이에서 황금빛 눈동자가 섬뜩한 살의를 발한다.

"지긋지긋한 놈! 하지만 이걸로 끝이다!"

보이드 블레이드의 진정한 힘이 해방되면서 거대한 칼날이 새카맣게 물든다. 메이즈는 보이드 블레이드에 남은 공허의 힘을 모조리 집중시켰다. 아무리 루그가 신출귀몰하다고 해도 공허의 칼날이 그려내는 거대한 궤적에서 달아날 수는 없다!

하지만 공허의 칼날을 사용하는 찰나, 루그가 예상을 벗어난 행동을 했다. 그 힘이 전개되는 짧은 틈에 허공을 박차고 그녀를 향해 돌격해 온 것이다.

후우우우웅!

다음 순간 허공에 거대한 어둠의 궤적이 그려졌다.

하지만 루그는 그 궤적을 아슬아슬하게 스쳐가면서 메이즈의 뒤쪽에 착지했다. 그 직후 메이즈가 머리에서 피를 뿜으면서 주저앉았다.

짧은 순간, 공허의 칼날이 전개되는 궤도에서 벗어난 루그는 메이즈의 머리를 후려치면서 그 위를 뛰어넘었다. 그리고……

"루그, 아스탈……!"

"하아아아아!"

둘이 서로를 돌아보며 격돌했다. 보이드 블레이드가 휘둘러지는 것보다 빠르게 메이즈의 품속으로 파고든 루그의 주먹이 작렬했다. 혼신의 힘을 다한 주먹이 너덜너덜해진 보이드 아머를 관통하고 메이즈의 몸통을 부숴 버렸다.

콰아아앙!

폭음이 울리며 메이즈가 나가떨어졌다.

피를 토하며 날아간 그녀는 요란한 소리와 함께 땅에 처박혔다. 흙먼지가 폭발하듯 피어올랐다가 조금씩 사그라들었다.

잠시 동안 주먹을 내민 채로 서 있던 루그는 눈앞이 아찔해지는 것을 느꼈다.

"으윽……."

하지만 주저앉지는 않는다. 강체술로 상처의 출혈을 막으면서 메이즈를 향해 걸어갔다.

"너는……."

루그가 다가오자 메이즈가 입을 열었다. 누가 들어도 생명이 꺼져간다는 것을 알 수 있는 목소리였다.

"정말로… 신기한 운명의 소유자군. 죽여도, 죽여도 죽지 않아. 몇 번이고 쓰러뜨렸는데도 결국 이렇게 되다니……. 어쩌면 네가… 나를 위해 준비된 진정한 죽음이었던 걸까?"

"그건 지옥에 가서 거기 있는 놈들에게 물어봐라."

루그는 그녀를 노려보며 주먹을 들어 올렸다. 그녀가 히죽 웃으면서 말했다.

"먼저 가서… 기다리도록 하지."

그 직후 루그가 내려친 주먹이 그녀의 숨을 영원히 끊어놓왔다.

8

 메이즈 오르시아의 죽음 이후로는 점차 싸움의 빈도가 줄어들었다.
 블레이즈 원의 조직원들이 줄어든 만큼 그들의 활동도 줄어들었고, 그만큼 그들의 종적을 쫓기도 힘들어졌기 때문이다.
 칼리아는 블레이즈 원과의 싸움에서 수단과 방법을 가리지 않았다.
 아네르 왕국에서 그러했듯이 필요하다면 반역을 지원하기도 하고, 피해를 최소화하기 위해서 암살을 사주하기도 했다. 루그 역시 그녀의 의향에 따라 몇 번이나 블레이즈 원에게 충성하는 요인들을 암살하는 임무에 투입되었다.
 블레이즈 원 역시 당하고만 있지는 않았다.
 남은 상위 용족 간부들, 엘토바스와 다르칸이 이따금씩 모습을 드러내어 반 블레이즈 원 연합에 속한 자들에게 타격을 주었다. 신출귀몰한 그들이 동에 번쩍 서에 번쩍 하면서 테러 행위를 하는 데야 연합도 대책없이 피해를 입을 수밖에 없었다.
 그러나 그런 만큼 인간들의 위기감은 강해지고, 연합은 더욱더 커져갔다.
 칼리아가 결성한 반 블레이즈 원 연합의 결실이라 할 만한 행사는 탈린 왕국에서 열린 만국 무투회였다.

표면적으로 이 행사는 중립국가인 탈린 왕국에 여러 국가에서 파견된 이들이 모여 거대한 회합을 도모하는 자리였다. 각 국가의 요인들이 위험을 감수하고 한 자리에 모여서 자국을 대표하는 기사들이 명예를 걸고 싸우는 것을 지켜보게 될 것이다.

하지만 그 진정한 목적은 반 블레이즈 원 연합의 요인들이 한 자리에 모이는 회의였다.

반 블레이즈 원 연합의 수장 급이라 할 만한 자들은 단 한 번도 한자리에 모여본 적이 없었다. 블레이즈 원에게 맞서 싸운다는 공통된 목적이야 어쨌든 그들은 각 국가의, 각 영지의 각 단체를 대표하는 자들이라 서로 반목하고 적대하는 관계에 있었기 때문이다.

그렇기에 칼리아는 단 하나의 중대한 안건을 논의하기 위해 막대한 자금을 퍼부어서 만국 무투회라는 자리를 마련했고, 사태의 심각성을 이해한 수장들 역시 이 행사에 참석하는 것을 승인하여 실로 역사적인 무대가 완성되었다.

탈린 왕국에서 마련한 회의장에 모인 면면들은 누구 하나 가볍지 않았다. 국왕에, 황자에, 대공에, 대마법사의 칭호를 가진 마법사 협회장에, 각 교단의 교황들까지 일반인들이라면 평생 동안 만날 수 없는 자들이 골고루 모여 있었다.

이들이 이 자리에서 죽는다면 그것만으로도 대륙에 거대한 권력 공백이 발생할 그런 이들이었다. 그런 이들을 모이게 한 이유는 단 하나의 거대한 마법을 구축하기 위함이었다.

이 마법을 고안한 백발의 노인, 대마법사라 불리는 에반스가 회의장에 모여든 이들에게 설명했다.

"이미 알고 계시다시피 블레이즈 원의 총수인 볼카르가 부활하는 것을 막을 수는 없습니다."

상위 용족들을 지배해 인간 사회를 유린해 온 사악한 드래곤 볼카르.

반 블레이즈 원 연합은 은둔한 용족들을 통해서 볼카르가 강력한 힘으로 봉인되어 있으며, 지금까지 블레이즈 원의 활동 전부가 그를 해방시키기 위함이었다는 사실을 알아냈다. 그리고 그 봉인의 상태가 이미 해제되기 직전이라는 것도.

누군가 물었다.

"즉… 우리는 필연적으로 드래곤과 싸우게 된다는 건가?"

"그렇습니다. 유감스럽게도."

에반스의 대답에 회의장이 술렁였다.

반 블레이즈 원 연합에 속한 자들은 상위 용족의 힘이 얼마나 무서운 것인지 똑똑히 알고 있었다. 그들을 상대로도 막대한 피해를 입었거늘, 드래곤과 싸워야 한단 말인가?

칼리아가 말했다.

"사악한 드래곤 볼카르와의 싸움은 피할 수 없는 수순입니다. 아시다시피 그는 인간에게 끝없는 악의를 품고 세상을 멸망시키고자 하고 있으니까요."

"그건 알고 있소. 하지만 드래곤과 대적하는 게 가능하단 말이오?"

"역사상 인간이 드래곤과 맞서서 승리한 예는 없소."

예전에 어리석은 왕들이 허무맹랑한 전설을 믿고 드래곤과 싸워 굴복시키고자 한 적이 있었다.

드래곤에게는 무한한 재보가 있으니 그것을 빼앗아야겠다고 생각한 자도 있었고, 드래곤의 심장을 먹으면 불로불사를 얻을 수 있다는 말을 믿은 자도 있었다.

그 결과는 언제나 참혹했다. 전설적인 무위를 가졌다는 강체술사가 나섰어도, 백 명의 마법사와 수만 명의 군대를 이끌고 갔어도 결과는 인간의 패배로 끝났다.

칼리아가 단호하게 말했다.

"하지만 우리는 싸울 수밖에 없습니다. 그리고 이기지 못한다면 인류 전체가 끝장나겠죠."

"정말로 방법이 있는 거요?"

"여기 대마법사 에반스 경이 그 방법을 준비했습니다."

"볼카르가 부활했을 때 그에게 맞서기 위해서는 여기 계신 여러분 모두의 협력이 필요합니다."

대마법사 에반스는 볼카르가 부활했을 때, 그의 드래곤 형태를 봉하여 힘을 극도로 제약시키는 거대한 마법진에 대해서 설명했다. 그것이 거대한 도시 하나 정도의 규모를 필요로 하며, 막대한 돈과 인력이 필요하다는 사실도.

그렇게 그가 열띠게 설명을 이어갈 때였다.

콰아아아앙!

폭음이 울려 퍼지며 회의장이 뒤흔들렸다.

만국 무투회는 탈린 왕국의 왕도 바탈리스에서 개최되는 행사였다.

탈린 왕국의 자체적인 병력은 물론, 각국의 요인들이 끌고 온 병력의 수를 다 합치면 수만 명에 이른다. 아무리 블레이즈 원의 상위 용족 간부들이라고 해도 이런 장소를 기습할 수는 없으리라.

다들 그렇게 판단하고 있었다. 그러나 블레이즈 원은 그러한 판단을 깨고 공격을 가해왔다.

"젠장! 뭐가 어떻게 된 거야?"

루그는 욕설을 내뱉었다.

밖에서 정확히 무슨 일이 일어난 것인지는 모르겠다. 하지만 왕궁 한복판에 마련된 회의장이 직접적으로 공격받은 것만은 사실이었다.

그 결과 건물의 일부가 무너지고, 화재가 일어났다. 루그는 회의장이 무너지기 직전 칼리아를 데리고 밖으로 빠져나왔다.

9

밖의 상황은 루그의 상상을 초월했다. 칼리아와 함께 나온 루그는 할말을 잊고 말았다.

"이것들은 도대체……."

왕도 바탈리스는 전쟁터로 화해 있었다.

어딜 봐도 불타고 있지 않는 곳이 없었다. 너울거리며 타오르는 불길이 도시 곳곳을 태우고 그 속에서 지옥에서 기어 올라온 것 같은 괴물들이 날뛰며 인간들을 학살했다.

그중에는 루그가 결코 못 알아볼 수 없는 존재들도 있었다.

캬아아아아아!

이때의 루그는 마족이라고 알고 있었던 어둠의 혈족들이 수천이나 나타나서 난동을 부리고 있었다. 울퉁불퉁한 각질의 피부를 가진 흉측한 괴물들은 그 형상이 인간을 닮은 것부터 짐승을 비틀어놓은 것, 벌레들을 확대시킨 뒤 변색시킨 것까지 헤아릴 수 없을 정도로 다양했다.

하지만 한 가지만은 공통적이다. 세계의 밑바닥에 고인 어두운 의념에서 비롯된 그들은 인간을 향해 무한한 악의를 드러내고 있었다.

"아아아악!"

"꺄아아아아!"

곳곳에서 사람들의 비명이 울려 퍼졌다.

어둠의 혈족은 단순히 수가 많은 것이 문제가 아니었다. 도시의 방벽 안쪽에서 출현한 개체가 워낙 많아서 민간인 사상자가 어마어마하게 발생하고 있었다.

키에에에에!

혼탁한 색으로 물든 하늘 위로는 그리핀이나 와이번, 하피 등 무수한 비행형 마물들이 날갯짓하며 지상의 인간들을 노렸다. 빠르게 하늘을 날다가 한 번씩 급강하해서 인간을 잡아채서 올라가니 하늘에서 피가 비처럼 쏟아져 내린다.

그것만이 아니었다. 전신에 철갑을 두르고 눈에서 붉은 빛을 발하는 오우거들이 날뛰고 있었다.

그오오오오오!

그 오우거들은 일반적인 오우거와는 차원이 다른 힘과 운동 능력으로 한 번에 수십 미터씩을 날듯이 뛰어다녔으며, 전원 불의 속성력을 발휘해 인간 병력을 학살했다. 웬만한 강체술사들조차도 코끼리에게 짓밟히는 개미처럼 무력하게 학살당할 정도로 그 힘은 압도적이었다.

그러한 오우거의 수가 무려 수백에 달하니 수만의 인간 병력들조차도 무참하게 유린당하고 있었다. 그리고…….

카아아아아아!

"저건 설마 히드라?"

루그가 눈을 부릅떴다.

도시의 성벽을 부수면서 거대한 실루엣이 다가오고 있었다. 저런 크기의 생명체가 존재한다는 것을 믿을 수 없을 정도로 큰, 몸통 길이가 장장 30미터를 넘으며 머리는 아홉 개나 되는 괴물이었다.

비록 지능이 떨어져서 상위 용족으로 분류되지는 않지만 인간에게는 재앙과도 같은 용족, 히드라.

아홉 개의 머리 중에 하나는 불사의 마력을 가지고 있기에 그외의 다른 머리를 아무리 파괴해도 순식간에 재생해 버리는 데다가, 비늘은 칼날조차 들어가지 않을 정도로 단단하다. 게다가 각각의 머리가 입에서 폭염과 맹독을 뿜어대는 바람에 인간들은 히드라가 질주하는 것만으로도 학살당하고 있었다.

"젠장! 저런 걸 상대할 수 있는 건 지르그 라달이나 라두스 오코넬밖에는……!"

그 광경을 본 루그가 이를 갈았다.

지르그와 라두스는 현재 바탈리스에 와 있는 제6단계의 강체술사들이었다. 대륙 전체를 통틀어도 손에 꼽을 정도로 적다는 제6단계의 강체술사 중 둘이나 이 행사에 참석했던 것이다.

'요르드는?'

루그는 칼리아의 손을 잡은 채 요르드의 모습을 찾아보았다. 워낙 상황이 어지러워서 찾기가 쉽지 않았지만, 무너진 성벽 앞에서 불길 사이를 날아다니며 격전을 벌이고 있는 요르드의 모습이 보였다.

'엘토바스 바이에!'

불길 속에서 요르드와 싸우고 있는 것은 블레이즈 원의 상위 용족 간부인 엘토바스 바이에였다. 그는 어둠의 혈족들을 조종해 요르드를 몰아붙이면서 마법을 난사하고 있었다.

잠깐 동안 루그는 그를 도우러 가야 할지 망설였다. 하지만 곧 자신이 칼리아를 지켜야 하는 처지임을 상기하고는 입술을 깨물었다.

'미안하다, 요르드. 살아서 다시 만나자.'

루그는 속으로 요르드에게 사과하면서 칼리아의 손을 잡고 달리기 시작했다. 괴물들의 공세가 사방팔방에서 이루어지고 있는 지금, 칼리아를 무사히 피신시키기 위해서는 상위 용족 간부가 없는 쪽을 선택하는 편이 옳으리라.

그러나 그때 루그가 선택한 방향 저편에서 이변이 일어났다.

콰아아아아아!

무시무시한 불기둥이 치솟았다.

성벽 안쪽에서 발생한 그 불기둥은 끝도 없이 치솟아서 하늘을 가린 구름들마저 격렬하게 불태웠다. 그 여파로 주변의 지반이 붕괴하면서 건물들이 무너져 내리고, 격렬한 열풍이 휘몰아쳐 사방을 휩쓸었다.

"크윽! 뭐야?"

루그는 재빨리 기격으로 방벽을 세워야 했다. 불기둥으로부터 수백 미터 이상 떨어져 있었는데도 여파가 미쳤기 때문이다. 주변에서 우왕좌왕하던 하인이 열풍에 화상을 입고 죽어 버리는 것을 보니 모골이 송연해졌다.

후우우우우!

사방으로 흩어지던 불길이 마치 살아 있는 깃처럼 꿈틀거리며 재차 한 지점으로 집결했다. 그리고 폭염의 중심부에서 한 청년이 모습을 드러냈다.

"인간 주제에 내 앞을 막다니 건방지군."

오만하게 중얼거리는 청년의 머리색은 이질적일 정도로 선명한 붉은색을 띠고 있었다.

모든 것을 불태우는 불길 속에서도 옷자락 하나 타지 않은 그가 홍옥 같은 눈동자로 지상을 굽어보았다. 열기 때문에 녹아버린 대지에 한 남자가 너덜너덜해진 모습으로 서 있었다.

"이놈, 감히 우리 왕자님을……!"

남자의 목소리는 살의로 가득했다. 그러나 누가 봐도 그는 죽어가고 있었다.

"하아아아아!"

남자가 절규하며 검을 휘둘렀다. 그러자 끓어오르는 대기가 그의 의지에 호응하여 날카로운 칼날로 화한다. 투명한 바람의 칼날 수십 개가 사방에서 붉은 머리칼의 청년을 난도질했다.

파아아아아!

광풍이 휘몰아치며 흙먼지가 자욱하게 일어올랐다.

루그는 그 광경을 보며 눈을 부릅떴다.

'속성력! 지르그, 아니면 라두스인가?'

저 속성력은 마력으로부터 비롯되는 것이 아니다. 게다가 일거에 인간 수십을 찢어발길 수 있는 무시무시한 파괴력은 제6단계의 강체술사가 아니고서는 도저히 발휘할 수 없을 것이다.

"하찮다."

잠시 후, 일어오른 흙먼지가 칼로 자른 듯이 둘로 갈라져서 흩어지며 붉은 머리칼의 청년이 나타났다. 허공에 뜬 그가 검을 든 남자를 굽어보며 손을 들었다.

"인간 주제에 상위 용족보다 성능이 좋다니, 한 번쯤 뜯어서 연구해 보고 싶긴 하지만… 지금은 더 중요한 일이 있지."

콰아아아앙!

그 말과 동시에 허공에서 작렬한 폭염이 남자를 집어삼켰다. 남자는 그 순간 다른 속성력을 일으켜 저항하려 했지만 의미없는 발버둥이었다. 청년이 일으킨 폭염이 너무나도 압도적이라 한순간에 그의 육체를 재로 만들어 버렸던 것이다.

화르르르륵…….

믿을 수 없을 정도로 간단하게 제6단계의 강체술사를 처리한 청년이 문득 눈살을 찌푸렸다. 그가 자신의 손을 내려다보며 투덜거렸다.

"역시 인간의 그릇은 너무 약해. 고작 이 정도의 마력을 유입시켜서 사용했을 뿐인데 벌써 이 모양인가?"

'무슨 소리지?'

그 말을 들은 루그는 즉시 기감을 활성화시켜 청년의 몸상태를 잘 들여다보았다. 그리고 청년의 중얼거림대로 그의 몸 상태가 엉망진창이라는 것을 알아차렸다.

'겉은 멀쩡하지만 속은 완전히 다 죽어가는 상황이잖아? 설마 저런 무시무시한 힘을 발휘하는 반동으로 저렇게 된

건가?'

 제6단계의 강체술사라면 블레이즈 원의 상위 용족 간부들조차 압도하는 실력자다. 하지만 붉은 머리의 청년은 그런 존재를 너무나도 쉽게 쓰러뜨렸다. 그런 힘을 쓰는 대가가 스스로의 파멸이라면 오히려 당연하게 여겨질 정도다.

 그때 청년이 고개를 들어 루그를 바라보았다. 그의 입가에 차가운 미소가 걸렸다.

 "거기 있었군."

 루그의 눈이 크게 떠졌다. 그러나 그는 곧 그 말이 자신을 향한 것이 아님을 깨달았다.

 "…칼리아?"

 어느새 칼리아는 루그의 옷자락을 잡은 채 덜덜 떨고 있었다.

 어떤 상황에서도 침착함을 유지했던 그녀답지 않게 당장에라도 무너져 내릴 것 같은 모습이었다. 루그가 그녀의 어깨를 잡고 흔들었다.

 "칼리아! 왜 그래?"

 "볼카르……."

 "뭐?"

 "그가 바로 볼카르야… 루그."

 칼리아가 떨리는 목소리로 한 말에 루그가 놀라서 청년을 돌아보았다.

 가슴이 두근거린다.

인간의 모습을 하고 있지만 결코 인간이 아닌 자.

인간을 증오하며, 세상을 파멸로 몰아넣고자 하는 의지를 불태우는 사악한 드래곤.

전신에 불꽃을 두른 채 다가오는 저 청년이 바로 그들의 숙적인 드래곤 볼카르란 말인가?

루그의 시선을 받은 청년이 차갑게 웃으며 말했다.

"그래. 내가 볼카르다."

"네놈이……!"

루그가 무시무시한 살기를 뿜어내며 볼카르를 노려보았다. 하지만 볼카르는 위축되기는커녕 아예 루그를 무시하며 칼리아를 바라보았다. 그리고 그의 입에서 루그도, 칼리아도 예상치 못한 이야기가 흘러나왔다.

"그때 못 다한 이야기를 하기 위해 왔다, 인간 여자."

10

칼리아가 모든 것을 잃은 참극의 날.

그날 그녀는 사악한 드래곤 볼카르의 환신(幻身)을 보았다.

붉은 머리칼을 휘날리는 인간 청년의 모습으로 나타난 그는 용제의 힘으로 지배하는 상위 용족들을 이끌고 왕도 라무니아를 불태웠다.

상위 용족들이 구축한 왕도 라무니아의 방어 체계는 견고했다. 그러나 볼카르의 뜻에 따르는 사악한 용족들의 속삭임이 그 속에 사는 인간들을 미혹시켜 배신으로 이끌었다.

철통같은 방벽은 내부에서 비틀어 열자 구멍이 숭숭 뚫린 허술한 것으로 변했고, 볼카르와 그 부하들은 그 틈새로 스며든 독처럼 모든 것을 파멸시켰다.

마지막까지 자신을 지켜주었던 친구, 에리체 메이달라가 살해당했을 때 칼리아는 물었다.

"왜 이런 짓을 하는 거지요?"

에리체의 몸에 보관되어 있던 봉인의 조각을 손에 넣은 볼카르가 대답했다.

"자유로워지기 위해서지."

그 말에 칼리아는 어이가 없었다. 그녀는 불신의 눈으로 볼카르를 바라보며 물었다.

"고작 그것 때문에? 그런 이유로 이런 일을 벌인단 말인가요?"

"그래."

"거짓말."

"뭐?"

칼리아의 표독스러운 말에 볼카르의 눈썹이 꿈틀거렸다. 무시무시한 위압감이 뿜어져 나왔지만 칼리아는 이를 악물고 버텨낸 뒤 말을 이었다.

"당신은 거짓말을 하고 있어."

"무슨 근거로 그런 말을 하는가, 벌레 주제에?"

볼카르가 전신의 불길을 조종해서 칼리아의 얼굴을 감쌌다.

살아 있는 뱀처럼 뻗어 나온 그 불길은 칼리아의 얼굴에서 1센티 떨어진 곳에서 이글거렸다. 볼카르가 원하기만 하면 한순간에 그녀의 얼굴을 불태울 거라는 사실이 극도의 공포감을 불러일으킨다.

하지만 칼리아는 필사적으로 공포를 억누르며 대답했다.

"당신의 악의는… 명확한 이유가 있어. 당신이 자유롭지 못하다는 것이 무슨 의미인지 모르겠지만, 그렇게 만든 것이 인간이 아닌 한에야 인간을 이렇게까지 미워하진 않을 거야."

"호오?"

그 말에 볼카르는 한 방 맞은 것 같은 표정을 지었다. 그가 칼리아에게서 불길을 거두며 턱을 쓰다듬었다.

"그렇군. 악의의 이유라. 확실히 나는 그 이유를 알고 싶었지. 어쩌면 그것이……."

그때의 볼카르는 조금 고민하는 것처럼 보였다. 그는 에리체의 시체를 내려다보며 중얼거렸다.

"내 진짜 목적일지도 모르겠군. 자유로워지는 것도, 인간을 말살하려는 것도 모두 그 목적을 이루기 위한 과정에 지나지 않아."

"……."

볼카르의 대답은 칼리아로서는 전혀 이해할 수 없는 것이었다.

둘의 대화는 더 이어지지 않았다. 그때 볼카르는 칼리아와

사라진 추억 137

의 대화에 흥미를 가진 것 같았지만, 그가 뭐라고 말하기 전에 공간 도약의 힘으로 나타난 바리엔이 칼리아와 함께 도망쳤다.

그리고 볼카르는 그때 끝내지 못한 대화를 잇기 위해 칼리아의 앞에 서 있었다.

볼카르가 물었다.
"인간 여자, 운명을 믿나?"
"무슨 뜻이지?"
"난 모든 생명은 운명을 갖고 태어난다고 생각한다. 자신의 영혼이 따라가야 할 올바른 길, 이루어야만 하는 사명 같은 것이지."
"이 모든 참극이… 지금 당신이 타고난 운명이라고 말하는 거야?"

칼리아가 떨리는 목소리로 물었다.

지금 이 순간에도 무수한 죽음이 생산되고 있었다. 괴물들의 손에 의해 유구한 역사를 가진 한 나라의 왕도가 처참하게 파괴되면서 그 속에서 셀 수 없을 정도로 많은 인간들이 죽어간다.

볼카르가 미소 지었다.
"그 말은 맞기도 하고 틀리기도 하다. 이것은 그저 내 운명을 이루기 위한 과정에 불과하지. 부디 그때 내게 던졌던 질문을 다시 한 번 던져봐라."

그 말에 칼리아의 뇌리에 공포로 각인된 과거가 스쳐 지나갔다. 칼리아는 볼카르를 똑바로 노려보면서 물었다.

"왜 이런 일을 하는 거지?"

"그때보다 그 질문에 명확히 답할 수 있는 것을 기쁘게 생각한다. 인간 여자여, 모든 것은 뒤틀린 이 세계를 바로잡기 위해서다."

"뭐라고?"

이번에도 볼카르의 대답은 칼리아가 이해할 수 없는 것이었다. 칼리아의 반응이 즐거운지 볼카르가 웃으며 말을 이으려고 했다.

바로 그 순간 루그가 폭발했다.

"개자식!"

콰아아아앙!

폭음이 울려 퍼졌다.

"크아아아악!"

그 직후 루그가 비명을 지르며 날아가 버렸다.

불카누스가 눈살을 찌푸렸다. 루그가 자신의 말을 방해했기 때문이 아니었다. 그가 공격해 온 방향이 전혀 예상하지 못한 뒤쪽이었기 때문이다.

"이놈이나 저놈이나 내 감각을 잘도 비틀어놓는군. 불쾌하다."

루그는 볼카르가 칼리아와의 대화에 정신이 팔린 틈을 타서 신중하게 기격을 시전했다. 그의 감각을 비틀어서 자신이 계속 칼리아의 앞을 가로막고 있다고 착각하게 한 다음 뒤로 돌아가서 기습을 가한 것이다.

하지만 그 공격은 볼카르에게 먹히지 않았다. 그가 전방향으로 둘러쳐 놓고 있는 방어 마법은 루그의 공격을 상쇄하는 것은 물론, 그 충격을 고스란히 되튕겨서 그를 날려 버렸다.

"감히 내 귀중한 마력을 낭비시키다니, 주제도 모르는 것. 죽어라."

화아아아아악!

볼카르가 일으킨 폭염이 쓰러진 루그를 덮쳤다. 루그는 죽을 힘을 다해서 방어벽을 펼쳤다.

"쿨럭!"

가까스로 막아내긴 했지만 그 반동이 너무 컸다. 루그는 피를 토하며 비틀거렸다. 그 위로 볼카르가 날린 섬광이 작렬한다.

콰아앙!

루그는 비명조차 지르지 못하고 날아가서 처박혔다. 그나마 육체가 박살 나지 않은 것은 순간적으로 방어해서 위력을 반 이상 상쇄시킨 덕분이었다.

화르르륵…….

볼카르가 천천히 다가오면서 불길을 조종한다. 이번 공격은 도저히 막아낼 수 없으리라.

하지만 그때 칼리아가 달려와서 그 앞을 가로막았다. 그녀가 볼카르를 노려보며 말했다.

"나에게 말해줄 것이 있는 것 아니었어?"

'안 돼, 칼리아······.'

루그는 가물가물해져 가는 의식을 억지로 붙잡으면서 그녀를 바라보았다. 살짝 루그를 돌아보는 그녀는··· 모든 것을 각오한 표정을 짓고 있었다.

'일어나야 해. 일어나야······.'

칼리아를 지켜야 한다. 하지만 아무리 의지를 불태워도 그의 몸은 꿈쩍도 하지 않았다.

볼카르가 말했다.

"정말로 공포를 모르는 여자로구나. 뭐, 좋다. 남은 마력은 오로지 너만을 위해서 써야 할 테니 저런 벌레에게 낭비할 필요는 없겠지."

후드드득······.

의외로 쉽게 분노를 거두는 볼카르를 보며 칼리아가 눈을 크게 떴다. 그렇게 말하는 그의 몸 일부가 새카맣게 변해서 불길에 먹혀 들어가고 있었기 때문이다.

그것은 인간의 몸으로는 견딜 수 없을 정도로 막대한 마력을 사용한 반동이었다. 하지만 그는 몸이 불타 스러지고 있는데도 전혀 개의치 않고 말을 이었다.

"나는 이 세계에서 너희들 인간을 비롯한 모든 벌레들을 지울 것이다."

"그게 세계를 바로잡는다는 말과 무슨 관계지?"

사라진 추억 141

"육체가 느끼는 것 외에는 아무것도 모르는 너희들이 이해할 수 있을지는 모르겠지만, 이 세계는 너희들이 오랜 시간 동안 배설한 의념으로 가득 차 있다. 그건 말하자면 너희들의 구역질 날 정도로 지저분한 정신적 오물의 바다와도 같지. 너무 지저분해서 접하는 것만으로도 더렵혀질 수밖에 없는 그 무한한 오물의 군집이 지금의 세계를 만들었다."

"……"

"이해하지 못하는 표정이군. 하긴 그게 당연하지. 인간 중에 지식층이라고 하더라도, 설령 마법사라고 하더라도… 너희들은 아직 세계의 표면밖에 보지 못해. 자신들이 무슨 짓을 했는지도 모르지. 그게 비루한 벌레들의 한계다."

"당신은… 자신 외에는 어차피 모든 것을 그렇게 생각하잖아?"

칼리아가 분노하며 물었다.

볼카르는 즐거워하는 표정으로 반문했다.

"왜 그렇게 생각하지?"

"나는 당신과 싸우기 위해 모든 것을 바쳤어. 그리고 여기까지 왔지. 나는 누구보다도 당신을 잘 알아. 이런 힘이 있었다면, 이런 군세가 있었다면 블레이즈 원이 궤멸되고 우리의 힘이 강성해지기 전에 막을 수도 있었을 거야. 하지만 당신은 그러지 않았지. 오히려 이렇게 되기를 바란 것처럼……."

거기까지 말하던 칼리아의 표정이 굳었다. 자신이 느끼던 이질감을 이야기하던 중에 치명적인 사실을 깨달았던 것이다.

그녀가 떨리는 목소리로 물었다.

"설마… 이렇게 되기를 기다리고 있었던 거야? 우리가 당신의 조직을 궤멸시키고, 힘있는 자들이 모두 한 자리에 모이기를?"

"그렇다. 인간 여자. 너는 역시 총명하구나."

볼카르는 흡족해하며 말했다. 마치 칼리아가 이 진실에 도달하기만을 고대했던 것처럼.

볼카르가 불타는 도시를 바라보며 말했다.

"칼리아 일리지스."

그것은 처음으로 볼카르가 칼리아의 이름을 부른 순간이었다.

"너는 내게 이름을 불릴 자격이 있다. 오로지 자신만을 생각하며 눈앞의 일밖에 보지 못하는 우둔한 벌레들을 하나로 모아 이토록 장대한 성과를 이루어낸 너는 그 누구보다도 뛰어난 능력의 소유자였다."

볼카르와 블레이즈 윈을 없애겠다는 일념으로 칼리아는 역사상 가장 강대한 조직을 만들었다. 어떤 재앙 앞에서도 단합하지 못했던 인류의 힘을 하나로 묶는 대업을 달성해 낸 것이다.

"블레이즈 윈은 아주 도움이 되는 도구였다. 하지만 나의 해방이 시시각각 다가오는 시점에서는 더 이상 필요가 없지."

일단 봉인에서 해방되게 되면 볼카르는 누구의 도움도 필요로 하지 않는다. 인류가 지금껏 맛본 적 없는 천재지변에 가까운 힘으로 이 세상을 뒤집어엎을 것이다.

"그러니 그전에 내게 방해가 되는 것들을 하나로 모아 처리하기 위해서 사용했을 뿐이다."

블레이즈 원이 무력하게 궤멸하는 동안 볼카르는 어떤 도움도 주지 않고 방관하고 있었다. 점차 회복되는 마법적 지식으로 새로운 병사들을 만들어 바로 이 순간을 준비하면서……

그 사실을 깨달은 칼리아가 치를 떨었다.

"당신은… 악마야."

"너희들에게는 그렇겠지."

볼카르가 차갑게 웃으며 다가왔다. 서서히 불길에 먹혀 들어가고 있는 그의 몸은 이제 절반 정도밖에 남지 않았다. 그가 하나밖에 남지 않은 팔을 칼리아에게 가까이하며 말했다.

"내가 여기 온 목적은 너와의 대화를 끝내기 위해서다. 들어라, 칼리아 일리지스."

"더 이야기할 게 남은 거야?"

"이제 곧 새로운 세계가 시작된다. 하지만 그러기 위해서는 너희들이 사라져야 하지. 추악한 의념을 배설하여 세계를 더럽힌 너희들이 사라지고 거대한 공허가 찾아올 때, 세계는 갈망하게 될 것이다."

"무엇을?"

"자신을 채워줄 새로운 존재를. 그 갈망이 한계를 넘었을 때

진정한 창세가 시작된다!'

파학!

그 말을 끝으로 볼카르의 손이 칼리아의 심장을 관통했다. 눈을 부릅뜬 채 자신의 몸을 내려다보는 칼리아의 귓가에 대고 그가 작별의 말을 속삭였다.

"대화는 끝이다."

볼카르가 손을 빼내자 칼리아는 서서히 무너져 내렸다. 가슴에서 피를 쏟아내면서 쓰러진 그녀는 죽음이 빠르게 자신을 사로잡는 것을 느끼며 필사적으로 손을 뻗었다. 감각이 사라져 가는 손이 닿은 곳은 쓰러져 있던 루그의 손이 있는 곳이었다.

꼼짝도 할 수 없는 루그는 그녀가 마지막으로 입술을 달싹이는 것을 보았다. 목소리조차 나오지 않는 그녀는 필사적으로 루그에게 무언가를 전하려고 하고 있었다.

'부디 당신만은 살아서… 복수해 줘.'

그녀가 하고자 하는 말을 읽은 루그는 전율했다. 이런 상황에서도 칼리아는 포기하지 않았다. 반 블레이즈 원 연합이 박살 나는 상황에서도 자신이 쌓아온 것이 볼카르를 무너뜨릴 날을 믿고 있었다.

'그래.'

루그는 왈칵 눈물이 쏟아져 나올 것 같았다.

칼리아가 죽었다. 하지만 그녀가 일구어온 것들은 살아 있다. 볼카르가 봉인에서 풀려나더라도 그를 쓰러뜨리기 위한

사라진 추억 145

모든 것들은… 아직 사라지지 않았다.

"아직도 살아 있나?"

그때 볼카르가 코웃음을 쳤다. 이제 몸이 거의 불길에 먹혀 버린 그가 검게 불타는 손을 들었다. 그때였다.

퍼어어어엉!

섬광이 작렬하며 볼카르를 날려 버렸다. 믿을 수 없다는 표정으로 부서지는 자신의 몸을 바라보는 볼카르의 뒤쪽에서 한 남자가 모습을 드러내고 있었다. 여기저기 찢기고, 피로 물들어 누더기처럼 변해 버린 로브를 걸친 노인, 대마법사 에반스였다.

"이놈… 벌레 주제에 감히!"

볼카르가 분노했다. 그의 몸을 사르는 불길이 에반스를 향해 날아들었다.

"인간을 얕보지 마라! 오만한 드래곤!"

에반스가 노성을 지르며 그 불길을 막아냈다. 그리고 연달아 섬광을 날려서 볼카르의 남은 몸을 파괴해 버렸다. 거세게 불타오르는 불길에 먹혀 들어가면서 볼카르가 말했다.

"이건 용족의… 네놈은 인간이 아……!"

그의 말은 끝까지 이어지지 못했다.

볼카르의 인간 그릇이 완전히 사멸하는 것을 확인한 에반스가 한숨을 쉬며 다가왔다.

"칼리아님……"

그는 루그의 손을 잡은 채 죽어간 칼리아를 내려다보며 우울한 표정을 지었다.

공격이 시작되었을 때, 그는 요인들이 탈출할 길을 제시한 뒤 밖으로 상황을 보기 위해 뛰쳐나갔다. 그리고 지금까지 왕도 밖으로 탈출하기 위한 루트를 확보하다가 뒤늦게 볼카르의 마력을 감지하고 달려온 것이다.

"가세, 루그 경."

'칼리아……'

그의 목소리를 들으면서도 루그는 칼리아의 시체를 바라보고 있었다. 죽는 순간까지도 의지를 무너뜨리지 않은 그녀의 얼굴을.

'내가 반드시… 네 뜻을 이루어줄게.'

루그는 점점 어둠 속으로 가라앉아 가는 의식에 슬픔과 분노로 결의를 새겼다.

11

"…불카누스가 봉인에서 풀려나서 자유를 얻은 것은 그후로 8개월쯤 지났을 때였어. 그는 마치 장난치듯이 탈린 왕국과 아네브 왕국의 각지를 돌아다니면서 인간들을 학살하고, 결국은 두 개의 나라 모두를 멸망시켰지. 그리고 다음 차례가 되었던 바레스 왕국에 준비되었던 함정으로 걸어 들어왔어.

그리고 그 싸움의 끝에서 볼카르와 함께 시공 회귀하여 현재에 이르게 되었다.

사라진 추억 147

긴 이야기를 끝낸 루그가 한숨을 쉬었다.

잠자코 이야길 듣고 있던 다르칸이 말했다.

"마스터가 시간을 거슬러오기 전에 그런 일이 있었다니 정말 놀랍구려. 마스터가 나와 메이즈를 처음 만났을 때부터 아주 잘 아는 존재처럼 대했던 것도 그런 이유였군."

"그래."

"복잡하구려. 내가 한 번 겪었던 삶이 완전히 지워지고 마스터의 기억 속에만 존재하는 이야기가 되다니……. 그런데 마스터의 이야기를 들어보면 메이즈는 도저히 동일인물이라는 느낌이 안 드오. 그렇게 지독한 살기를 뿜어대면서 인간을 죽이길 즐기는 메이즈라니, 잘 상상이 안 되는군."

"분명히 용제의 명령에 거역해서 인격이 파괴되는 바람에 그런 걸 거야. 그렇지 않고서야 내가 그런 짓을 할 리가 없는걸."

메이즈가 투덜거렸다. 루그가 기억하는 사라진 미래 속의 자신이 정말로 마음에 안 드는 것 같았다.

그녀가 말했다.

"게다가 마지막까지 주인님하고 죽이니 살리니 했다니 그것도 참."

루그는 이전에 메이즈에게 시공 회귀의 진실에 대해서 이야기할 때는 그녀의 최후나 칼리아에 대해서는 구체적으로 말하지 않았다. 그래서 메이즈도 칼리아의 신분에 대해서 잘 모르고 있었던 것이다.

다르칸이 말했다.

"그에 비해 나는 별로 다르지 않은 것 같군? 하긴 나는 뭘 시키면 거부하지 않고 하는 수동적인 구석이 강했으니 그럴만도 하겠지만……."

"난 많이 다르다고 생각하는데?"

메이즈가 꼬리 끝으로 다르칸의 옆구리를 콕콕 찌르면서 말했다.

다르칸이 고개를 갸웃했다.

"다른가? 어디가 말이지?"

"주인님 이야기 속의 너와 비교할 것도 없이 그냥 예전에 블레이즈 원에 소속되어 있을 당시하고만 비교해도 많이 달라졌어. 아마 인간들과 어울려서 살았기 때문이 아닐까?"

"잘 모르겠군. 뭐, 일단 마스터의 이야기 속에서 끝까지 적의 입장이었던 나보다는 지금의 내가 더 좋긴 하오만."

"나도."

메이즈가 생긋 웃었다.

둘의 반응에 루그가 피식 웃었다.

예전에는 그저 증오하는 적이었을 뿐이었던 이들이 지금은 누구보다도 믿음직하고 소중한 존재가 되어 그의 곁에 있다. 시공 회귀 이후로 얻은 모든 인연들은 루그에게는 무엇과도 바꿀 수 없는 기적이었다.

그때 잠자코 있던 볼카르가 입을 열었.

〈흠. 이번에 네 이야기를 듣고 있자니 걸리는 게 하나 있군.〉

사라진 추억 149

"뭔데?"

〈에반스라는 인간 마법사에 대한 것이다. 이번에 다시 이야기를 들어보니 그는 칼리아 일리지스가 살아 있을 당시부터 드래곤과 연관이 있지 않았을까 싶은데…….〉

"그건 나도 어느 정도 의심하고 있어. 에반스에 대해서는 여기서도 알아봐야 할 문제지."

대마법사 에반스.

그는 많은 부분이 수수께끼로 남아 있는 남자였다.

사실상 그야말로 반 블레이즈 원 연합이 상위 용족 간부들을 쓰러뜨리고, 바라지아의 최종결전을 완성한 핵심이었다. 그는 인간에게는 불가능한 수준의 마법을 준비했고, 칼리아는 반 블레이즈 원 연합을 통해 막대한 재력과 인력, 그리고 정치적인 영향력을 이용해 장소를 확보함으로써 그의 구상을 실현해 주었다.

칼리아의 말에 따르면 그는 로멜라 왕국에 참극의 날이 오기 전부터 용족들에게 마법을 전수받은 천재 마법사였다고 한다. 하지만 루그가 인간의 수준을 아득히 초월하는 마법을 터득한 지금, 그에 대한 기억을 돌이켜 보면 그것만으로는 납득할 수 없는 구석이 많았다.

그는 분명히 다른 드래곤과 인연을 맺고 있었을 것이다. 볼카르가 언제 부활할지 정확히 예견하고, 바라지아에 설치한 마법진을 전수해 준 드래곤과.

루그가 말했다.

"문제는 그가 이 시점에서도 세상에 드러난 존재냐 아니냐겠지. 만약 참극의 날 이전에는 은자로 살다가 불쑥 세상에 나온 존재라면 아무런 실마리도 찾을 수 없겠고……."

"주인님, 그 문제는 금방 해결될 것 같은데?"

"음?"

루그가 의아해하자 메이즈는 방 한구석으로 가더니 뭔가를 가져왔다. 금장식이 된 봉투에는 이렇게 적혀 있었다.

존귀한 용족이신 드래코니안 메이즈 오르시아님과 드라칸 다르칸님을 초대합니다.

—궁정 마법사 에반스 리가르테 백작.

"……."

순간 루그는 할 말을 잃었다. 에반스는 이 시간대에는 아예 궁정 마법사로 활동하고 있었단 말인가?

"초대받은 김에 가서 알아볼게. 일정을 앞으로 당기면 되지 뭐."

메이즈가 그렇게 말하면서 다른 봉투들을 꺼내 들었다.

루그가 물었다.

"뭐야, 그건?"

"초대장이야. 벌써 스무 장 정도 날아왔어. 용족들이 보낸 것도 있고, 왕족이나 귀족들이 보낸 것도 있고."

"하이고, 빠르네. 하긴 생각해 보면 당연한 일이지만……."

"내 것도 꽤 많더군."

다르칸이 슬쩍 흡족한 표정으로 자신에게 온 초대장을 꺼내 보였다. 메이즈와 마찬가지로 인간들에게도 초대장을 받았다는 사실이 많이 기쁜 모양이었다.

문득 루그가 물었다.

"잠깐. 너희들한테만 초대장이 그렇게 많이 온 거야? 나한테는 없고?"

"응."

"그, 그럴 리가. 아무리 용족이 대우받는 나라라도 그렇지……."

"농담이야."

루그가 당황하자 메이즈가 혀를 쏙 내밀면서 루그 앞으로 온 초대장을 들어 보였다. 볼카르가 코웃음을 쳤다.

〈전에 권력이나 명예에 목매다는 인간이 추하니 어쩌니 하는 말을 했던 것 같은데, 너도 결국 인기에 연연하는 인간이었군?〉

"그런 게 아니야. 그냥 이상해서 그런 거라고."

〈그렇게는 안 보였다만. 뭐, 네가 그렇다면 그런 줄 알아주지.〉

"아니라니까. 야, 듣고 있어? 진짜 아니라고, 볼카르!"

루그가 얼굴을 붉힌 채 볼카르를 상대로 열을 내는 모습을 보던 메이즈가 슬며시 다르칸의 귀에 속삭였다.

"있잖아, 다르칸."

"음?"

"난 주인님이 시공 회귀를 하고 나와 만나서… 정말 다행이라고 생각해."

"나도 그렇다."

다르칸은 부드럽게 미소 지으며 대답했다.

폭염의 용제

1

 루그는 열기가 끓어오르는 용암지대에 서 있었다.
 화산이 금방이라도 폭발할 듯이 마그마를 끓게 하고, 그 위를 떠다니는 암석들이 불안정하게 들썩거리는 이곳은 제정신 박힌 인간이라면 결코 오지 않을 위험지대였다. 하지만 그곳 한가운데 서 있는 루그는 조금도 주변의 위험을 신경 쓰는 기색이 아니었다.
 루그가 주의를 기울이는 것은 어디까지나 용암지대 위를 질주하는 기대한 생명체들이었다.
 콰콰콰콰콰콰!
 머리가 아홉 개나 달린 거대한 붉은 뱀이 루그를 노리고 달려들었다. 그 머리 하나하나가 한 입에 사람을 집어삼킬 수 있는 어마어마한 크기라 마치 성벽이 달려오는 것 같은 착각마저 느껴진다.

히드라라 불리는, 비록 지능이 낮아서 상위 용족으로 분류되진 못해도 전투력 하나만큼은 막강한 괴물이다. 그중에서도 불의 속성력이 충만하여 용암지대에서 서식하는 블레이즈 히드라였다.

쿵쿵쿵쿵쿵!

반대쪽에서는 블레이즈 히드라에게 지지 않을 정도로 거대한 덩치를 자랑하는 거인이 달려오고 있었다. 불타는 암석으로 이루어진, 인간을 닮은 형상을 가진 파이어 자이언트였다.

둘 다 워낙 극단적인 환경에서만 서식하기 때문에 보통 인간은 평생 가도 만나기도 어려운, 재앙에 가까운 괴물들이다. 그런 괴물들이 급속도로 접근해 오고 있는데도 루그는 전혀 움츠러들지 않았다.

"슬슬 큰 것들만 남은 건가?"

후두두둑…….

차분하게 중얼거리는 그의 손아귀에서 시커먼 재가 되어버린 덩어리들이 떨어진다.

그 아래쪽에는 인간 두 배 정도의 덩치를 가진 무언가가 쓰러져 있었다. 불을 양식으로 삼아 살아가는 마법적인 생태를 가진 붉은 비늘의 도마뱀, 파이어 리저드였다. 루그의 주변에는 파이어 리저드 몇 마리의 시체가 널브러져서 마그마에 집어삼켜지거나 불타 스러지고 있었다.

캬아아아아아!

마그마를 튀기며 질주해 온 블레이즈 히드라의 머리들이 울부짖었다. 그러자 벌려진 아가리에서 불꽃이 뿜어져 나온다.

"웃차!"

순간 루그가 움직였다. 강체술로 자신을 감싸고 불길을 일으킨 다음 그것으로 히드라가 뿜어낸 불길에 맞선다.

화르르르륵!

아니, 그것은 맞선다기보다는 집어삼킨다는 표현이 옳았다. 루그가 일으킨 불길이 히드라가 뿜어낸 불길을 뱀처럼 휘감더니 한순간에 먹어치우고 그 기세를 무시무시하게 불려 나갔다.

'라이징 블레이드!'

루그가 손날을 휘두르자 거대한 불꽃의 칼날이 형성되어 히드라를 후려쳤다. 예리함과 열기가 더해진 그 공격에 히드라가 나가떨어진다. 마그마에도 불타지 않는 불의 속성력을 가진 히드라에게는 불의 칼날이 통용되지 않는 모양이다.

"역시 그냥 불은 안 되나?"

투덜거리는 루그의 뒤쪽에서 파이어 자이언트가 덮쳐 온다. 거구에 밀려 파도치는 마그마와 함께 덮쳐 오는 불타는 손은 공포 그 자체였다.

쿠우웅!

하지만 루그는 간발의 차이로 그것을 비껴내며 마그마 위를 질주했다. 보통 인간이라면 한순간에 불타 버렸을 열기를 아무렇지도 않게 견뎌내면서 주먹을 뻗는다.

퍼어어엉!

아무런 조짐도 없이 파이어 자이언트의 몸통 일부가 폭발했다. 강체술 6단계에 이르러야만 터득할 수 있는 오더 시그마의 비기, 격공(隔空)이었다.

크어어어어어!

파이어 자이언트가 울부짖었다. 격공의 타격 지점을 중심으로 지독한 냉기가 일어났기 때문이다.

치이이이이이!

수증기가 미친 듯이 끓어올랐다. 루그의 기력이 광활하게 뻗어 나가 대기 중을 떠도는 수분을 모조리 한곳으로 끌어모은다. 동시에 기압이 급격하게 변화하면서 북쪽의 영구동토에서나 경험할 법한 차가운 바람이 불어닥쳤다.

슈화아아아악!

수분과 기압이 비상식적인 변화를 일으키면서 용암지대의 열기가 한순간에 식어간다. 루그의 발밑이 새하얗게 얼어붙어 가면서 서리가 흩날린다.

피핑! 피피피피피핑!

루그의 머리 위에서 무수한 얼음의 송곳이 생성되어 파이어 자이언트를 꿰뚫었다. 비명을 지르며 비틀거리는 파이어 자이언트의 머리 위로 루그가 날아오른다. 몸을 그대로 비틀면서 빙설의 힘이 실린 주먹이 파이어 자이언트의 머리통을 날려 버렸다.

콰작!

주먹이 작렬한 지점으로부터 새하얀 냉기가 폭발적으로 퍼져 나갔다. 한순간에 부풀어 오른 날카로운 얼음이 파이어 자이언트의 몸을 내부에서부터 갈가리 찢어버리고 그대로 마그마 위로 떨어진다.

쿠우우우웅!

마그마에 떨어지는 파이어 자이언트의 시체에서 몸을 돌린 루그가 즉시 손날을 휘둘렀다. 라이징 블레이즈가 전개되면서 반월형으로 응축된 냉기의 칼날이 날아갔다.

파아아아앙!

뒤쪽에서 덮쳐들던 히드라의 머리 중 다섯이 일거에 잘려 날아갔다.

불사의 마력을 가진 하나의 머리가 잘리지 않으면 거의 무한한 재생력을 자랑하는 히드라지만, 이번에는 쉽게 상처를 재생할 수 없었다. 잘린 단면을 루그가 지배하는 냉기가 얼려 버렸기 때문이다.

샤아아아아아!

격통 속에서 이상을 감지한 히드라가 남은 머리들로 루그를 덮친다. 압도적인 크기와 체중을 이용한 돌격은 불을 뿜어내는 것보다 더욱 위협적이었다.

쿠쿠쿵!

하지만 루그는 절묘한 타이밍으로 허공으로 솟구쳐서 그것을 피해내고는 허공을 박차고 히드라의 머리 위로 날아올

뒤틀린 과거와 용의 손녀 161

랐다.

"창염(蒼炎)."

히드라를 내려다보며 루그가 조용히 중얼거렸다. 그러자 그를 감싸고 타오르던 불길이 청백색으로 물들며 지금까지와는 비교도 안 되는 열기를 뿜어내기 시작했다.

화르르르륵!

푸른 불길이 오른팔로 집중되어 거세게 소용돌이친다. 팔꿈치 뒤로 20미터에 이르는 불길이 솟구쳤다.

'데들리 스톰!'

콰아아아아아아아!

소리가 울린 것은 이미 공격이 히드라를 관통한 후였다.

극초음속으로 가속된 창염의 응축체는 히드라의 남은 머리를 일거에 쓸어버리면서 그 몸에 거대한 구멍을 만들었다. 그 직후 폭발한 무시무시한 열파가 히드라의 시체를 갈가리 찢어버리고 용암지대를 뒤흔들었다.

쿠구구구궁!

"크으, 역시 창염은 먹히는군. 저놈들이 가진 불의 속성력 이상의 열기로 부딪쳐야만 통용된다니, 확실히 한 속성에 극단적으로 특화된 놈들은 까다롭네."

루그는 기술을 시전한 반동으로 얼얼해진 팔을 주무르면서 투덜거렸다. 그리고 위를 올려다보며 물었다.

"볼카르, 남은 적은?"

"없다."

대답한 것은 붉은 드레키의 모습을 한 볼카르였다. 하늘에서 작은 날개를 파닥거리는 볼카르의 모습에 루그가 의아해하며 물었다.

"어? 다 끝났어?"

"블레이즈 히드라 3마리, 파이어 리저드 60마리, 파이어 자이언트 10마리, 불과 바람의 스피릿 비스트 30마리 모두 해치웠다. 이번에는 37분 걸렸군."

드넓은 용암지대에는 방금 볼카르가 말한 괴물들의 시체가 여기저기 널려 있었다. 그들 중 대다수는 이미 형체도 알아볼 수 없을 정도로 박살 나거나, 아니면 용암지대의 불길에 먹혀버리긴 했지만.

루그가 투덜거렸다.

"쳇. 목표시간을 2분 넘겼잖아. 어쨌든 힘들군."

마법의 힘을 빌리지 않고 40여 분 동안 용암지대에서 격전을 벌이다 보니 체력이 상당히 소모되었다.

하지만 그것도 잠시뿐이다. 곧바로 세계가 변하기 시작했다.

미친 듯이 마그마가 끓어오르던 용암지대의 모습이 종이를 구기듯이 찌부러지더니 깨끗하게 사라져 버리고, 그 자리를 아무것도 없는 새하얗고 무한한 공간이 대신했다.

동시에 루그의 몸상태도 말끔하게 회복되었다. 자잘한 상처는 물론이고 피로까지 싹 사라져서 상쾌했다.

"늘 생각하는 거지만, 만약 내가 몽상 세계를 구현할 수 있는 능력을 가진다고 해도 네 도움이 없다면 이렇게 현실적으로는 안 되겠지?"

"평소에 네가 꾸는 꿈이 현실감 넘치던가?"

"별로 그렇지는 않지."

"네가 몽상 세계를 구성한다면 꿈을 조금 이성적으로 조작하면서 꾸는 정도다. 이미지 트레이닝 이상의 효과를 기대하긴 어렵지."

"하긴. 아무리 냉정하게 이미지 트레이닝을 한다고 해도 현실과는 오차가 생기게 마련이지. 극한 상황에 몰리면 스스로의 몸상태조차 제대로 파악할 수 없게 되고……. 그렇게 생각하면 이게 대단하긴 하네. 체력이나 부상도 그렇지만 마력이나 강체력까지 현실과 똑같이 적용되니……."

"네 몸을 세상에서 가장 잘 아는 것은 나다. 너 자신조차 모르는 부분들도 속속들이 알고 있지."

"그거 뭔가 뉘앙스가 미묘하다?"

루그의 말에 볼카르가 피식 웃으며 물었다.

"이걸로 58시간 42분이 지났다. 더 할 건가?"

"아니, 그냥 여기까지만 하지. 더 하기에는 시간이 너무 애매하다."

"기껏 쉬는 날을 이런 식으로 보내다니."

볼카르가 투덜거렸다.

오늘은 일주일에 한 번, 몽상 세계에서 이루어지는 마법 교육을 쉬는 날이었다.

하지만 루그는 얼마 전부터 그날을 이용해서 강체술 훈련을 시작했다. 몽상 세계에서는 볼카르에게 원하는 환경을 만들어 달라고 할 수 있으니 어떤 훈련도 가능했다.

그 결과 루그가 강체술로 속성력을 일으키고 제어하는 기술은 빠르게 향상되고 있었다.

루그가 피식 웃었다.

"뭐, 난 천재가 아니니까 시간의 이점이라도 활용하는 수밖에 없거든."

루그가 강체술 6단계의 경지에 오른 것은 시공 회귀 전의 경험과 여러 가지 비정상적인 요인들이 겹쳐진 기적 같은 결과물이다. 요르드나 그레이슨 같은 천재들과는 재능 면에서 비교할 수 없을 정도로 떨어졌다. 그 사실을 잘 알기에 루그는 언제나 게으름부리지 않았다.

'게으름 부릴 만큼 팔자가 좋은 것도 아니고.'

평화로운 세상이었으면 이 정도쯤 했으면 세상에 적수도 별로 없고 하니 좀 편하게 살 생각을 했을지도 모르겠다. 여기저기 돌아다니면서 좋은 일도 좀 하고 사람들에게 칭송도 받고 그러면서 으스대고 살아도 괜찮았을 터.

하지만 지금은 아무리 강해져도 이 정도로는 부족하다는 강박관념에서 벗어날 수가 없다. 세계를 멸망시키려는 재앙과 맞서 싸워야 할 몸이 어떻게 고작 이 정도로 오만해질 수 있겠는가?

볼카르가 말했다.

"그것도 좋긴 하다만, 오늘 해야 할 일을 잊진 마라."

"알아. 정령을 불러내서 계약하면 되는 거지? 마력을 지나치게 소모하면 안 되니까 일단 하나만 계약할게."

스포르카트와의 만남으로 인해 루그는 제한된 시간 가속의 힘과 정령을 복속시킬 수 있는 힘을 얻었다.

볼카르가 정령을 복속시킬 수 있는 힘을 원한 이유는 간단하다. 리루의 경우와 마찬가지로 전투 시에 정령과의 정신 감응을 통해 루그를 보조할 수 있기 때문이다.

"피코 엘레멘탈 통합도 해야 하고, 할 일이 점점 불어나니 원."

루그가 투덜거렸다.

마력을 늘리기 위해 루그는 틈날 때마다 정령을 소환하여 피코 엘레멘탈로 가공, 자신의 엘레멘탈 콜로니에 통합하고 있었다.

처음에는 하루에 하나만 소환해도 기진맥진해졌지만 이제는 마력이 늘어나서 하루에 여섯 개체까지 통합하는 게 가능해졌다. 하지만 언제 전투를 벌여야 할지 모르는 상황이라 마력을 아끼기 위해 하루에 세 개체만 통합하고 있는 중이다.

그런데 이제는 정령들과 계약하고 그것을 다루기까지 해야 하니 엘레멘탈 콜로니의 완성이 좀 더 늦어지게 생겼다.

볼카르가 말했다.

"일단 상위 정령으로 성장시키고 나면 그후에는 부담이 줄 거다."

"그렇게 되기까지가 문제지."

종속시킨 정령을 상위 정령으로 성장시키기 위해서는 최대한 긴 시간 동안 물질계에 머물 수 있게 해줘야 한다. 즉, 마력을 계속해서 제공해 줘야 하는 것이다.

루그가 말했다.

"자, 그럼 짧은 잠을 즐겨야겠군. 조금 후에 보자, 볼카르."

"그러지."

볼카르의 대답과 함께 몽상 세계가 끝났다.

루그의 의식은 현실의 그가 잠에서 깨어날 때까지 한동안 깊은 평온 속으로 가라앉았다.

2

어젯밤의 소동 때문에 왕궁의 경비는 굉장히 삼엄해져 있었다. 왕궁 어디를 가도 기사와 병사들이 완전히 무장하고 돌아다니는 것을 볼 수 있을 정도라서 시녀들이나 귀부인들은 좀 불편해하는 기색이었다.

칼리아는 떨어지면 즉사할 정도로 아찔한 높이에서 자신의 정원을 내려다보았다.

"전망이 괜찮네. 여기에 발코니나 만들까?"

그녀는 어젯밤에 침입자를 격퇴하는 과정에서 에리체 메이달라가 부순 벽 앞에 서 있었다. 한 발만 잘못 딛었다가는 그대로 떨어질 상황이라 시녀들은 조마조마해하며 그녀를 바라보았다.

"만들까요?"

"농담이다. 그랬다가는 건물 외관이 엉망이 되겠지. 오늘 사람을 불러서 수리해 두거라."

칼리아는 고개를 젓고는 손을 한 번 휘저었다. 그러자 어젯밤에 마법사가 와서 설치해 두고 간 방풍의 결계가 발동되어서 그곳을 가렸다.

"칼리아~!"

그때였다. 멀리서 누군가 그녀의 이름을 불렀다.

칼리아가 슬쩍 돌아보니 저편에서 뭔가 커다란 새 같은 것이 날아오고 있었다.

"히익!"

시녀들이 눈을 휘둥그레 떴다.

머리 끝부터 꼬리 끝까지의 길이가 10미터에 이르는 그 생물의 아가리는 인간의 몸통을 한 번에 물어뜯을 수 있을 정도로 컸고 이빨은 어떤 맹수보다도 크고 예리했다. 회색을 띤 비늘은 빛 바랜 강철같았고 날개를 펼치면 그 형체가 드래곤과 유사해 보였다. 또한 길고 두꺼운 꼬리에는 먹잇감을 일격에 무력화시키기 위한 커다란 독침이 달려 있었다.

그것은 흉포한 비행형 하위 용족인 와이번이었다. 평범한 여성들이라면 보기만 해도 겁을 집어먹을 괴물이건만 그 위에는 화사하고 고급스러운 드레스를 입은 귀족 아가씨가 두 명이나 타고 있었다.

칼리아의 시녀가 급히 칼리아의 앞을 가로막으며 소리쳤다.

"에리체님! 착륙하세요, 착륙!"

그 와이번은 자세히 보면 마치 말처럼 재갈을 물리고 안장을 달아놓았으며, 눈처럼 하얀 백발을 휘날리는 소녀 에리체 메이달라가 고삐를 쥐고 있었다.

"영차!"

에리체가 몸을 뒤로 젖히면서 고삐를 당겼다. 와이번이 날개를 펼쳐 에어브레이크를 걸고, 그 반동으로 위로 솟구쳐 오르자 그대로 아래로 뛰어내린다.

"정말 못 말리는 말괄량이 같으니!"

에리체의 뒤에 타고 있던 또 다른 소녀가 투덜거리면서 그 뒤를 따랐다. 검은 머리칼을 휘날리는 그녀가 허공에서 에리체의 손을 잡는 순간, 공간에 물결 같은 파문이 일면서 두 사람의 몸이 꺼지듯이 사라져 버렸다.

다음 순간, 에리체와 검은 머리 소녀가 칼리아의 등 뒤에 나타났다. 놀랍게도 두 소녀는 공간을 뛰어넘은 것이다.

그 광경에 시녀들은 기겁했지만 칼리아는 지긋지긋하다는 듯 이마를 짚으며 입을 열었다.

"에리체, 늘 말하는 거지만……."

"잠깐만!"

하지만 에리체는 잽싸게 그녀를 지나쳐서 달려가더니 뻥 뚫린 구멍을 통해 와이번에게 외쳤다.

"릴피! 정원에 착륙해서 여기 사람들이 말하는 대로 따라!

뒤틀린 과거와 용의 손녀

사람들이 주는 거 말곤 잡아먹으면 안 된다?"

키에에에에!

용제의 힘이 실린 명령에 릴피라는 이름의 와이번이 무시무시한 소리로 응답하더니 날갯짓을 하면서 정원으로 착륙해 갔다.

칼리아가 한숨을 쉬었다.

"에리체."

"응, 칼리아."

"늘 이야기하는 거지만 좀 더 귀족답게 처신하도록 해. 혼기도 꽉 찬 아가씨가 하는 짓이 이게 뭐니? 그러다가 정말 시집도 못 간다."

"그렇잖아도 얼마 전에 혼담이 한 번 들어왔는데 아버님이 참 취향도 이상한 놈이로고, 하면서 뻥 차버리셨어. 어차피 난 메이달라 후작가에서 처녀귀신이 될 팔자다, 뭐."

칼리아의 설교에 에리체가 툴툴거렸다. 반항적인 태도에 칼리아가 다가가서 그녀의 양볼을 죽 잡아당기면서 말했다.

"그런 말투 쓰지 말랬지."

"우우, 카이하 이허도 귀호타지 아나(칼리아, 이것도 귀족답지 않아)."

"너한텐 괜찮아."

"우, 아파아."

칼리아는 버둥거리는 에리체의 볼을 빨개질 정도로 늘린 다음에나 놓아주었다.

갑작스러운 두 사람의 방문에 시녀들이 바쁘게 자리를 준비하는 동안, 칼리아가 검은 머리 소녀에게 물었다.

"바리엔, 너까지 무슨 일이야? 에리체가 왕궁에 멋대로 드나드는 거야 어제오늘 일도 아니지만 너는……."

"난 납치당했어."

뾰로통한 표정을 짓고 있는 그녀는 루그의 기억 속에 있던 칼리아의 친구, 바리엔 라한드리가였다.

칼리아가 놀라서 물었다.

"납치?"

"도장에 아침 수업을 참관하러 가고 있었는데 에리체가 날아와서 나를 휙 낚아채서는 그대로……."

"바리엔도 오고 싶어했는걸. 솔직하지 못하기는."

에리체는 바리엔이 말을 마치기도 전에 재빨리 그렇게 말하고는, 그녀의 시선이 날아들자 고개를 돌리며 딴청을 부렸다.

바리엔이 투덜거렸다.

"에리체 너야 하라자드님 덕분에 왕궁을 제집처럼 드나들지만 나는 아니란 말야. 왕궁에 이런 식으로 무단침입한 게 알려졌다가는 아버님한테서 불호령이 떨어질 텐데……."

"그건 일단 내가 처리해 줄게."

칼리아가 쓴웃음을 지으며 말했다. 일리지스 대공인 그녀가 양해를 구하는 말을 선한다면 라한드리가 백작의 잔소리 노 약해질 수밖에 없으리라.

곧 그녀가 에리체를 보며 물었다.

"그런데 정말 무슨 일이야? 어제도 다녀갔으면서 이렇게 예고도 없이 쳐들어오다니. 가뜩이나 어젯밤의 일 때문에 폐하께서도 심려가 크시고 왕궁 수비대도 날카로워져 있는데 이렇게 멋대로 굴면……."

"칼리아는 엄마 같아."

"뭐?"

"우리 엄마도 나만 보면 잔소리를 못하셔서 안달인데. 둘이 막상막하야아아아아악?"

입술을 삐죽이던 에리체의 말꼬리가 해괴하게 늘어진 것은 칼리아가 덥썩 그녀의 볼을 잡아당겼기 때문이었다. 칼리아는 무시무시한 웃음을 지은 채 또박또박 끊어서 말했다.

"에, 리, 체. 자꾸 이러면 나 화낼 거야?"

"버, 벌써 화났으면서……."

에리체는 빨개진 볼을 잡고는 울상을 지었다. 그리고 결국 칼리아의 무시무시한 시선을 견디지 못하고 슬쩍 눈을 피하면서 말했다.

"오늘 칼리아랑 그… 폭염의 용제라는 사람이랑 만난다고 했잖아."

"루그 아스탈 경 말이구나. 맞아. 오늘 오후에 만나기로 했어. …잠깐."

그렇게 대답하던 칼리아는 에리체의 목적을 감 잡을 수 있었다. 그녀가 뭐라고 하기 전에 에리체가 배시시 웃으면서 말했다.

"나도 그 사람 같이 보고 싶어. 칼리아는 일리지스 대공이니까 금방 만나겠지만, 우리 가문에서 초대장을 넣는다 한들 차례가 오려면 한참 걸릴 테니……."

"……."

칼리아는 할 말이 없었다.

옛날부터 귀족사회의 법도 따윈 싹 무시하고 행동하는 일이 잦은 에리체에게는 익숙해져 있었다. 하지만 그렇다고 해서 그녀의 행동이 골치 아프다는 것은 변하지 않는다.

"에리체, 루그 아스탈 경은 폐하께서 직접 왕궁에 손님으로 모신 귀빈이셔."

"응. 나도 알아. 아버님도 할아버님도 다들 한 번쯤 만나보고 싶다고 애가 달으셨어. 우리 집안에서도 최고의 화젯거리야."

에리체가 눈을 반짝반짝 빛내며 말했다.

칼리아가 입가를 실룩거리며 말했다.

"잘 알고 있구나. 그리고 나는 일리지스 대공이며 왕태자비가 될 몸으로 그분을 만나는 거야."

"응. 왕태자 전하도 아직 안 돌아오셨으니 폐하 다음으로 왕궁을 대표하는 얼굴은 칼리아잖아. 폐하께서 초대하신 귀빈이시니 응당 그래야겠지."

"신분은 외국의 기사에 불과하더라도, 그분은 폐하께서도 인정하신 영웅이셔. 고귀한 용족들께서 인정하고 따를 정도로 대단하신 분이니 혹시라도 결례를 저질러서는 안 되겠지."

뒤틀린 과거와 용의 손녀

"응. 당연하잖아."

"그렇게 잘 알고 있으면서… 지금 멋대로 그 자리에 끼어들겠다는 소리가 나오는 거야?"

"하지만 그 사람도 젊은 남자니까 이렇게 귀여운 아가씨들이 여럿 동석하면 좋아하지 않을까? 아버님도 항상 '에리체가 생각이 좀 부족해서 그렇지 생긴 것 하나는 어디 내놔도 빠지지 않는 미녀이긴 하지'라고 칭찬하시는걸."

"그건 칭찬이 아니잖아. 아니, 그보다… 바리엔."

"응?"

칼리아가 자신을 부르자 바리엔이 의아해했다.

이미 이어질 말을 예측했는지 슬금슬금 뒤로 물러나는 에리체를 보면서, 칼리아가 상큼하게 웃는 얼굴로 말했다.

"얘 좀 아프게 때려줘."

3

루그는 바짝 긴장한 채 왕실 시녀의 뒤를 따라서 복도를 걷고 있었다. 그의 뒤에는 붉은색 바탕에 하얀 부분들이 들어가 있고, 금실로 무늬를 수놓은 드레스를 입은 메이즈와 암청색과 백색을 조합한 옷을 입은 다르칸이 따르는 중이었다.

메이즈가 속삭였다.

"주인님, 어깨에 힘 좀 빼. 걷는 모습이 무슨 나무토막으로 만든 인형 같아."

"그, 그래?"

그 말에 루그는 흠칫 놀라서 심호흡을 했다.

어젯밤에 몰래 가서 보긴 했지만, 역시 칼리아를 생판 모르는 남으로 만나야 하는 상황이 부담되는 것은 어쩔 수 없었다. 도대체 어떤 표정을 가장하고 이야기를 해야 할지 난감하기만 하다.

'일단은 그냥 겉치레만 차리면 되겠지만······.'

지금의 칼리아는 루그가 알고 있던 그녀와는 달리 블레이즈 원과는 전혀 관계가 없다.

신분부터 시작해서 과거까지, 둘 사이에 공통분모라고는 하나도 찾을 수 없으며 공감대를 형성하기도 어려울 것이다. 시공 회귀 후에 만났을 때도 이미 봉인의 조각 때문에 고통받고 있던 라나와는 비교도 안 되는 거리감이 둘 사이에 존재한다.

그 사실을 상기한 루그는 쓴웃음을 지었다. 라나 때와 달리 칼리아에게는 어떤 식으로 다가가야 할지 감조차 잡히지 않았다. 이 나라에 명성을 떨친 '폭염의 용제'로서 다가가서 표면적인 관계를 맺고, 진실을 가슴에 묻어둔 채 그녀를 지켜보기만 하는 것 외에는 아무것도 할 수가 없을 것 같다.

루그가 마음을 잡지 못하고 갈팡질팡하는 동안에도 칼리아가 기거하는 동쪽 별궁은 착실하게 가까워지고 있었다. 보기 드문 귀한 꽃과 나무들로 아름답게 꾸며진 정원으로 들어선 루그가 눈을 크게 떴다.

"엥? 저건 뭐야?"

〈와이번이군.〉

볼카르의 말대로 와이번 한 마리가 정원에 앉아 있었다.

난폭하기 그지없고 인간만 보면 습격하는 와이번이 얌전하게, 그것도 말처럼 재갈을 물고 안장까지 매단 채로 앉아 있는 모습을 보니 기가 막힌다. 어째 용제의 감각이 간질거리는 느낌이더라니 저런 게 있었을 줄이야?

일행을 안내하던 시녀가 난감한 웃음을 지으며 말했다.

"일리지스 대공 전하의 친구분께서 타고 오신 와이번입니다. 그분도 용제이신지라……."

"아, 그렇군요."

루그는 황당해하면서 별궁 건물을 올려다보았다. 용제의 감각을 확장시켜 보니 위층에 있는 용제의 기척이 감지된다.

볼카르가 말했다.

〈어제 그 여자로군.〉

―그 여자라면 에리체 메이달라를 말하는 거야?

〈그렇다. 한 번쯤 다시 보고 싶었는데 잘된 일이군.〉

―그야 봉인 보관자니까 다시 볼 필요가 있긴 하지만…….

〈그것뿐만이 아니라, 개인적으로 좀 관심이 가는 여자였다.〉

―뭔데? 너도 인간 여자한테 관심이 있는 거야?

〈너처럼 인간 여자한테 발정하진 않는다만. 이유는 확인해 보고 나서 말해주지.〉

―비싸게 굴기는. 근데 아무리 용제라도 그렇지, 귀족 아가

씨가 저런 걸 길들여서 타고 다니다니…….

보통 귀족 아가씨라면 와이번을 보기만 해도 맨발로 달아날 것이다. 어지간히 담력이 큰 기사라도 저 괴물 위에 올라타서 하늘을 나는 것은 무서워할 텐데 귀족 아가씨가 그러고 있다니.

'하긴 어제 한 짓을 보면 문제가 안 될 것 같긴 한데.'

에리체는 완전히 기척을 죽이고 있던 루그를 발견하고 날아차기 일격으로 벽을 날려 버렸다. 보통 인간이라고는 할 수 없는 힘의 소유자이니 와이번을 타는 것 정도는 아무렇지도 않게 해낼 것 같기도 하다.

문득 볼카르가 말했다.

〈루그, 현재 저 건물에는 봉인의 조각을 가진 이가 두 명 있다.〉

—두 명?

그 말에 루그가 눈을 휘둥그레 떴다.

과거에 칼리아의 곁에 있는 봉인 보관자는 두 명이었다.

참극의 날, 목숨이 다할 때까지 칼리아를 곁에서 지켰던 소녀 에리체 메이달라.

그리고…….

'바리엔 경인가.'

오로시 칼리아의 안위만을 생각하던 눈매가 험악한 여기사.

루그를 못마땅하게 여기면서도 마지막에는 그에게 칼리아를 맡기고 장렬하게 산화했던 그녀를 떠올리니 가슴이 아려왔다. 지금의 바리엔은 과연 어떤 모습을 하고 있을까?

두려움과 기대감을 품은 채 칼리아를 찾아간 루그를 기다리고 있던 것은, 전혀 예상치 못한 상황이었다.

4

루그 일행이 동쪽 별궁 안으로 들어서는 순간, 한 소녀가 기다리고 있었다는 듯이 1층 로비로 모습을 드러냈다. 눈처럼 새하얀 머리칼과 보라색 눈동자를 가진 소녀, 에리체 메이달라였다.

앞서가던 시녀가 그녀를 보는 순간 굳어버렸다. 뒤돌아서 있어서 보이진 않지만 표정이나 입 모양 등을 통해 뭔가 필사적으로 전하려고 하는 기척이 느껴졌다.

하지만 에리체는 생긋 웃으며 다가와서는 루그를 보며 입을 열었다.

"안녕하세요! 저는… 어라?"

활달한 목소리로 입을 연 에리체가 갑자기 눈을 휘둥그레 떴다.

그녀는 잠시 동안 그 표정 그대로 굳어져서 루그를 빤히 바라보고 있더니, 천천히 한 걸음씩 다가왔다. 방금 전까지의 활달함이 거짓말처럼 느껴지는 그 고요한 발걸음에 시녀조차 그녀를 붙잡지 못하고 통과시켰고, 에리체는 루그의 코앞까지 다가와서 빤히 그를 올려다보았다.

'얘 왜 이래?'

루그는 당황해서 그녀를 바라보았다. 둘의 키 차이는 20센티를 훌쩍 넘었기 때문에 에리체가 올려다보는 눈높이는 루그의 턱까지밖에 오지 않았다. 그녀는 그게 불만이었는지 발돋움까지 해가면서 루그를 빤히 바라보았고 루그는 부담감을 느끼며 말했다.

"아가씨, 어디의 누구신지는 모르겠지만 왜……."

"저기요."

그때 에리체가 루그의 말을 자르며 입을 열었다.

그녀는 호기심 어린 표정 그대로, 왠지 얼굴에 홍조를 피우면서 상상도 할 수 없었던 한마디를 던졌다.

"저랑… 사귀어주시지 않겠어요?"

"……"

순간 루그는 석상처럼 굳어버리고 말았다.

5

―어이, 볼카르. 지, 지금 내가 무슨 소리를 들은 거지?

〈굳이 나한테 확인해 볼 필요까진 없는 문제 같은데. 네 청각은 지극히 정상이다.〉

볼카르는 대단히 즐거워하는 것 같았다. 난순히 루그가 난처해하는 것을 즐긴다는 것과는 또 다른, 뭔가 숨기는 게 있는 느낌이었지만 지금 루그는 그걸 짚고 넘어가기에는 너무 경황이 없었다.
"아, 음. 그, 그러니까……."
"앗."
루그가 가까스로 입을 열었을 때, 갑자기 에리체가 놀란 듯 손으로 입을 가렸다. 살짝 홍조를 띠었던 그녀의 얼굴이 새빨갛게 물들어가면서 그녀가 뒷걸음질을 쳤다.
"아, 저기, 저기 그러니까요!"
아무래도 갑작스러운 고백의 말에 당황한 것은 루그만이 아니었던 모양이다.
에리체는 스스로의 말에 놀란 듯 허둥거리며 뭐라고 말하려고 했다. 하지만 그녀의 변명은 끝까지 이어지지 못했다.
우웅……!
이질적인 마력 파동이 퍼져 나가면서 에리체의 뒤쪽 공간에 물결 같은 파문이 일었다.
그 직후 칼리아와 바리엔의 모습이 환상처럼 출현했다. 어느새 에리체가 사라진 것을 깨달은 칼리아가 바리엔에게 그녀의 탐색을 부탁했고, 이곳에 있다는 것을 알게 된 즉시 공간을 넘어온 것이다.
'바리엔 경인가?'
루그는 깜짝 놀라서 두 사람을 바라보았다. 에리체의 등장에 이어 또 한 번 기습을 당한 기분이다.
이때의 바리엔이 공간 도약의 능력을 가졌다는 것은 알고 있었지만 실제로 보는 것은 처음이었다. 메이즈나 다르칸도 마법진의 힘을 빌지 않고서는 구현할 수 없는 공간 도약을 저렇게 쉽게, 그리고 사소하게 사용하다니……

'근데 바리엔 경, 이때는 정말… 성격 좋아 보이는 얼굴이었구나.'

루그는 예전의 바리엔이 들었다면 당장 따귀를 날렸을 생각을 하고 말았다.

루그가 기억하는 바리엔은 날이 시퍼렇게 선 칼날 같은 인상의 소유자였다. 단순히 눈매가 날카로운 정도가 아니라 다가가는 것만으로도 베일 것 같은 위압감을 풍겼다. 물론 그때는 루그도 만만치 않게 살벌하기는 했지만…….

그에 비해 이때의 바리엔은 정말로 열여덟 살 소녀다운 얼굴을 하고 있었다.

'눈매는 지금도 좀 날카롭긴 하지만.'

같은 또래의 소년이나 소녀들이 보기에는 위압감이 느껴질지도 모르겠다. 성숙한 분위기에 날카로운 눈매, 그리고 여성치고는 상당히 큰 키까지 더해지면 그럴 수밖에.

바리엔의 키는 여성으로서는 큰 176센티미터인지라 남자 옷을 입고 검을 들어도 위화감이 들지 않을 정도였다. 나중에 칼리아에게 듣기로는 예전의 그녀는 키와 몸매에 큰 콤플렉스를 갖고 있었다고 한다.

'그때의 바리엔 경을 보면서는 도저히 상상이 안 갔는데…….'

지금, 굳은 얼굴로 에리체의 팔을 잡고 끌고 가는 그녀를 보고 있자니 그럴 수도 있겠다는 생각이 든다. 딱히 바리엔과 에리체의 키 차이가 커서 마치 몇 살 어린 동생을 끌고 가는 것 같았기 때문만은 아니었다.

"에리체! 사고치지 말랬잖아아아아!"

"아, 아파. 바리엔."

"아프라고 하는 거야!"

바리엔은 에리체를 계단 뒤로 끌고 가서는 마구 머리를 눌러대고 있었다. 저런 어린애 같은 짓을 하고 있는 걸 보니 새삼 그녀가 아직 미성숙한 소녀라는 것이 실감난다.

"흠흠."

문득 칼리아가 다가오면서 헛기침을 했다. 바리엔과 에리체가 아웅다웅하는 광경에 정신이 팔려 있던 루그는 퍼뜩 정신을 차리고 그녀를 바라보았다.

칼리아가 억지로 한숨을 참는 표정으로 말했다.

"제 친구가 무례를 저질러서 죄송합니다."

6

잠시 후, 루그와 메이즈와 다르칸은 별궁 3층에 위치한 응접실로 안내되었다. 손수 일행을 이끌고 온 칼리아가 자리에 앉으며 말했다.

"다시 한 번 사과드립니다."

마주 앉자마자 사과부터 하는 칼리아의 말에 루그가 쓴웃음을 지었다.
 그럴만도 한 것이 칼리아는 오는 도중에 시녀를 통해서 에리체가 무슨 사고를 쳤는지 들었던 것이다. 순간 그녀의 얼굴에서 핏기가 가신 것도 실로 당연한 반응이라 하겠다.
 "그 애가 원래는 그렇게 경우 없는 애가 아닌데, 호기심이 지나쳐서 그만……. 아마 긴장해서 말이 헛나왔을 거예요."
 칼리아는 에리체의 행동을 변호해 주었다.
 루그가 웃음을 참으며 말했다.
 "신경 쓰지 않으셔도 됩니다. 전 원래 떠돌이라서 딱딱한 예절을 따지지 않으니까요. 메이즈나 다르칸도 마찬가지고요."
 "맞아요."
 메이즈도 칼리아를 위로했다. 다르칸은 뭔가 말하려고 하다가, 뭐라고 말해야 할지 몰라서 그냥 눈만 말똥말똥 뜨고 있었다.
 솔직히 루그는 에리체의 돌발행동이 고마웠다. 칼리아를 도대체 어떻게 대해야 할지 감이 안 잡혀서 잔뜩 긴장하고 있었는데, 에리체 덕분에 한결 편안한 기분으로 이 자리에 임할 수 있었으니까.
 하지만 그건 루그 사정이고 칼리아는 속으로 이를 갈고 있었다.
 '에리체, 아무리 그래도 그렇지 이건 너무하잖아.'
 원래 칼리아는 자신이 먼저 나서서 루그 일행과 적당히 환담을 나눈 뒤, 에리체와 바리엔을 소개시킬 생각이었다. 그렇게 하면 자연스러운 분위기로 자리를 만들 수 있다고 여겼기 때문이다.

하지만 생각없이 돌진해 버린 에리체의… 그녀 본인조차 생각하지 못한 어마어마한 실수 한 방에 모든 것이 엉망이 되고 말았다. 이걸 도대체 어떻게 수습해야 한단 말인가? 일리지스 대공이 된 후로 이런 난감한 분위기는 처음이다.

어색한 분위기 속에서 루그가 입을 열었다.

"오늘 초대해 주서서 감사합니다. 여러 곳을 떠돌아 다녔지만 왕실에서 초청을 받아본 것은 처음이라서 눈이 호강하는군요."

그 말은 거짓말이기도 하고, 진실이기도 했다. 시공 회귀 전에 그는 칼리아와 함께 여러 나라의 왕궁에 들어가 보았으니까. 하지만 시공 회귀 후에 왕궁에 들어와 본 것은 이곳 로멜라 왕궁이 처음이다.

칼리아가 말했다.

"바레스 왕국에서 오셨다고 들었습니다."

"네. 뭐 늘 떠돌아 다니는 처지이긴 합니다만."

루그는 자연스럽게 화제를 전환시켰다. 덕분에 칼리아도 한결 편하게 환담을 나눌 수 있었다.

하지만 그녀와 이야기를 나누는 내내 루그는 가슴 한구석이 쿡쿡 쑤시는 것을 느꼈다.

전혀 모르는 사람을 대하는 눈으로 자신을 보는 그녀 앞에서 미소 짓기가 힘들다. 눈앞의 상황에 집중하면서 필요한 얼굴을 연기하려고 해도, 자꾸만 그녀와 함께했던 시간들이 떠올라서 겹쳐졌다.

루그는 자신을 괴롭히는 미련을 떨쳐 버리기 위해 미뤄두고 있던 화제를 꺼냈다.

"그러고 보니 왕태자 전하께서는 출타 중이시더군요. 저는 두 분을 함께 뵙게 되지 않을까 생각했습니다만……."

왕태자 아사르와 칼리아가 약혼한 사이라고는 해도 칼리아에게는 일리지스 대공이라는 독립적인 신분이 있다. 그러니 왕태자의 약혼자로서가 아니라, 왕위 계승 서열 2위의 일리지스 대공으로서 루그를 접대한다 해도 이상할 게 없었다.

하지만 앞으로 몇 년 안에 결혼할 두 사람인데 굳이 따로 자리를 마련하는 것은 좀 이상하다. 그렇게 생각해서 시녀에게 물어보니 왕태자가 출타 중이라는 것을 알 수 있었다.

"예."

대답하는 칼리아의 표정이 살짝 찌푸려졌다가, 금세 다시 미소 짓는 얼굴로 돌아왔다.

아주 순간적인 변화였지만 그녀에게 온 신경을 집중하고 있던 루그는 그것을 놓치지 않았다.

'이상해. 지금쯤이면 왕태자와 사이가 좋아졌어야 하는데?'

약혼 후 반년이 지났을 때 일어난 마차 사고.

그것을 기점으로 칼리아의 왕태자에 대한 감정은 급격하게 변하게 된다. 왕태자가 겉으로는 믿음직스럽지 못한 남자일지언정 내면은 따뜻하고, 자신을 위해 목숨이라도 바칠 수 있는 마음의 소유자라는 것을 알게 되었으니까.

하지만 지금 칼리아가 언뜻 내비친 감정은 분명…….

―메이즈, 봤어?

루그에게는 여성의 섬세한 심리를 읽어내는 재주 따윈 없다. 그렇기에 억측하는 대신 메이즈에게 조언을 구했다.

메이즈가 대답했다.

―응. 어쩌면 주인님이 우려한 대로일지도 모르겠어.

루그가 시공 회귀를 함으로써 많은 것들이 바뀌었다.

로멜라 왕국은 멀리 떨어진 곳이라 영향이 없으리라 믿고 싶었지만, 마법사는 대륙 서쪽 끝에서 나비가 날갯짓하며 날아오르며 생긴 영향이 연쇄적으로 이어지다 보면 대륙 동쪽 끝에서는 폭풍우가 될 수도 있다는 사실을 안다.

지금까지 루그가 한 행동들이 이곳에서 일어났어야 할 일들까지 바꾸었다면, 그것 역시 당연한 일이다. 역사를 이루는 커다란 흐름이 바뀌지 않는다 하더라도 그 속을 채우는 수많은 작은 사건들은 얼마든지 바뀔 수 있으니까.

그리고 칼리아와 왕태자가 겪었어야 할 마차 사고 역시 얼마든지 바뀔 가능성이 있는 작은 사건에 불과하다.

칼리아가 말했다.

"왕태자 전하께서는 서부 국경에 가 계십니다."

"서부 국경에요? 그쪽은 분명히…….",

"다이넬과 분쟁이 일어난 곳이지요. 장차 왕위를 물려받을 몸이시니 이런 문제의 현장도 직접 두 눈으로 보시는 것이 좋다고 판단하신 폐하께서 왕태자 전하를 파견하셨습니다. 벌써 한 달 전의 일이지요."

그녀의 말을 들은 루그는 속으로 아차했다.

사라진 시간 속에서 로멜라 왕국은 참극의 날 이전까지 평화로웠고, 그래서 칼리아와 왕태자는 어색하고 서툰 관계 속에서 천천히 애정을 키워나갈 기회를 모색할 수 있었다. 하지만 어긋난 역사는 두 사람의 관계를 계속 엇갈리게 만들었던 것이다.

칼리아가 말했다.

"아마 머지 않아 돌아오실 테니 그때 만나뵐 수 있을 겁니다."

"국경분쟁이 끝난 겁니까?"

"그렇지는 않습니다. 다만 왕태자 전하께서 부상을 입으셔서 폐하께서 귀환을 명하셨습니다."

"부상을? 어쩌다가……."

"그것까진 알려지지 않았습니다. 하지만 목숨이 위험한 부상은 아니었다 하니 다행이지요."

자연스럽게 말하는 그녀의 얼굴에 살짝 조금 전과 비슷한 일그러짐이 스쳐가는 것을 루그는 놓치지 않았다.

'이런 데서는 어린 티가 나는군.'

처음 왕태자 이야기가 나왔을 때, 그리고 지금 표정에 변화가 나타난 것은 예전의 칼리아였다면 결코 하지 않았을 실수

뒤틀린 과거와 용의 손녀 187

였다.

 예전, 같은 상처를 가진 자로서 루그는 칼리아가 필사적으로 가면을 쓰고 있다는 사실을 알아차렸다. 하지만 그녀의 가면에는 바늘구멍만한 틈새도 없었다.

 하지만 지금의 칼리아는 미숙하다. 예상치 못한 화제가 나오는 것만으로도 아주 잠깐 가면 뒤에 감춰진 본심이 흘러나오고 만다.

 메이즈가 물었다.

 ―주인님, 어떡하지?

 ―글쎄. 이거 일단 정보를 수집해 봐야겠는데…….

 칼리아와 왕태자의 사이가 지금껏 나쁜 것은 그리 좋은 상황이 아니다. 물론 둘의 관계가 어떻게 되든 칼리아와의 관계만을 중시하는 방법도 있긴 하겠지만…….

 그때 문득 칼리아가 물었다.

 "그러고 보니 세 분은 어떻게 만나시게 된 건가요?"

 아마 그것은 로멜라 왕국 사교계에서 가장 많은 사람들이 궁금해하는 사항일 것이다. 도대체 인간인 루그가 어떻게 두 상위 용족과 만나서 그들을 거느리게 되었을까?

 루그는 망설였다.

 이러한 질문을 받게 될 것을 예상치 못한 것은 아니다. 그렇기에 메이즈와 상의해서 앞으로 만나는 모든 이들에게 들려줄 대답을 미리 준비해 두었다.

 진실을 이야기할 경우에는 블레이즈 원의 존재를 알리고 협력을 구한다.

거짓을 이야기할 경우에는 블레이즈 원의 존재를 덮어두고 적당히 그럴싸한 이야기를 한다.

칼리아는 왕위 계승 서열 2위이며 일리지스 대공이기도 하다. 또한 지금은 아무것도 모른다고 해도 믿을 수 있는 성품의 소유자라는 점에는 의심의 여지가 없었다.

원래대로라면 그녀에게 진실을 알리고 협력을 구해야 할 것이다. 하지만······.

'또다시 그녀를 끌어들여야 하나?'

그런 의문이 루그의 발목을 잡았다.

물론 그것이 어리석은 의문이라는 것은 알고 있다. 블레이즈 원이 문제를 일으켰을 때, 일리지스 대공인 그녀가 모르고 넘어가길 기대하는 것은 무리다. 모르고 있다가 당할 가능성을 만드느니 일찌감치 알려주고 협력 관계를 구축하는 게 옳다.

그런데도··· 정작 그녀를 끌어들이는 순간이 오자 망설임이 일었다.

'어리석군, 나는.'

루그는 자조하면서 입을 열었다.

"모든 것은 블레이즈 원이라는 조직에 관련되어 있습니다."

7

어색한 분위기로 시작되었던 만남의 자리는 무거운 분위기로 끝났다.

별궁을 나서는 루그를 보면서 칼리아는 생각에 잠겼다.

'인간을 파멸시키려는 드래곤이라고?'

상상도 못한 일이었다.

로멜라 왕국에서, 정확히는 나샤 삼국에서 드래곤은 더없이 신령스러운 존재다.

지성을 가진 용족들은 현명하고 고결하며, 인간에게 협력적이라 스피릿 비스트들이 설치는 혹독한 환경 속에서 수많은 목숨을 구하고 풍족하게 살아갈 길을 열어주었다. 그들을 창조한 드래곤을 신처럼 여기는 것은 지극히 당연한 일이다.

그런 드래곤과 용족이 인류를 파멸시키려는 계획을 진행 중이라니……

머리가 복잡했다.

그리고 신경 쓰이는 것만은 그것만이 아니었다.

'그 사람의 눈……'

칼리아를 바라보는 루그의 눈은, 아무리 생각해도 모르는 사람을 보는 이라고는 생각할 수 없었다.

아직 어려서 미숙하긴 해도 칼리아는 일리지스 대공으로 살아오면서 사람을 보는 눈을 길러왔다. 그런 그녀의 눈썰미는 루그의 생각보다 날카로웠다.

'처음부터 그랬어.'

회랑에서 처음 마주했을 때부터 그의 시선이 신경 쓰였다.

그는 마치 칼리아를 잘 아는 사람처럼 바라보면서, 처음 만나는 태도를 연기하고 있다. 사교계에서 가면을 쓰고 사람을 대하는 것에 익숙한 칼리아는 그 사실을 확신했다.

'알아볼 필요가 있어.'

국왕이 그를 초청하기로 했을 때 대략적인 신변 조사는 끝났을 것이다. 칼리아는 그 자료를 열람하고, 필요하다면 산하의 인원을 움직여 루그에 대해 조사하기로 결심했다.

그렇게 그녀가 생각에 잠겨 있을 때, 문득 뒤쪽에서 사람의 기척이 느껴졌다.

"칼리아."

"미안해, 바리엔."

그녀가 바리엔임을 안 칼리아가 사과했다.

원래는 그녀와 에리체를 루그 일행에게 소개할 생각이었지만, 처음에 에리체가 저지른 실수와 블레이즈 원에 대한 이야기 때문에 그럴 수가 없어서 그냥 자리를 파하고 말았다. 그 시간을 기대하고 있었을 바리엔에게는 미안한 일이었다.

칼리아가 말했다.

"상황이 여의치 않았어. 하지만 다음에라도 기회를 볼게. 어차피 한동안은 왕궁에 머무실 생각이라고 하니까……."

"아니, 미안해하지 않아도 돼. 왠지 분위기가 무거운 것 같던데……."

"생각지 못한 이야기가 나왔거든. 그래서 너희들을 부를 수가 없었어."

"어떤 이야기였는데?"

그렇게 물은 것은 바리엔의 뒤에 숨어 있던 에리체였다. 사람의 감정을 살피는 강아지 같은 행동에 칼리아는 쓴웃음을 짓고 말았다.

"발설할 수 없는 이야기야."

"치잇."

에리체가 입술을 삐죽였다.

일개 귀족가의 여식들인 에리체나 바리엔에 비해 칼리아는 짊어진 것이 많은 몸이다. 아무리 친해도 이야기해 줄 수 없는 것들이 많았고, 그 점은 에리체나 바리엔도 이해하고 있었다. 하지만 그래도 에리체는 서운한 모양이다.

문득 칼리아가 말했다.

"그나저나 에리체."

"응?"

칼리아의 목소리가 낮아지자 에리체가 흠칫 움츠러들었다. 올 것이 왔다 싶었다.

과연 칼리아의 물음은 예상한 그대로였다.

"왜 그런 짓을 한 거야?"

"그건… 그러니까……."

에리체는 곧바로 대답하지 못하고 우물쭈물했다.

가만히 그녀를 바라보던 칼리아가 말했다.

"이번 일은 너무 심했어. 내가 얼마나 난감했는지 알고 있으리라고 생각해."

"미안해. 난 그냥… 그 사람을 보고 인사하고 싶었을 뿐인데……."

"거기까지는 어떻게든 이해하겠어. 하지만… 왜 갑자기 그런 말을 한 거야?"

"으음……."

도대체 왜 처음 보는 사람에게 사랑 고백을 했는가?

상상할 수 있는 범주를 아득히 뛰어넘는 이 대형사고는 아무리 생각해도 이해할 수가 없었다. 에리체가 귀족 아가씨답지 않게 자유분방하고, 이것저것 사고를 많이 치고 다니긴 했지만 이건 도대체 무슨 생각으로 그랬는지 모르겠다.

한참 동안 끙끙거리던 에리체가 문득 물었다.

"칼리아, 있잖아……."

"말해봐."

"어떤 사람을 봤을 때… 가슴이 막 두근거리고 얼굴이 뜨거워지면 그건 왜 그런 걸까?"

"갑자기 무슨 소리야? 언제나 이런 식으로 그 자리만 모면하려고 하면……."

"아니, 그런 게 아니야. 진지하게 하는 이야기인걸. 대답해줘."

에리체가 허겁지겁 변명했다. 칼리이는 눈살을 찌푸리며 말했다.

"넌 보통 당황하거나 도망치고 싶으면 그런 상태가 되지 않니?"

"그, 그건 그렇지만… 그럼 그 사람하고 눈이 마주치면 그 사람밖에 안 보이고, 마치 세상에 나랑 그 사람만 있는 것 같고, 시간이 정지한 것 같고… 그런 기분이 들면?"

"점점 무슨 소리를 하는지 모르겠어. 네가 그런 기분이 들었을 때라면… 대련할 때 집중력이 높아지면 그런 상태가 된다고 하지 않았어?"

"틀려. 아니야. 그게 아닌데… 으으으음."

비상한 기억력으로 과거의 사례를 짚어내는 칼리아의 말에 에리체가 머리를 감싸쥐었다. 옆에서 그 모습을 보고 있던 바리엔이 기가 막혀하면서 물었다.

"아니, 둘 다 지금 무슨 소릴 하는 거야? 그건 사랑에 빠진 거 아니니?"

"어?"

그 말에 에리체가 눈을 휘둥그레 떴다. 칼리아가 어이없어하며 물었다.

"사랑?"

"응. 에리체의 말은 아무리 봐도 사랑에 빠진 여자의 심정 같은 거잖아? 그걸 그런 투로 말하는 에리체나 그렇게 해석하는 칼리아나 정말 대단해……."

"하지만 바리엔, 너도 연애 한 번도 못해봤잖……."

쓸데없는 말을 하던 에리체는 바리엔에게 알밤을 맞고 울상을 지었다.

바리엔이 살짝 얼굴을 붉히며 말했다.

"어쨌든! 에리체가 말한 증상들은 사랑에 빠진 여자가 연모하는 님을 볼 때나 나타날 법한 것들이야. 그런데 왜 갑자기 그런 이야길 하는 거야, 에리체?"

"그건……."

에리체가 눈살을 찌푸렸다.

문득 그녀의 뇌리에 루그와 마주한 순간이 떠올랐다.

그때는 정말 머리가 텅 비어버리는 것 같았다. 뭐라고 말할 수 없는 감각 속에서 가슴이 사정없이 두근거리고, 얼굴이 뜨거워져서 아무것도 생각나지 않았다.

곰곰히 생각하던 에리체는 몽롱한 표정으로 말했다.

"칼리아, 바리엔, 나 있잖아……."

"응?"

"아무래도 사랑에 빠진 것 같아……."

"……."

칼리아와 바리엔은 멍청하니 에리체를 바라보았다.

8

루그는 킬리아와 헤어진 후로 로멜라 왕국의 재상 마르나 공작과 만난 뒤에야 거처로 돌아왔다. 루그는 소파에 몸을 던지면서 투덜거렸다.

"으아, 피곤해. 죽겠다, 정말."

"주인님은 정말로 귀족들이랑 떠드는 걸 힘들어하는구나?"

메이즈가 그 옆에 앉으면서 물었다. 루그가 머리를 벅벅 긁으면서 대답했다.

"옛날부터 질색이었어. 지금은 그래도 많이 나아진 거야. 게다가 진실한 관계를 쌓는 것도 아니고 대충대충 별 의미도 없는 대화나 나누는 거면 더 피곤하지."

"주인님은 도대체 옛날에는 얼마나 사교성이 부족했던 거야?"

"끄응. 솔직히 좋았다고는 할 수 없지."

〈부족한 정도가 아니라 왕따였지. 당장 친구라고는 요르드 시레크밖에 없는 불쌍한 인생이라지 않았나.〉

"아니거든? 친구 많았거든?"

루그가 발끈하자 볼카르가 코웃음을 치며 추궁했다.

〈언제나 그렇게 말하는데… 그래서 친구라고 할 만한 사람은 또 누가 있었나? 그냥 같이 싸우는 동료 말고 요르드 시레크처럼 마음을 터놓고 말할 수 있는 관계의 인물 말이다. 왠지 네 과거 이야기를 보면 그런 인물이 등장하는 법이 없는 것 같은데. 설마 자이르 네거슨이 친구였다고 말하지는 않겠지?〉

"그, 그거야……."

논리적인 추궁에 루그의 말문이 막혀 버렸다.

지금까지 친구에 대한 질문에는 그냥 워낙 과거로 와서 그렇다고만 말했는데, 이렇게 추궁을 받으니 대답할 말이 없었다. 볼카르의 말을 듣고 잘 생각해 보니 '동료' 혹은 '전우'가 아닌 '친구'였던 인물은… 정말로 요르드 말고는 떠오르는 놈이 없다!

메이즈가 눈을 동그랗게 떴다.

"세상에. 주인님 설마 정말 옛날엔 요르드 경 말고는 친구가 없었어?"

"아, 아니라니까."

〈구차하군. 깨끗이 인정해라, 루그. 아무리 봐도 왕따였군.〉

"으으윽……."

〈훗. 예전부터 수상하다고 생각했지. 심지어 꿈에도 요르드 말고 다른 친구는 등장하질 않을 정도였으니. 필사적으로 부정해 왔지만 진실은 참혹하군. 내가 너무 잔인했나?〉

"야! 그래도 나는 요르드라도 있었지 넌 진짜로 친구 없잖아!"

〈전에도 말했다시피 드래곤에게는 사회성도 요구되지 않고 친구가 있든 없든 존재적 가치에 영향이 없지. 하지만 인간은 다르지 않나? 굳이 그 점을 짚고 넘어가야겠나? 그래 봤자 더 비참해질 뿐일 텐데?〉

"……."

여유있는 반바에 루그는 울상을 짓고 말았다. 비참하다. 메이즈의 동정 어린 시선을 받고 있으려니 너무나도 비참해서 쓰러지고 싶다!

"그, 그보다 궁금한 게 있는데."

루그는 필사적으로 화제를 돌리려고 시도했다. 볼카르가 코웃음을 쳤다.
 〈어떻게든 이 자리를 모면하고 싶은 모양이군.〉
 "볼카르님, 너무 그러지 마세요. 주인님이 불쌍하잖아요."
 〈뭐, 이미 바닥까지 다 까발렸으니 더이상 괴롭혀 봐야 의미없겠지.〉
 볼카르와 메이즈의 대화는 루그를 더욱 비참하게 만들었다. 루그는 정말 필사적으로 웃으면서 말을 이었다.
 "그러니까 말이지, 볼카르. 그 여자애한테 관심을 가진 이유가 도대체 뭐야?"
 〈그 여자애라니, 누구 말인가?〉
 볼카르가 능청을 떨었다. 루그는 속으로 이를 갈면서 확실하게 물었다.
 "에리체 메이달라는 여자애."
 "그건 저도 궁금했어요. 아니, 그 애는 대체 뭔데 갑자기 주인님한테 고백을 하고 그래요? 아무리 이 나라에서 주인님이 잘 나가서 명성 때문에 눈에 콩깍지가 씌어서 진실된 모습 따윈 상관없이 연심을 품을 만해도 그렇지."
 "어, 어째 굉장히 심한 말을 듣는 기분이 드는데……."
 메이즈가 열을 올리며 하는 말에 루그가 휘청거렸다. 하지만 메이즈는 생글생글 웃으며 부정했다.
 "그럴 리가. 주인님, 난 어디까지나 사실만을 말한 것인걸. 그렇지 않고서야 이 나라 귀족 아가씨가 딱히 배경이 그럴싸한 것도 아니고 돈이 많은 것도 아니고 신분이 좋은 것도 아닌 주인님한테 갑자기 그럴 리가 있겠어?"

"……."

루그는 상처받았다. 메이즈는 생글생글 웃는 얼굴로 루그의 자존심에 삼중, 사중으로 칼자국을 내고 있었다.

'내가 뭐 잘못했나?'

메이즈의 웃는 얼굴 너머로 뿜어져 나오는 불만의 기운이 느껴진다. 루그는 자기가 그녀한테 뭔가 실수를 했나 싶었지만, 아무리 생각해도 짚이는 구석이 없다.

루그가 고민하든 말든 메이즈가 볼카르를 채근했다.

"그 애는 도대체 정체가 뭔가요, 볼카르님?"

〈너희들이 궁금해하는 문제는 몇 가지 답이 있다.〉

볼카르가 우쭐거리며 말했다.

〈첫 번째로, 그녀는 인간이지만 동시에 인간이라는 범주에 넣기가 좀 애매한 존재다. 인간을 베이스로 개조된 인공생명체에 가깝지.〉

"인공생명체? 그럼 인간 형태로 만들어진 호문클루스란 말인가요?"

〈플라스크 속에서 만들어진 것이 아니라 인간 여성의 자궁을 통해서 잉태되었으니 호문클루스는 아니지.〉

"그럼 정상적으로 출산이라는 과정을 통해서 태어났다는 건데… 인공생명체라고 할 수 없잖아요? 아, 혹시 인간의 배를 빌렸을 뿐, 아비 없이 태어난 건가요?"

〈그것도 아니다. 내가 보기에 그녀의 존재가 성립하려면 그

녀가 속한 가문의 혈통이 꽤나 중요하니까.〉

"그럼요?"

〈인간이 탄생하는 정상적인 과정을 거쳤으되, 결코 인간이 가질 수 없는 요소를 갖고 태어난 존재… 그것이 바로 그녀다.〉

"거 되게 뜸들이네. 그냥 속시원하게 말해봐."

루그가 투덜거렸다. 그러자 볼카르가 혀를 찼다.

〈인내심없는 놈 같으니. 에리체 메이달라는 즉, 어떤 특별한 목적을 위해 모친의 태내에서 마법적인 개조를 받은 존재인 것이다. 그 목적이 뭔지는 머리 나쁜 너도 짐작할 수 있겠지?〉

"설마 봉인의 조각을 보관하기 위해서?"

〈바로 그것이다. 그녀는 그 혈통에 전해 내려오는 봉인의 조각을 안정적으로 보관하기 위한 살아 있는 보관함과도 같다. 지금은 연령과 외모가 거의 일치하는 것 같지만, 아마 기대수명은 용족 이상으로 길 거다.〉

"……."

루그는 순간 할 말을 잃어버리고 말았다.

처음 보는 순간부터 그녀가 범상치 않은 인간이라는 것은 알아볼 수 있었다.

인간이라고는 믿기지 않을 정도로 강력한, 드래코니안인 메이즈 이상으로 강력한 마력에 빛의 속성력도 가졌고 강력한 용제이며 봉인의 조각으로 인해 순간예지력까지 가진 존재라니 누가 봐도 정상은 아니지 않은가? 게다가 그 소녀다운 몸으로 웬만한 강체술사는 명함도 못 내밀 정도로 엄청난 완력까지 가졌다.

'아니 뭐, 특정 부위는 소녀답지 않긴 한데……'

루그의 뇌리에 자연스럽게 출렁거리는 에리체의 특정 신체 부위가 떠올랐다. 정신 감응으로 루그의 감정을 느낀 볼카르가 수상쩍다는 듯 말했다.

〈음? 이 감정은 뭐지?〉

"아, 그러니까 그게 네가 그 애한테 관심을 가진 이유인 거야?"

루그가 당황해서 말을 돌렸다. 볼카르는 미심쩍다는 기색이었지만, 일단 대답했다.

〈그건 일부일 뿐이다. 메이즈, 다르칸, 지금 내 설명에서 이상한 부분을 짚어봐라.〉

"그야… 아무리 봐도 불가능한데요? 다르칸, 네 생각은?"

"동의한다. 내 생각에도 불가능하다."

"뭐가 불가능하다는 거야?"

루그는 둘의 말뜻을 이해하지 못하고 물었다. 메이즈가 말했다.

"그 에리체 메이달라라는 소녀에 대한 주인님의 이야기를 종합해 보면, 그런 존재를 태어나기 전에 인산의 체내에서 마법적으로 개조해서 만들어내는 게 불가능해. 일단 인간으로 인식될 정도로 종족적 특성이 확실하고, 안정적이면서, 모든 면에서 인간을 초월하면서 용족보다도 장수하는 존재라니… 이 나라에 상위 용족들이 많다고는 해도 그런 일은 가능할 리가 없어."

"아… 확실히 그렇네."

그제야 루그도 이해할 수 있었다.

에리체 메이달라는 마법적으로 탄생한 존재다.

하지만 아무리 이 나라에 있는 상위 용족들이 머리를 맞대고, 막대한 예산과 시간이 주어진다고 해도… 그들의 능력으로는 절대로 에리체 메이달라 같은 존재를 만들어낼 수 없다. 마법에 의한 생명 창조라는 기준으로 볼 때 그녀는 지나치게 우월한 결과물이다.

〈이제야 이해했나 보군. 그녀는 인간은 물론이고 용족의 능력으로도 도저히 창조할 수 없는 수준의 완성도를 가진 존재다. 그렇다면 답이 나오겠지?〉

"스포르카트."

〈그래.〉

상위 용족의 능력으로도 부족하다면, 그것을 가능케 하는 것은 오로지 드래곤의 마법뿐.

로멜라 왕국은 스포르카트의 영역이며, 그녀는 인간으로 위장하고 이곳에 숨어 있었다. 에리체 메이달라의 탄생에 관여했다고 해도 이상하지 않다.

볼카르가 말했다.

〈정확히 어떤 사정이 있었는지까지야 모르겠지만, 에리체 메이달라가 봉인을 안정적으로 보관할 목적으로 만들어진 존재이며, 거기에 스포르카트가 상당히 손을 댄 것만은 분명하다. 그녀가 현재 가진 능력들은 강력한 용제임을 감안해도 모든 면에서 인간의 잠재력을 초월한다. 그런 존재를 인간의 특성을 완벽하게 유지한 채 인간의 배를 통해 태어나게 하다니, 흥미로울 수밖에 없지.〉

용제의 능력을 가진 자는 드래곤의 인자를 가진 자다. 그렇기에 지능, 완력, 마력, 속성력 중에 최소 하나는 인간을 초월하는 능력을 가진 경우가 많았다.

하지만 볼카르가 파악한 에리체 메이달라의 능력은 그렇게 이해할 수 있는 수준을 뛰어넘었다. 차라리 새롭게 만들어진 상위 용족이라고 하는 편이 납득하기 쉬울 정도다.

"그럼 그 애는… 처음부터 그렇게 살아가기 위한 도구로 만들어졌단 말이야? 스포르카트에 의해서?"

〈아마 그렇겠지. 하지만 그건 아마 인간의 바람이 아니었을까 싶다만.〉

"……"

루그가 입술을 깨물었다.

확실히 인간은 희생양을 만들어내는 데 능숙하다. 가문에 전해 내려오는 골칫거리를 해결하기 위해 마법의 힘을 빌어 살아 있는 보관함을 만들어내는 것 정도는 얼마든지 할 것이다.

볼카르가 말을 이었다.

〈그리고 또 하나, 내가 관심을 가질 이유가 있었다. 이게 너와 메이즈의 의문에 대한 답이 되겠군.〉

"응? 뭔데?"

루그가 의아해하며 물었다. 볼카르는 음흉하게 웃으며 대답했다.

〈두 번째 만남으로 확신했다. 에리체 메이달라는 내 후손이다.〉

"뭐?"

그 말에 루그와 메이즈의 눈이 휘둥그레졌다.

9

대마법사 에반스와의 만남은 다음날 저녁에 잡혀 있었다. 에반스는 루그 일행을 초대하면서 아예 저녁 만찬회를 열었다. 일반적인 귀족이 아닌, 로멜라 왕궁에 거하는 용족과 마법사만 30여 명 정도 참가하는 행사였다.

"여어."

만찬회장으로 들어서자 악어의 모습을 한 상위 용족, 하라자드가 히죽 웃으며 인사했다. 자기 딴에는 호감을 표하는 웃음이었겠지만 루그가 보기에는 사람들이 비명 지르며 달아나기에 딱 좋은 웃음이었다. 그런데도 진심으로 그를 무서워하지 않고 하하호호 웃으면서 대하는 이 나라 사람들이 정말 대단해 보인다.

"왕궁에서 며칠 지내보니 어떤가, 폭염의 용제?"

"그냥 루그라고 불러도 됩니다만."

"그럴까? 앞으론 루그 경이라고 하지."

"뭐, 다른 나라 왕궁에는 안 가봐서 모르겠지만 로멜라 왕궁은 굉장히 아름답군요. 왕성 전체가 거대한 보석더미 같습니다."

"그렇지? 워낙 용족들이 손을 많이 대다 보니 그래. 야경은 정말 절경이지. 나는 다른 나라도 많이 다녀봤지만 나샤 삼국만큼 용족이 많은 곳은 없어. 특히 인간 사회에서 어울리는 경우는… 상당히 비정상적이니."

"북방에도 그런 경우가 있긴 하지만, 별로 인간들 앞에 모습을 많이 보이진 않죠."

"젊은 인간 친구가 견문이 넓군. 어쨌든 이 나라는 정말 좋은 곳이야. 이 자리를 보게."

하라자드가 만찬회장을 가리키며 웃었다.

이 자리에 참석한 용족들만 스무 명에 가까웠다. 초대받은 자들만 보면 오히려 인간의 수가 적다. 물론 다들 자녀나 제자들을 대동했기 때문에 전체적으론 인간의 수가 더 많긴 했지만 말이다.

하라사드를 비롯해 상위 용족이 세 명, 그리고 마법사 협회인 '용의 아이들'이나 궁정 마법사 조직인 '용의 눈동자'에 소속된 용족들이었다. 드래고닉 리저드나 드래곤 터틀 등이 인간의 의복을 입고 품위있게 행동하는 것을 보니 왠지 웃음이 나왔다.

'드래곤 터틀이 저렇게 차려입고 있으니 진짜 웃기네. 블레이즈 원에 소속된 놈들은 다 누드였는데.'

드래곤 터틀의 외형은 이족보행하는 거북이였다. 대형 거북 중에서 눈매가 좀 무서운 축에 속하는 거북이들과 닮았는데, 손발이 길고 손가락, 발가락이 제대로 달려 있어서 인간처럼 도구를 다룬다. 강철보다 단단한 등껍질을 가진 그들이 로멜라 왕국의 귀족 같은 옷을 입고 있는 모습을 보니 무슨 동화 속 한 장면을 보는 기분이다.

"어쨌든 즐기고 가게나. 사실 오늘 내가 아끼는 아이를 같이 데리고 와서 소개시키려고 했는데, 사고쳐서 근신 중이라더군."

"아끼는 아이라니, 제자라도 키우십니까?"

"내 제자야 저놈이지."

하라자드가 행사장 한켠을 가리켰다. 그곳에는 루그가 들어오면서 인사를 나누었던 남자, 궁정 마법사 에반스가 있었다.

'거 참 적응 안 되네.'

루그가 기억하고 있는 에반스는 근엄한 노인이었다. 하지만 지금의 에반스는 그때보다 스무 살 가까이 젊은, 매끈한 얼굴의 중년 마법사다. 루그가 기억하고 있는 것보다 훨씬 밝고 활달한 성격의 소유자인 것 같았다.

"에반스 경이 당신 제자였습니까?"

"응. 대충 10년 전부터 가르치기 시작했지. 왕궁에 눌러앉

게 되니까 용의 눈동자에서 쓸 만한 놈을 하나 지도해 달라는 요청이 들어오더라고. 그래서 이놈저놈 살펴보다가 고른 게 저놈이야. 인간 중에서는 상당히 재능이 있는 편이지."

"호오. 그렇군요."

"뭐, 자네만큼은 아니겠지만."

"음?"

그 말에 루그가 흠칫했다. 하라자드가 싱긋—하지만 루그 입장에서는 잡아먹을 듯이—웃으면서 말했다.

"시치미 떼기는. 마법사라는 걸 감추고 싶은 건가?"

"아니, 딱히 그런 것은 아닙니다만……."

"용제라 그런지 마력만 해도 인간이라고는 볼 수 없을 정도고, 자기를 방어하는 마법도 보통이 아니야. 나도, 알로키나도 자네의 마력 근원을 제대로 읽어내지 못했지. 자네의 독자적인 마법은 아닐 테고, 저 아가씨와 저 녀석의 솜씨인가?"

"……."

루그는 대답하지 않고 어색하게 미소 지었다. 이런 건 그냥 오해하게 두는 게 편하다.

그때 볼카르가 말했다.

〈흐음. 이 녀석, 크로커다이드라는 걸 감안해도 꽤 수준이 괜찮군.〉

—네가 그렇게 말하다니, 쟤 뛰어나긴 한가 보네?

〈메이즈나 다르칸보다 한 수 위다. 마법 구성이라는 면에서는 전에 싸웠던 그 샤디카란 놈과 비슷한 수준은 되는 것 같

군. 마력이나 연산 능력은 아무래도 떨어지겠지만.〉

―알로키나라는 드래코니안은?

〈그냥 평범하다. 예전의 메이즈와 비슷한 수준이라고 하면 이해하기 쉽겠지?〉

메이즈는 볼카르의 지도를 받으면서 마법 수준이 현격하게 올랐다. 예전에는 마법사로서 티아나에게 뒤졌지만, 지금은 그녀를 뛰어넘었다. 물론 티아나가 진보하지 않은 상태라는 가정하에서긴 하지만.

〈이 자리의 용족 중에서는 이놈이 제일 수준이 높고, 그 다음은 저놈이다. 저놈은 다르칸 정도 되겠군.〉

―드레이크군.

루그는 아름다운 금발의 인간 청년을 보고는 대번에 그 정체를 꿰뚫어보았다. 예전에 쓰러뜨린 리제이라 바레론과 마찬가지로 드래곤과 가장 닮았다고 하는 상위 용족, 드레이크였다.

〈이 나라는 정말로 재미있군. 용족들이 이만큼이나 인간과 더불어 살아간다니… 생각도 해보지 못했다.〉

―솔직히 나도 놀랐어. 칼리아에게 이야기는 종종 들었지만 이 정도였을 줄이야.

사라진 시간 속에서 칼리아는 종종 루그에게 과거의 로멜라 왕국이 어땠는지 이야기해 주었다. 그녀의 인생에서 가장 좋았던 날들을 회상하면서 인간과 더불어 살아가던 용족들을, 그리고 그들이 어떻게 인간을 지키며 죽어갔는지를 슬퍼

했었다.

지금 이 광경을 보고 있노라니 그때 그녀의 심정을 이해할 수 있을 것 같다. 인간보다 강하고, 인간보다 장수하는 이들이 인간을 지키기 위해 기꺼이 목숨을 내던지다니 이곳의 인간들이 이들을 존경하는 것도 당연하다는 생각이 든다.

"루그 경?"

문득 하라자드가 의아해하며 루그를 불렀다. 루그는 퍼뜩 정신을 차리고 대꾸했다.

"아, 용족 여러분을 보다 보니 잠깐 딴생각이 나서……. 죄송합니다."

"하하. 뭐 다른 나라 사람이 보기엔 아주 놀라운 광경이니 이해하네. 나도 이 나라에 처음 왔을 때는 정말 놀랐거든."

"그럴 만도 하군요. 그런데… 에반스 경이 제자라면 데리고 오려고 했다는 사람은 누굽니까?"

"그녀는 내가 귀여워하는 아이일세. 근데 좀 말괄량이라 사고를 많이 치고 다니는 편이라서 어제 근신을 당했다고 하더라고. 아쉽게 됐지."

"어제요?"

루그는 왠지 누군가의 얼굴이 아른거리는 걸 느꼈다.

하라사드가 아쉽다는 듯 말했다.

"메이달라 후작가의 영애인 에리체 메이딜라고 하는데, 나중에 소개해 줌세. 그 애가 일리지스 대공하고 친한데 뭔가 큰 실수를 한 모양이더군. 사실 한두 번도 아니긴 한데, 메이달라 후작이 노해서 방에다 가두고 하루 종일 설교를 했다는 모양이야. 어제 날 찾아와서 한숨을 폭폭 쉬더만."

"……."

혹시나 했는데 역시나.

하라자드가 고개를 저었다.

"벌써 혼기가 다 된 처녀가 너무 말괄량이라서 시집은 제대로 갈지 걱정이야. 집안사정 때문에 데릴사위를 들일 테니 어떻게든 홀몸은 면하겠지만."

"무슨 사정입니까?"

"그건 말하기가 좀 그렇군. 메이달라 후작가가 좀 힘든 사정이 많아서……."

하라자드가 쓴웃음을 지었다. 루그는 그 사정이 뭔지 알 것 같았지만 그냥 입을 다물었다.

하라자드가 말했다.

"그럼 즐거운 시간 보내게. 에반스가 계속 이쪽을 눈짓하는 게 자네랑 더 이야기를 나누고 싶어하는 것 같은데, 이럴 땐 내가 눈치있게 빠져줘야겠지?"

"아, 네."

하라자드는 히죽 웃으면서 다르칸 쪽으로 향했다.

그때 다르칸은 생각지도 못한 상황에 쩔쩔 매고 있었다.

"저기요, 다르칸님께서는 어떻게 용제님과 만나시게 된 건가요?"

"혹시 다르칸님께서는 사귀는 분이 계신가요?"

다르칸의 주변에 어린 소녀들이 붙어서 재잘거리고 있었다. 몇몇은 소녀 마법사들이었고, 몇몇은 마법사들의 가족으로 따라온 소녀들이었다. 다들 다르칸을 둘러싸고 눈을 반짝거리면서 이것저것 질문을 던져대는데 이런 경우를 겪어본 적이 없는 다르칸으로서는 기쁘면서도 난감했다.

하라자드가 히죽 웃으며 그 자리에 끼어들었다.

"오, 인기 절정이군그래."

"하라자드 공."

"아가씨들, 내가 방해가 되었나?"

"아뇨. 그럴 리가요."

소녀들은 하라자드를 무서워하지도 않고 환영했다. 하라자드가 말했다.

"드라칸은 인간하고 연애의 개념이 좀 다르지. 인간의 잣대로 물으면 대답하기 난감할 수밖에 없다네. 예를 들면 아이가 성인식을 치르고 나면 그들의 가족 관계가 변하지."

"어떻게 변하는데요?"

"그건 다르칸 공이 직접 대답해 주는 게 좋겠군. 아, 다르칸 공. 혹시 몰라서 말해주는 건데 인간은 남녀가 결혼이라는 계약 관계를 맺으면 평생 같이 사는 게 보통이라네."

"에이, 설마 그런 것도 모르시려고요?"

"허허, 아가씨. 그게 인간 중심적인 사고방식이라네. 다르칸 공, 그렇지 않나?"

"으음. 아니, 그래도 그 정도는 알고 있소. 하지만 우리 종족의 경우는 보통 결혼해서 아이가 성인식을 치르고 나면 부부 관계가 끝난다오."

"부부 관계가 끝난다고요? 이혼하는 거예요?"

"아이가 독립하고 나면 그렇게 되오. 나에게는 여전히 아버지고 어머니지만, 두 분은 더이상 서로를 반려로 여기지 않지. 다른 상대를 찾으실 수도 있고, 간혹 같은 상대와 재결합하는 경우도 있다오. 이 관계의 기준은 아이가 되지. 아이를 낳을 수 있는 때가 한정되다 보니 아이를 낳고 기르는 동안의 시간… 짧으면 50여 년에서 길면 백 년 동안의 시간이 부부 관계의 시간이 되는 것이오."

"굉장히 차가운 관계 같은데… 하지만 잘 생각해 보면 인간보다 훨씬 길게 사시니 합리적인 것 같기도 하네요."

"그리고 그동안은 서로에게 충실한 거잖아요?"

소녀들이 서로를 보며 이런저런 감상을 이야기했다.

다르칸은 하라자드를 보며 살짝 고개를 숙였다. 혼자서 그녀들과 대화를 하는 게 굉장히 힘들었는데, 하라자드가 도와주니 숨통이 트이는 것 같았다.

하라자드가 히죽 웃으며 말했다.

"우리나라에 있는 용족들이야 다들 인간들 사이에서 지낸 시간이 길어서 잘 알겠지만, 다르칸 공은 얼마 전에 왔지 않나? 게다가 나같은 늙은이와 달리 다르칸 공은 젊으니 세상에 나온 지 얼마 안 됐을 걸세."

"젊으시다면 나이가 어떻게 되시는데요?"

"올해로… 음, 314세가 되었소."

"세상에, 314세!"

"우리 할아버지보다도 네 배나 나이가 많으세요!"

"300년도 넘게 사셨는데 젊은이 소리를 들으시는 거예요?"

소녀들이 까르거리며 재잘거리는 통에 다르칸은 정신이 없었다.

하라자드가 말했다.

"내 말대로이지 않나, 아가씨들."

"에이, 아무리 그래도 314세면 젊은이는 아니죠. 그렇죠, 다르칸 님?

"그게… 일단 우리 종족 기준으로 치면 젊은이가 맞긴 하오."

"네?"

"우리 종족은 보통 600~700년 가량을 살고 아주 장수하는 경우에는 800년 이상을 살기도 한다오. 그러다 보니 나 정도 연령이면 젊은이 소리를 들어야 하는 나이인 것은 맞소."

"그렇군요……."

"700년이라니 도저히 상상이 안 가요. 도대체 얼마만큼 긴 세월일까요?"

"그러고 보니 하라자드 공께서는 연세가 어떻게 되세요?"

소녀들이 눈을 반짝이며 물었다. 마법사의 자녀들이라곤 해도 하라자드 같은 상위 용족을 볼 기회가 흔한 것은 아니라서 그런지 지대한 관심을 보이고 있었다.

하라자드가 턱을 쓰다듬으며 말했다.

"난 올해로 743세지."

"세상에!"

다들 놀라서 눈을 휘둥그레 떴다. 다르칸도 조금 놀라서 눈을 크게 떴다. 오랜 세월을 살아왔으리라 짐작하기는 했다. 하지만 크로커다이드에 대해서 잘 모르는 탓에 연령은 도무지 감 잡을 수가 없었던 것이다.

문득 하라자드가 소녀들 사이로 시선을 던졌다. 열 살도 안 되어 보이는 작은, 견습 마법사로 보이는 소녀가 있었다. 언니를 따라왔는지 마법사 소녀의 옷자락을 쥔 채로 뒤에 숨어서 둘을 바라보는 모습이 수줍음을 많이 타는 것 같았다.

하라자드가 말했다.

"거기 귀여운 꼬마 아가씨께서는 아까부터 말이 없으시군."

거구를 가진 그가 몸을 숙이면서 그렇게 묻는 모습은, 객관적으로 보면 맹수가 작은 소녀를 덮쳐서 잡아먹기 직전의 모습처럼 보였다. 다르칸조차 순간적으로 그렇게 느꼈을 정도였다.

'으음. 인간들이 나를 무서워했던 것은 이런 감각 때문인가? 이 나라 인간들은 대단하다.'

다르칸은 하라자드를 통해서 인간들이 자신을 어떻게 봤는지 알 수 있었다. 그리고 그런 하라자드에게 겁먹기는커녕 절대적인 호감만을 보이는 소녀들이 정말 대단하다고 느꼈다.

어린 소녀가 머뭇거리면서 인사했다.

"요, 요데르 자작가의 아네라입니다."

"예의도 바르셔라. 아가씨는 다르칸 공에게 궁금한 게 없나?"

"이, 있어요."

아네라가 기어 들어가는 목소리로 말했다.

그 말에 다르칸은 딱딱하게 긴장한 채로 어린 소녀, 아네라를 바라보았다. 산 같은 거구의 드라칸과 그에 비하면 새끼고양이처럼 작아 보이는 인간 소녀가 흠칫흠칫하며 서로를 바라보는 광경은 꽤나 진귀한 볼거리였다. 주변에 있는 소녀들은 뭔가 가슴 한구석이 간질거리는 것 같은 기분을 맛보면서 둘을 지켜보았다.

아네라가 말했다.

"드라칸도⋯ 아이일 때는 사람처럼 작은가요?"

"아이일 때는⋯ 음, 한 살 때까지는 아네라 양과 비슷할 거요."

"한 살요?"

아네라가 눈을 휘둥그레 떴다.

다르칸이 고개를 끄덕였다.

"우리 종족은 인간에 비해서는 빨리 자라는 편이라서 그렇소. 아무래도 인간보다 크니 말이오."

"그렇군요……."

참고로 드라칸은 대여섯 살이면 슬슬 인간 성인만해지고 열

살쯤 되면 2미터는 넘으며, 그후에는 느리게 성장해서 50살이 되기 전에 완숙한 육체를 갖게 된다.

아네라가 또 물었다.

"큰 키로 사람들을 보면 어떤 기분이에요?"

"음? 그러니까… 내 눈높이에서 말이오?"

"네."

아네라가 고개를 끄덕였다. 그녀 입장에서 보면 키가 3미터가 넘는 다르칸의 눈높이는 정말 까마득했다. 아무리 큰 인간이라도 범접할 수 없는 높이다.

"글쎄. 뭐라고 해야 할지."

다르칸이 난감해했다. 인간이 느끼는 감각과의 상대적인 차이를 설명하려면 어떻게 해야 할까?

그때 하라자드가 다르칸의 어깨를 툭툭 치며 말했다.

"어렵게 생각하지 말고 직접 경험하게 해주면 되잖나?"

"직접? 어떻게 말이오?"

"아주 간단하지. 이렇게."

하라자드는 뭔가를 들어서 어깨에 얹는 시늉을 해보였다. 다르칸이 망설였다.

"그, 그렇지만……."

예전, 다르칸은 아네라처럼 어린 소녀를 구해주고 머리를 쓰다듬어 줬다가 졸도하게 만든 경험이 있었다. 로멜라 왕국에 와서 사람들의 호감을 받긴 했지만, 그때의 경험은 아직 잊지 못했다.

하라자드가 씩 웃었다.

"괜찮으니 해봐."

"으음. 그럼 염치불구하고… 실례하겠소, 아가씨."

"네? 어, 어……?"

아네라는 당황해서 눈을 동그랗게 떴다. 다르칸이 그녀를 번쩍 들어서 자신의 어깨 위에 올려놓았던 것이다.

다르칸이 조마조마해하며 물었다.

"…어떻소?"

다르칸은 혹시 아네라가 울기라도 하면 어쩌나 걱정하며 대답을 기다렸다. 아네라는 놀란 토끼눈을 하고는 가만히 있다가 곧 꽃이 피어나듯이 상기된 얼굴로 말했다.

"멋져요!"

아네라는 흥분해서 연회장을 둘러보며 기뻐했다. 다르칸은 작게 안도의 한숨을 내쉬면서 하라자드를 바라보았다. 하라자드는 눈을 찡긋하면서 다르칸에게만 보이도록 엄지손가락을 세워 보였다.

그렇게 소녀들과 정신없이 환담을 나눈 다르칸은 하라자드의 도움으로 사람들 사이를 피해서 발코니로 나갔다. 하라자드가 테이블에서 집어 온 술잔을 다르칸에게 건네주며 물었다.

"이 나라를 어떻게 생각하나?"

"정말 경이로운 곳이라고 생각하오."

"나도 그렇게 생각하네. 여기 말고 다른 곳의 인간들은 말이지, 외모만 보고 판단한다고. 자기 목숨을 구해줘도 괴물이라면서 꽥꽥 소리지르면서 달아나는 놈들밖에 없으니 원. 그런데 드래코니안은 어딜 가나 존경받지. 외모로만 판단하는 더러운 세상!"

하라자드가 투덜거렸다.

원래 다른 크로커다이드처럼 남부의 밀림에서 살던 그는 500살이 되던 해에 세상을 돌아보기 위해 밖으로 나왔다. 그리고 200년이 넘는 시간 동안 대륙 곳곳을 돌아보며 수도 없이 모진 꼴을 당했다.

"한때는 인간불신에 걸렸지. 이해하겠나? 크로커다이드인 내가 인간불신이라니 지나가던 개가 웃을 일이지."

고향에서 살아갈 때, 그는 인간들에게 두려움의 대상인 동시에 존경의 대상이었다. 남방의 인간들에게 있어 크로커다이드는 속을 종잡을 수 없는 숲의 신령으로 통했으니까. 나가들처럼 적극적인 신앙의 대상이 되는 것은 아니더라도 인간들이 그를 혐오하거나 공격하는 일은 없었다.

하지만 일단 고향에서 나와보니 그는 생긴 것만으로도 인간들에게 악감정을 불러일으키는 대상이었다. 어떤 인간들은 말조차 나눠보려고 하지 않고 비명을 지르며 달아났고, 어떤 인간들은 목숨을 구해줘도 위험한 괴물이라며 죽이려고 들었으며, 어떤 인간들은 그를 속여서 붙잡으려고 시도하기도 했다.

그런 일들을 계속 겪다보니 인간들에 대한 호의는 점차 닳아 없어져 버리고, 악감정만 남았다.

"수백 번도 넘게 고향으로 돌아가 버릴까 생각했지. 다 때려치우는 게 현명하다고 스스로를 지칠 때까지 설득했어."

"그런데 왜 안 돌아갔소?"

"미련이 남아 있었거든."

하라자드는 달을 올려다보며 웃었다.

그렇게 험한 꼴을 많이 당하면서도 하라자드는 세상 어딘가에는 자신의 상처를 치유해 줄 인간들이 있을지도 모른다고 생각했다.

"헛된 희망일 뿐이라고 스스로를 비웃어본 게 몇 번이나 되는지 모르겠어."

인간들을 지켜보고, 그들에게 다가가고, 그들의 악의에 지치면 용족들이나 엘프들 사이에서 휴식을 취했다. 보이지 않는 곳에 숨어사는 그들은 하라자드를 보고 놀랄지언정 무작정 악의를 드러내진 않았으니까.

"하지만 말일세, 아주 가끔은 기적이 일어나기도 하는 거야. 나를 무서워하고, 무작정 미워하는 인간들 틈에서 간혹 깜짝 놀랄 정도로 용기있는 선의를 보여주는 이들이 있었네. 이제 와 생각하면 그건 마치 인간을 잡아먹는다고 알려진 맹수를 믿는 것만큼이나 힘든 일이었겠지. 그것은 작고, 조금만 더 다가가면 깨져 버릴 정도로 아슬아슬한 것이었지만… 그런 신의가 있었기에 난 미련을 버리지 않고 미지를 향해 나아갈 수 있었네."

그리고 그는 마침내 로멜라 왕국에 도착했다. 다른 곳에서는 찾아볼 수 없는, 스피릿 비스트라는 기이한 위협이 가득한 땅에.

당시에 인간불신에 걸려 있던 그가 스피릿 비스트에게 습격당하는 인간들을 구해준 것은 거의 반사적인 행동이었다. 스피릿 비스트를 쓰러뜨린 그는 인간들과 말 한마디 나누지 않고 떠나가려고 했다.

하지만 등 뒤로 그를 붙잡는 목소리는, 지금껏 한번도 경험해 보지 못한 호의와 감사로 가득 차 있었다.

"긴 시간을 살아가는 우리조차도 생각하기 힘든 세월 동안, 이곳의 인간들에게는 용족이 호의의 대상으로 굳어져 있었지. 나샤 삼국의 현실과 역사를 알게 된 나는 정말로 기적을 보는 기분이었네."

폭주한 정령들이 스피릿 비스트가 되어 인간을 덮치기 시작했을 때, 나샤 삼국은 인간이 살기에는 너무 가혹한 땅이 되고 말았다.

나샤 삼국과 외부가 폐쇄되면서 일어난 천재지변으로 헤아릴 수 없을 정도의 피해가 발생했고, 비참하게 살아남은 인간들은 언제나 스피릿 비스트들에게 습격당할 것을 두려워하며 숨어 살아야 했다.

그러나 재앙 이후 인간에게 연민을 느낀 용족들의 도움이 있었기에 인간들은 스스로를 지키고, 문명을 발전시킬 수 있었다. 그렇게 오랜 세월이 흐른 지금, 이곳 사람들이 용족에게 무조건적인 호의를 보이는 것은 지극히 당연한 결과였다.

"난 이 나라가 정말 좋아, 다르칸 공."

"이해할 것 같소."

다르칸은 진심으로 동감했다.

자신을 호의적인 눈으로 바라보던 사람들, 그의 손에 남은 인간의 따뜻한 감촉이 결코 지워지지 않을 것처럼 뇌리에 아로새겨져 있었다. 이런 기적을 어찌 사랑하지 않을 수 있겠는가?

하라자드가 말했다.

"만약 자네가 말한 블레이즈 원이라는 놈들이 이 나라를 노린다면, 결코 가만 있지 않을 걸세. 무슨 수를 써서라도 막을 것이야."

"……."

결연한 눈으로 다르칸을 바라보던 하라자드가 잔을 들며 말했다.

"로멜라 왕국을 위해 건배."

"건배."

한때 인간에게 오직 두려움만을 받던 두 용족은, 서로의 심정에 공감하며 잔을 부딪쳤다.

폭염의 용제

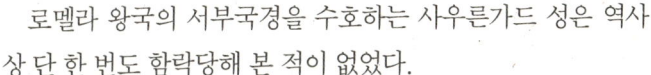

1

 로멜라 왕국의 서부국경을 수호하는 사우른가드 성은 역사상 단 한 번도 함락당해 본 적이 없었다.
 사실 침입 루트가 워낙 제한적이고, 인접해 있는 다이넬 왕국에서 여기까지 대규모 병력을 보내기가 거의 불가능하기 때문이었지만, 그렇다고 해서 이 성의 병력들이 약한 것은 결코 아니었다. 왜냐하면 인간보다 스피릿 비스트와 맞붙는 일이 많았기 때문이다.
 그런 그들은 요즘 실로 오랜만에 인간을 상대로 강력함을 과시하고 있었다.
 사우른가드 성의 사령관 어텀 백작이 투덜거렸다.
 "거 참. 꾸역꾸역 잘도 밀려오는군. 스피릿 비스트들은 저놈들 안 잡아먹고 뭐했대?"

"그러게 말입니다. 저놈들 유능한 길잡이라도 고용한 걸까요?"

부관도 고개를 갸웃거렸다.

최근 들어서 로멜라 왕국과 국경분쟁을 일으키고 있는 다이넬 왕국의 병력 운용은 이해할 수 없는 구석이 많았다. 도대체 무슨 수를 썼는지는 모르겠는데, 스피릿 비스트 천지인 경계지대를 대규모 병력이 넘어서 여기까지 온 것이다.

"요 며칠새 수가 계속 불어나는데… 저 정도면 슬슬 2천은 되겠는데."

"그 정도면 우리랑 맞먹는데요?"

사우른가드 성에 주둔하는 병력의 수는 2,500명 정도 된다. 인간과 싸울 일은 거의 없고, 경계지대의 스피릿 비스트들을 상대하는 경우가 대부분이다 보니 국경을 수호한다는 기준으로 보면 병력수가 그리 많지는 않았다.

다이넬 왕국군은 처음에는 2, 300명 정도더니 날이 갈수록 불어나서 지금은 그들과 필적할 정도로 늘어났다. 아무래도 대충 처음 파악된 숫자만큼씩 경계지대를 넘고 있는 게 아닐까 싶었다.

"흠. 그 정도씩 이동시키려면 아무리 굉장한 솜씨의 길잡이가 있다 해도 강체술사와 마법사의 비중이 꽤 높아야 할 텐데 의외로 또 그렇지도 않단 말이지?"

몇 번 가볍게 교전을 벌여본 결과 다이넬 왕국의 전력은 우려했던 것에 비해 영 신통치 않았다. 정찰대가 발목을 잡혀 교전을 벌였는데 오히려 적에게 더 많은 타격을 주고 의기양양하게 돌아왔을 정도면 말 다했다.

"확실히 이상한 점입니다. 강체술사야 그렇다 치고 마법사는 너무 적은데요?"

총 병력은 비슷하지만 마법사는 로멜라 왕국군 쪽이 세 배는 많은 것 같았다. 원래 로멜라 왕국이 마법사가 많은 편이긴 하지만, 그래도 저들이 경계지대를 넘어왔다는 걸 생각하면 아무리 봐도 이상하다.

어쨌든 다이넬 왕국군은 신중하게 거리를 좁혀왔고, 어느 정도 거리가 좁혀지자 사령관이 공격을 지시했다.

"쏴라!"

기사가 외치자 궁병들이 일제히 화살을 쏘았다.

피피피피피핑!

성벽 위에 선 스무 명의 궁병들은 정확하게 표적을 겨누어서 화살을 쏘았다. 200미터 이상 떨어진 적들을 정확히 겨누어서 화살을 직선으로 날린다니, 다른 나라의 궁병들이 들었다면 이게 무슨 헛소린가 비웃었을 것이다. 이런 경우에는 당연히 일정 범위를 노리고 포물선을 그리며 떨어지게 쏘아야 했다.

그러나 지금 쏘아진 화살은 놀랍게도 200미터의 거리를 날아가면서도 거의 기세가 죽지 않았다.

"으악!"

로드리고의 괴물

"끄어억!"

다이넬 왕국의 병사들이 비명을 지르며 쓰러졌다. 놀랍게도 한꺼번에 날아간 스무 발의 화살 중에 빗나간 것은 단 두 발뿐, 나머지는 정확하게 명중했다. 믿을 수 없는 명중률이었다.

이것이 스피릿 비스트와 싸우기 위해 개발된, 강체술과 융합된 로멜라 왕국의 궁술이었다. 보통 궁병과는 비교를 불허하는 강체술 궁사들의 위력은 마법과도 필적할 정도다.

"발사!"

그 직후 일반 궁병들이 화살을 쏘았다. 3백여 명 정도의 궁병들은 지극히 상식적으로 넓은 범위를 노리고 곡선으로 화살을 쏘아서 긴 시간차를 두고 화살이 비처럼 쏟아져 내렸다.

다이넬 왕국군은 방패를 들어서 화살비를 막으며 전진 속도를 높였다. 그러나 그때 다시 20여 명의 강체술 궁사들이 사격을 가했다.

"크악!"

"바, 방패가……!"

강체술 궁사들이 쏜 화살은 두터운 방패도 종잇장처럼 뚫어 버리고 표적을 꿰뚫었다. 강체술을 익힌 기사들 중에서도 화살을 막지 못하고 낙마하는 이들이 나왔을 정도였다.

연이어서 화살비가 쏟아지는 가운데, 정밀하면서도 강력한 사격이 섞여들자 다이넬 왕국군이 당황했다. 고작 200미터의 거리를 좁히는 동안 생각했던 것보다 훨씬 큰 피해가 발생하고 있었다.

만족스럽게 상황을 지켜보는 어텀 백작에게 부관이 귀띔했다.

"왕태자 전하께서 나오셨습니다."

그 말에 뒤를 돌아보니 성벽에서 좀 떨어진 곳에 왕태자 아사르가 나와 있었다. 유약해 보이는 금발의 왕태자는 어울리지도 않게 두터운 갑주를 입고 있었고, 그 옆에는 터질 듯한 근육을 자랑하는 무서운 눈매의 중년 사내가 서 있었다.

국경분쟁이 일어나자 국왕은 왕태자를 사우른가드 성으로 파견했다. 장차 왕이 될 자로서 국경의 현실을 보고, 용기있게 전장에 나갔다는 사실로 인망을 얻으라는 뜻에서였다.

어텀 백작이 씩 웃었다.

"이거 멋진 모습을 보여 드려야겠군. 마법사대 준비!"

다이넬 왕국군과의 거리가 100미터 이하로 줄어들자 마법사들이 공격을 준비했다. 20여 명의 마법사를 이끄는 마법사장은 놀랍게도 이족보행형의 거북이 모습을 한 용족, 드래곤 터틀이었다.

"궁병들이 다음 사격을 가한 직후에 제1파, 그리고 2파, 3파가 연속 공격한다!"

드래곤 터틀의 명령에 마법사들이 제1파 공격을 날렸다. 땅에 충격을 가한 뒤 일어난 흙을 확산시키는 흙폭풍 공격이었다.

콰콰콰콰콰!

다이넬 왕국의 마법사들이 반응했다. 이쪽에서도 땅울림을 일으켜서 흙폭풍을 상쇄하고는 반격을 가하려고 한다.

하지만 마법사의 수는 로멜라 왕국군이 압도적으로 많았다. 그들의 마법이 완성되기도 전에 제2파가 날아든다. 섬광의 화살 수백 발이 진짜 화살과 섞여서 비처럼 쏟아져 내렸다.

퍼버버버버벙!

다이넬 왕국의 마법사들은 그 공격을 절반도 채 상쇄하지 못했다. 병사들이 비명을 지르는 가운데 로멜라 왕국군이 제3파, 화염탄 공격을 날렸다.

그때였다.

파지지지지직!

강력한 마력 파동이 퍼져 나가면서 화염탄들을 소멸시켰다. 그 광경을 본 드래곤 터틀이 눈을 크게 떴다.

"음? 이건 인간의 마법이 아닌데?"

아무리 대단한 인간 마법사도 수십 발의 화염탄을, 그것도 같은 물리력을 구현해서 충돌시키는 것도 아니고 마법 구성 자체에 관여해서 일거에 소멸시킬 수는 없다. 이 마력의 규모나 질은 드래곤 터틀에게는 익숙한 것이었다.

"어째서 적들 사이에 용족이 있지?"

그 말에 주변의 인간들이 술렁였다.

로멜라 왕국 사람들에게 있어서 용족은 존경받아 마땅한 수호신 같은 존재다. 그런데 적들 중에 용족이 있다니?

그러나 그러한 동요는 오래 가지는 않았다.

원래 나샤 삼국은 외부세계와 폐쇄되어 있는 동안 자기들끼리 치고 받은 일도 잦은지라 용족을 적으로 맞이한 경우도 많았기 때문이다. 나샤 삼국이 아닌 다이넬 왕국군에 용족이 소속되어 있는 것은 놀랍지만, 그래도 아주 이해할 수 없는 일은 아니다.

그때 마법에 난타당해 허우적거리는 적들 사이에서 강력한 마력을 발현하는 자들이 여럿 나타났다. 그들을 본 드래곤 터틀의 눈이 커졌다.

"트롤하고 고블린이 이렇게 강력한 마력을 발해? 저것들은 또 뭐여?"

용족도 있긴 했다. 붉은 비늘의 드래고닉 리저드였다.

그런데 나머지는 죄다 트롤과 고블린이었다. 인간보다도 마법적 소양이 훨씬 떨어지는 것들이거늘 열 놈씩이나, 그것도 인간보다 훨씬 강력한 마력을 풍기면서 나타나다니?

붉은 드래고닉 리저드가 혀를 날름거렸다.

"스슷, 인간들을 믿고 기다려 보려고 했더니만."

"뭐, 이렇게 될 것을 알고 있지 않았습니까? 알더튼 님."

트롤 마법사가 어깨를 으쓱했다. 붉은 드래고닉 리저드, 알더튼이 눈살을 찌푸렸다.

"그래도 이 정도로 격차가 심할 줄 누가 알았겠나? 뭐 좋아. 어차피 이놈들의 역할은 따로 있으니……."

알더튼이 손에 들고 있던 지팡이를 들어 보았다. 그러자 거기에 달려 있던 커다란 수정이 빛을 발하더니, 로멜라 왕국군이 상상도 하지 못했던 일이 벌어졌다.

드드드드드드!

"저, 저거……!"

땅이 갈라지면서 거대한 암석거인이 몸을 일으켰다. 그 옆에서는 흙으로 이루어진 커다란 덩어리에 불이 붙어서 타오르기 시작한다. 그리고 얼음의 맹수가 나타나고, 바람이 흙먼지를 끌어안더니 회오리치며 깔깔거리는 소리를 낸다.

"스피릿 비스트를 제어하고 있어?"

로멜라 왕국군은 경악했다.

수십의 스피릿 비스트가 명백히 다이넬 왕국군을 편드는 형국으로 모습을 드러내고 있었다. 인간에게 무조건적인 악의를 드러내는 스피릿 비스트가 적에게 제어되다니 이게 무슨 말도 안 되는 악몽이란 말인가?

키이이이이이이!

곧 스피릿 비스트들이 아우성을 치면서 달려들기 시작했다. 로멜라 왕국군은 한 박자 늦게 정신을 차리고 대응했다.

"쏴라!"

파바바바바밧!

화살과 마법이 비처럼 쏟아지면서 스피릿 비스트들을 난타했다. 적에게 제어된다는 사실이 충격적이긴 하지만, 로멜라 왕국 사우른가드 성의 병력들은 스피릿 비스트와 싸우는 데 이골이 난 이들이다. 거의 기계적인 대응으로 스피릿 비스트들이 다가오기도 전에 박살 내고 있었다.

하지만 그동안 다이넬 왕국군이 전열을 정비하고 다가오는 것은 막을 수가 없었다.

"큭! 이런 젠장! 도대체 무슨 사술을 부린 거야, 저놈들은?"

사령관이 신경질을 냈다.

다이넬 왕국군 쪽에서 알더튼이 쿡쿡 웃었다.

"비요텐님은 정말 대단하시군. 이 지팡이가 이 정도로 성능이 좋을 줄이야."

알더튼과 괴물 마법사들은 블레이즈 원의 간부들이었다.

블레이즈 원의 상위 용족 간부인 나가 비요텐은 이 땅에 대한 정보를 입수하고는 한 가지 비밀병기를 하사했다. 그것이 바로 마력으로 정령을 복속시키는 힘이 있는 지팡이였다.

알더튼은 이 지팡이의 힘으로 단 하나의 스피릿 비스트를 지배할 수 있었다.

"슬슬 나도 움직여도 되겠나?"

알더튼에게 그렇게 물은 것은 전신이 암석으로 이루어진 거인이었다.

다른 스피릿 비스트와는 달리 명백한 지성이 엿보이는 그 존재는 차원이 다른 마력을 풍기고 있었다. 인간과 동등한 사고 능력과 기억 능력을 획득한 개체, 그랑드였다.

알더튼은 이 그랑드를 지배함으로써 다수의 스피릿 비스트를 통제할 수 있었다. 대부분의 그랑드에게는 다른 스피릿 비스트를 복속시켜서 부리는 능력이 있기 때문이다.

알더튼이 고개를 끄덕였다.

"목표는 숙지하고 있겠지?"

"물론이다."

쿠르르릉!

암석이 모여 이루어졌던 그랑드의 몸이 그대로 붕괴하더니 땅속으로 녹아들었다. 알더튼이 히죽 웃었다.

"두 번째 작전 따윈 필요도 없어. 여기서 끝장을 내도록 하지."

2

쉬쉬쉬쉬쉬쉬!

로멜라 왕국 사우른가드 성의 성벽 위로 무수한 화살이 날아올랐다. 갑자기 나타난 스피릿 비스트들의 뒤에서 슬금슬금 접근해 온 다이넬 왕국군이 날린 화살들이었다.

"흠."

재앙처럼 날아오르는 화살을 보며 눈살을 찌푸리는 남자가 있었다. 부리부리한 눈매에 반백의 금발을 가진 그의 몸은 그야말로 바위 같은 근육으로 이루어져 있었다. 옆에 있는 왕태자와 비교하면 정말 석상처럼 커 보인다.

"전하, 겁먹으실 거 없습니다."

전쟁터 한가운데 서 있으면서도 갑옷조차 입지 않은 그가 왕태자에게 말했다. 잘 움직이지도 못할 정도로 두터운 갑옷을 입은 왕태자는 날아드는 화살비를 보며 잔뜩 움츠러들고 있었다.

"처리하지요."

남자가 땅을 박차고 날아올랐다. 석상 같은 거구가 단번에 5미터 이상이나 솟구치면서 허공을 향해 강맹한 돌려차기를 날린다. 그러자 놀라운 일이 벌어졌다.

"아……!"

왕태자뿐만 아니라 주변에 있던 모든 자들이 놀라서 눈을 휘둥그레 떴다.

콰콰콰콰콰콰!

굉음이 울리며 광풍이 휘몰아쳤다.

남자의 돌려차기 궤적을 따라 보이지 않는 힘의 파랑이 퍼져 나가면서 화살들을 휩쓸었다. 다이넬 왕국군이 쏜 수백 발의 화살은 성벽을 넘지도 못하고 그대로 박살 나면서 흩어져 버렸다.

"흥. 이런 시시한 화살로 나를 넘을 수 있다고 생각하느냐? 로드리고의 기술을 계승한 자는 무적이니라!"

남자는 사뿐하게 내려서면서 말했다.

다이넬 왕국군은 경악하면서도 성벽으로 쇄도하여 공격을 시도했다. 성벽 위의 로멜라 왕국군과 격렬한 전투를 벌이면서 사상자들이 발생하자 왕태자의 눈이 흔들린다. 모든 것이 끔찍하고 두려웠지만 이 전투를 지켜보는 것이 그의 사명이기에 억지로 자리를 지켜야만 했다.

다이넬 왕국군이 일제사격을 가할 때마다 남자가 발차기로 광풍을 일으켜 요격했다. 공성탑 위에서 산발적으로 쏟아내는 화살들 말고는 전혀 성벽을 넘지 못하니 다이넬 왕국군 입장에선 환장할 노릇이었다.

그렇다고 해서 그들이 투척 공격을 포기한 것은 아니다. 뒤늦게 준비한 투석기가 작동하면서 바위가 성벽 안으로 날아들었다.

"에잉, 같잖은 것들!"

성벽 위로 날아오르는 바위를 보면서 남자가 짜증을 냈다. 바닥을 박차고 허공으로 솟구친 그가 날듯이 허공을 달려서 날아오는 바위 앞으로 향했다.

"하앗!"

투웅!

기합과 함께 가벼운 발차기를 날리자 바위의 궤도가 바뀌었다. 잔뜩 가속이 붙었던, 사람 몸통보다도 커다란 바위가 남자의 발등에 맞고 그대로 기세가 죽어서 위쪽으로 둥실 떠오른다.

바위의 궤도를 바꾼 남자는 그대로 허공을 박차고 위로 솟구쳤다. 그리고 그대로 몸을 트는 그를 보며 다들 경악했다.

"저, 저거, 저거……!"

"설마!"

바로 그 설마였다. 남자가 몸을 틀며 날린 발차기가 바위를 강타, 그대로 온 길을 되돌려 보냈다. 날아올 때보다 두 배는 빠르게 가속한 바위가 투석기를 향해 날아들었다.

"으아아아아악!"

"피해랏!"

상상도 못한 상황에 다이넬 왕국군이 비명을 지르며 흩어졌다. 마법사들이 미처 방어할 틈도 없이 바위가 투석기를 강타했다.

콰아아아앙!

폭음이 울리면서 투석기가 박살 나버렸다. 그 주변에 있던 병사들이 비명을 지르며 날아가 버리는 그 위력은 마법사들조차도 경악할 수준이었다.

"말도 안 돼!"

"어떻게 이럴 수가!"

상식을 초월한 상황에 전장에 있던 자들은 아군, 적군을 막론하고 다들 입을 쩍 벌렸다.

"허약한 것들! 너희들에겐 이 성벽을 넘을 자격이 없느니라!"

남자가 허공에 뜬 채로 다이넬 왕국군을 비웃었다. 그런 그를 본 다이넬 왕국군의 지휘관이 발작적으로 외쳤다.

"뭐하는 거야? 궁병들! 마법사들! 저놈을 쏴라! 죽여 버려!"

"호오?"

남자의 눈썹이 치켜 올라갔다. 자유낙하하고 있던 남자는 마치 석을 도발하듯이 다시 허공을 박차고 솟구쳐 올랐다. 마치 허공에 떠 있는 동안 공격해 보려면 해보라는 도발에 다이넬 왕국군은 물론이고 블레이즈 원의 마법사들도 발끈했다.

"인간 주제에! 한 수 재간이 있다고 오만함이 하늘을 찌르는

로드리고의 괴물 237

구나!"

 궁병들이 일제히 사격을 개시하자 수백 발의 화살이 남자를 노리고 날아들었다. 하지만 남자가 허공에서 몸을 틀며 발차기를 날리자 광풍에 휩쓸려서 그대로 흩어져 버리고 만다.

 뒤이어 블레이즈 원의 마법사들이 공격을 가했다. 불꽃과 뇌전, 충격파와 파괴의 섬광이 남자를 노리고 솟구쳤다. 인간을 초월하는 마력으로 발동한 마법들의 위력은 일거에 수십 명을 쓸어버릴 수 있는 수준이었다.

 "하하하하! 이게 다냐?"

 남자는 너털웃음을 터뜨리면서 허공으로 발을 뻗고 몸을 회전시켰다. 팽이처럼 회전하기 시작한 그의 몸이 무섭도록 가속해서 이윽고 모습을 알아볼 수 없을 정도로 빨라졌다.

 "드래곤 타이푼!"

 천둥 같은 외침과 함께 광풍이 일었다. 회전하는 그를 따라서 가속하는 기운이 대기를 붙잡고 끌어서 광포한 회오리바람을 일으켰다.

 콰콰콰콰콰콰!

 온갖 마법들이 일거에 회오리바람 속으로 끌려 들어가서 소멸해 버렸다.

 그리고 회오리바람의 위력이 지상에 닿기 직전, 남자가 회전을 풀고 뛰쳐나오면서 지상을 향해 발차기를 날렸다.

 "샤이닝 블래스터!"

 죽 뻗는 발의 궤도를 따라서 굵직한 섬광이 뻗어 나갔다. 그

섬광은 단번에 공성탑을 관통하고 그 뒤쪽에 작렬하면서 폭발했다.

콰아아아앙!

그 일격으로 수십 명의 다이넬 왕국 병사가 날아가 버렸다.

"하하하하하하하!"

남자는 호탕하게 웃으면서 허공을 박차고 성벽 안쪽으로 돌아갔다.

다이넬 왕국군은 아연실색했고, 사우른가드의 병력 역시 술렁였다. 어텀 백작이 혀를 내둘렀다.

"발타르 나탈의 무력은 하늘이 놀랄 정도라더니 정말 엄청나군!"

남자의 이름은 발타르 나탈.

국왕이 왕태자의 신변을 보호하기 위해 붙여준 존재로, 로멜라 왕국 최강의 강체술사로 불리는 오더 시그마 로드리고 계파의 권사였다.

그가 곁으로 돌아오자 왕태자가 두근거리는 가슴을 누르며 말했다.

"대, 대단하구려, 발타르 공."

"별것 아닌 재주일 뿐입니다. 저놈들이 너무 약하다 보니 별로 보여 드릴 것도 없군요."

발타르가 겸양했다. 왕태자가 침을 꿀꺽 삼킨 다음 말했다.

"발타르 공."

"예."

"전투가 계속되면서 아군도 피해를 입고 있는데, 공이 돕는 다면 좀 더 전황이 유리해지지 않겠소?"

"그렇겠지요. 하지만 그럴 수 없습니다."

"어째서요?"

"제 일은 전하를 지키는 것이지, 이 성을 수성하는 것이 아니기 때문입니다. 이곳은 지극히 위험합니다. 제가 이들을 돕기 위해 자리를 비웠을 때 전하께서 해를 입는다면 그야말로 주객이 전도되는 셈이겠지요. 전하의 옥체에 흠이라도 생긴다면 아마 이곳에 있는 자들이 처벌받게 될 것입니다."

"으음. 하지만… 공에게는 이 자리에 머물면서도 저들을 도울 수 있는 능력이 있지 않소? 아까 투석기를 부순 기술이라면……."

왕태자의 지적에 발타르가 한 방 먹은 표정을 지었다. 그가 씩 웃으며 말했다.

"전하께서는 때때로 저를 놀라게 하시는군요. 알겠습니다."

발타르가 성 한쪽으로 손을 뻗었다. 그러자 보이지 않는 힘이 뻗어 나가면서 투석기 옆에 쌓아두었던 바위가 두둥실 떠올라 그에게로 다가왔다.

발타르가 쩌렁쩌렁 울리는 목소리로 물었다.

"어텀 백작! 내가 한 손 거들어도 실례가 되지 않겠소?"

그 말에 어텀 백작이 깜짝 놀라서 대답했다.

"무, 물론이오! 공께서 도와주신다면 감사할 것이오!"

"허가해 주셔서 감사하오!"

발타르는 왕태자의 명령임을 언급하지 않았다. 아군에게는 왕태자의 존재를 노출하는 것이 좋지만, 적에게 알려줘 봤자 좋을 것이 없다고 여겼기 때문이다.

"하압!"

발타르가 기격으로 들어 올린 바위를 걷어찼다. 그러자 바위가 무서운 기세로 쏘아져서 성벽을 넘어 적들을 맹습했다.

콰아아아아앙!

일격에 수십 명이 피떡이 되어 흩어졌다.

"저 빌어먹을 인간이!"

블레이즈 원의 용족, 알더튼이 짜증을 냈다.

아까 전에도 그랬지만 발타르가 쏘아낸 바위의 위력은 투석기로 쏘아낸 것과는 차원이 달랐다. 한번 날아들면 폭발하듯이 충격이 퍼져가면서 주변을 휩쓸어 버리는데, 알더튼이 작심하고 파괴 마법을 쓴다 해도 이 정도 위력을 발휘할 수 있을지 의심스러울 지경이었다.

'이것도 강체술의 일종인가? 아무리 그래도 그렇지 인간이 어떻게 이런 힘을!'

발타르는 기격을 이용, 바위를 걷어찰 때 거기에 강맹한 파괴력을 실어서 날리고 있었다. 그렇기에 마법 이상의 파괴력이 나오는 것이다.

"하나! 둘! 셋! 하하하하하하!"

발타르는 연달아서 바위를 차서 성벽 바깥쪽을 공격했다. 막연한 범위를 노리고 쏘는 투석기와는 달리 정확히 적 병사들이 모여 있는 곳을 감지하고 쏘아내니 다이넬 왕국군에게는 그야말로 재앙이었다.

"소문으로는 들었지만 정말 괴물이로군. 6단계의 강체술사란 것들은 인간이라기보다는 인간의 모습을 한 재앙이라고 해도 과언이 아니구먼."

마법사들을 이끄는 드래곤 터틀이 기가 막혀했다. 용족의 일원으로 100년에 걸쳐 마법을 연마해 온 그도 저런 짓은 할 수 없다. 발타르가 왕태자의 곁에서 벗어나 전투에 뛰어든다면 아마 일인군단이라고 할 수 있는 전력을 발휘할 것이다.

그렇게 전투가 진행되고 있을 때였다.

쿠르르르르……!

성벽 주변의 대지가 진동하며 지면이 쩍쩍 갈라지기 시작했다. 그리고 성벽 안쪽에서 흙으로 이루어진 거인들이 일어나서 울부짖었다.

크오오오오오!

"이런! 땅속을 타고 왔단 말인가?"

스피릿 비스트 중에 가장 골치 아픈 타입이 땅속을 유영하는 타입과 바람을 타고 날아다니는 것들이다. 지휘관들은 혀를 차며 즉시 병사들에게 대응을 명했다.

뒤쪽에서 그 광경을 본 발타르는 혀를 차며 기격으로 흙거인들을 붙잡으려고 했다. 그러나 그때 그와 왕태자가 있는 건물이 흔들렸다.

쿠르르릉!

발타르는 재빨리 왕태자를 붙잡고 도약했다. 간발의 차이로 탑이 무너지면서 그 아래쪽에서 암석으로 이루어진 거인이 솟구쳤다.

"생쥐 같은 것!"

암석의 거인이 으르렁거렸다. 몇 번이나 허공을 박차며 왕태자와 함께 사뿐하게 착지한 발타르가 눈을 빛냈다.

"호오. 그랑드더냐? 오랜만에 보는군."

"조그만 놈이 쫑알거리기는! 짓밟아주마! 크어어어!"

그랑드가 괴성을 지르며 달려들었다. 7미터에 이르는 암석덩어리가 달려들자 마치 눈앞에서 거대한 벽이 무너져 내리는 착각이 들었다.

하지만 발타르는 눈썹도 까딱하지 않았다. 대신 가볍게 허리를 틀면서 발을 들어 올렸다. 그의 다리를 감싸고 힘의 기류가 고속으로 회전하면서 강맹한 발차기가 뻗어 나갔다.

"라이징 스톰!"

콰아아아앙!

외침과 함께 폭음이 울리며 암석의 파편들이 사방으로 흩어졌다. 발을 거둔 채 발타르가 말했다.

"근본도 없는 잡것이 어딜 감히 나를 짓밟니 마니 하느냐? 그런 말을 하기에는 천년은 이르다!"

"이놈! 인간 주제에!"

"흙덩이 주제에!"

분노하며 암석의 육체를 다시 일으키는 그랑드에게 발타르

로드리고의 괴물 243

가 코웃음을 쳤다. 순간 그랜드의 주변 대지가 뒤흔들리더니 지면이 폭발했다.

콰콰콰콰쾅!

"크아아아아! 어, 어떻게……!"

땅의 정령에서 비롯된 그랜드는 주변 대지를 완벽하게 장악하고 있었다. 그런데 갑자기 땅이 그의 제어에서 벗어나서 멋대로 폭발했다.

발타르가 사납게 웃었다.

"흙덩이야, 땅을 다스리는 게 너만의 특기는 아니란다. 어디 네가 내일의 태양을 볼 자격이 있는지 시험해 주마!"

그가 허공을 향해 발차기를 날렸다. 공간을 관통하는 발차기가 한 지점을 차는 순간, 멀리 떨어져 있던 그랜드의 몸 일부가 폭발했다.

콰아아앙!

"마, 말도 안 돼……!"

그랜드가 경악했다. 방금 전의 공격은 도저히 이해할 수가 없었다. 뭐가 날아오는 기미조차 없었는데, 마치 발타르가 허공이 아니고 그의 몸을 걷어찬 것처럼 타격을 입었다.

그것은 오더 시그마의 비기 중 하나, 격공이었다.

경악하는 그랜드의 눈앞에서 발타르의 몸이 허공으로 솟구쳤다. 허공에서 오른다리를 치켜든 그가 외쳤다.

"스톰 폴!"

그의 오른발이 유성처럼 낙하하면서 그대로 그랜드의 거체를 내리찍었다.

쫘아아아앙!

성벽조차 일격에 날릴 위력이 작렬하며 주변을 뒤흔들었다. 그 일격으로 너덜너덜해져 있던 암석 무리들이 산산조각 나면서, 그 안쪽에 감춰져 있던 엘레멘탈 코어까지 파괴되었다.

"끄아아아아아!"

그랜드가 비명을 지르며 소멸해 갔다.

쿠르르릉!

암석을 자유자재로 다루던 힘이 흩어지면서 거대한 육체가 그대로 붕괴한다. 요란하게 무너져 내리는 그 몸을 뒤로 한 채 발타르가 여유롭게 왕태자에게 걸어왔다.

"이런."

왕태자를 본 그가 당황했다. 왕태자가 처음 내려놓은 곳에서 멀찍한 곳에 쓰러진 채 신음하고 있었기 때문이다.

"전하, 괜찮으십니까?"

"꽤, 괜찮……."

왕태자는 아파서 제대로 대답도 못했다.

그가 이런 꼴이 된 이유는 간단했다. 발타르가 그랜드를 해치울 때 겁을 집어먹고 물러나다가 발을 삐끗해서 쓰러졌고, 그대로 데굴데굴 굴렀던 것이다. 몸을 지키기 위한 두터운 갑옷의 무게 때문인지 쓰러질 때 다리와 늑골이 부러진 것 같았다.

"으음……."

왕태자의 상태를 파악한 발타르는 실로 난감한 표정으로 식은땀을 흘릴 수밖에 없었다.

3

로멜라 왕궁에 손님으로 초대된 이후로 루그는 매일매일 사람들을 만나느라 지쳐가고 있었다. 현재 왕도 사교계의 최대 화제거리가 바로 루그 일행이었는지라 각지에서 초대장이 쇄도하고 있었고, 그래서 하루에도 몇 명씩이나 귀족들과 만나서 영양가없는 대화를 나누어야만 했다.

"아이고, 그래도 오늘 저녁에는 좀 쉴 수 있겠군."

루그는 한숨을 쉬며 거처로 향했다.

왕궁에 머무르게 된 지도 벌써 열흘이 지났다. 아직도 그를 초대하고 싶어하는 귀족들이 넘쳐나긴 했지만 우선적으로 만나야 하는 고위급 인사들은 이제 슬슬 다 얼굴을 보았다. 그러다 보니 슬슬 일정에 여유가 생기고 있었다.

그의 옆을 걷고 있던 메이즈가 물었다.

"딱히 소득은 없었지?"

"응. 일단 왕은 나를 지원해 줄 생각인 것 같지만, 블레이즈 원은 아직 이 나라와는 딱히 관계가 없는 문제니……."

국왕은 루그의 이야기를 진지하게 받아들여서 휘하의 정보 조직들을 움직이기 시작했다.

로멜라 왕국은 그동안 과잉생산된 마법 금속들을 외국에 팔아 넘기면서 막대한 부를 쌓았다. 전대륙의 마법사 조직들이 그들과 거래하기에 국가에서 운영하는 상단과 정보망이 방대하게 퍼져 있었다.

국왕은 이 정보망으로 블레이즈 원의 존재를 확인하게 된다면 이후 전폭적으로 지지하겠다고 약속했다.

"무력은 기대할 수 없겠지만 정보망만 획득할 수 있어도 대단한 가치가 있을 거고."

루그도 사실 이 나라에 그 이상의 기대를 하진 않는다. 시공회귀 전처럼 칼리아가 나서서 전대륙을 아우르는 반 블레이즈 연합을 만들 수도 없는 노릇이니, 그저 이 땅에 블레이즈 원이 발붙일 수 없도록 철저하게 방어해 주기만 해도 족하다.

"하지만 에반스 경은 도대체 언제 드래곤과 접촉한 걸까?"

이곳에서 만난 에반스는 유감스럽게도 평범한 인간 마법사에 불과했다.

물론 크로커다이드인 하라자드를 스승으로 둔 시점에서 '평범하다'고 하기에는 무리가 있겠지만, 루그가 기대했던 드래곤과의 접점은 전혀 없었다는 이야기다. 볼카르는 그가 인간치고는 뛰어난 마법사에 불과할 뿐, 특별히 눈여겨볼 만한 구석은 없다고 판단했다.

그렇다는 것은 에반스가 드래곤과 접점을 가져서 불카누스의 드래곤 형체를 봉인하는 마법진을 알게 되는 것은 훗날의 일이었다는 이야기가 된다. 루그가 과거로 돌아와 많은 것들을 바꾸었으니 그는 평생 동안 그런 일을 겪지 않고 살아갈 수도 있었다.

"음?"

문득 루그가 눈살을 찌푸렸다.

메이즈가 물었다.

"왜 그래?"

"안에 누군가 있어."

루그가 거처의 문을 보면서 말했다. 다르칸이 고개를 갸웃했다.

"인간들이 자주 드나들지 않소?"

루그 일행을 위해 왕궁에서는 스무 명이나 되는 시종과 시녀를 배치했다. 일행이 자리를 비운 사이에 안에 그들이 드나드는 것은 매우 자연스러운 일이다.

하지만 루그는 고개를 저었다.

"아니, 시종이나 시녀들이 아니야. 강력한 힘의 자취가 느껴지는데……."

〈에리체 메이달라다.〉

"뭐?"

볼카르가 즉답하자 루그가 놀랐다. 어째서 그녀가 자신이 출타 중일 때 거처에 들어가 있단 말인가?

볼카르가 말했다.

〈그녀는 자기를 감추는 데 능숙한 것 같군. 루그, 네가 알아차린 것은 어디까지나 같은 근본을 둔 용제의 힘이 공명했기 때문이다.〉

"그런 거야? 근데 왜… 아니, 어떻게 찾아온 거지?"

루그가 그녀를 초대한 적도 없고, 그녀가 만나고 싶다고 기별을 넣은 적도 없다. 그렇다면 왕궁 사람들이 그녀를 통과시켰을 리가 없는데…….

〈그거야 나는 모르지. 직접 물어보면 되지 않겠나?〉

"그거야 그렇지만… 으음."

루그는 껄끄러운 기분으로 문을 열었다.

안은 조용했다.

나갔을 때와 마찬가지로 깨끗하게 정돈된 상태 그대로다.

하지만 그들의 거처는 여러 개의 방이 달린, 집이라고 해도 좋을 정도로 넓은 곳이었기 때문에 에리체가 어딘가에 숨어 있어도 이상할 건 없었다.

"어디 있는 거지?"

루그는 방들을 하나씩 뒤져보면서 중얼거렸다. 그러다 문득 벽장 쪽으로 눈길을 주었다.

"메이달라 후작 영애, 그런 곳에 숨어 계시는 건 그리 체신 있는 행동은 아닌 것 같습니다만……."

"……"

하지만 대답은 들려오지 않았다. 루그는 인상을 찌푸리면서 벽장 문을 열었다. 그리고……

"얘… 정말 넉살 좋다."

메이즈가 기가 막혀하며 중얼거렸다.

커다란 벽장 속에 에리체가 새근거리며 잠들어 있었다. 예비 이불들 사이에 몸을 파묻은 채 백발을 늘어뜨리고 있는 모습은 천진하게 이를 데 없었다.

메이즈가 슬그머니 그녀에게 다가가서 잠든 얼굴을 내려다보며 말했다.

"무슨 생각을 하고 있는지 모르겠네. 귀엽긴 하지만."

"우웅, 음냐."

메이즈가 손가락으로 볼을 콕콕 찔렀는데도 에리체는 깨어나지 않았다. 뭔가 좋은 꿈이라도 꾸는지 헤실거리면서 몸을 뒤척일 뿐이었다.

메이즈가 제안했다.

"이대로 보쌈해서 다른 데로 보내 버릴까?"

"아니, 아무리 그래도 그건 좀……. 본궁에 무단침입한 거니까 크게 문제가 될 수도 있고."

"귀족 아가씨치고는 굉장히 파격적이네. 아무리 말괄량이라도 왕족도 아닌데 이렇게 왕궁의 법도를 무시하고 움직일 수 있다니 경이로울 정도야."

"그건 그렇지만… 메이즈, 너 애가 싫은 거야?"

"응?"

루그가 조심스럽게 묻자 메이즈가 눈을 동그랗게 떴다. 루그가 말했다.

"어쩐 좀 평소의 너답지 않은 것 같아서. 애가 좀 개념이 없는 건 사실이지만 그렇게 모질게 굴 것까진 없잖아?"

"그, 그야 그렇지만……."

메이즈는 왠지 당황하면서 얼굴을 붉혔다. 루그의 말에 자신의 행동을 돌아보고는 뭔가 느끼는 바가 있었나 보다.

그녀가 슬쩍 루그의 시선을 피하면서 입술을 삐죽였다.

"딱히 싫어하는 건 아니야."

"그래?"

루그는 의구심을 느끼면서도 더 추궁하진 않았다.

"으음. 뭐 일단 깨워볼까."

한번 잠들면 잘 깨어나지 않는 타입인 것 같긴 하지만, 기격을 이용하면 별로 어렵지 않게 깨울 수 있었다. 기격에 감각을 자극당한 에리체가 살며시 눈을 떴다.

"우웅······?"

깨어난 그녀는 졸린 눈으로 몸을 일으키더니 잠시 동안 멍하니 있었다. 잠시 후, 퍼뜩 정신을 차린 그녀가 화들짝 놀라며 외쳤다.

"어머! 난 몰라!"

드르륵! 와지끈!

당황한 그녀가 벽장 문을 잡고 거세게 닫았다. 그러자 그 힘을 이기지 못한 벽장 문이 그대로 부서져서 뜯겨 나갔다.

"······."

아무리 옷장이 튼튼하게 만들어졌다고 해도 상위 용족과 필적하는 괴력을 마구 휘둘러대면 이런 결과가 나오는 게 당연하다. 루그는 부서져 나간 문짝을 기가 막혀하며 바라보다가 말했다.

로드리고의 괴물 251

"…힘이 좋으시군요, 메이달라 후작 영애."

"그, 그게… 에헤헤."

안절부절못하던 에리체는 난감한 듯 웃으면서 뒷머리를 긁적였다.

4

"무단침입한 거 맞아요오오."

잠시 후, 루그와 마주 앉은 에리체가 기어 들어가는 목소리로 말했다. 살짝 눈치를 살피는 것이 야단맞을까 봐 걱정하는 어린애 그 자체였다.

에리체는 왕궁의 그 누구에게도 초대받지 않았다. 즉, 본궁에 들어온 것은 완전한 무담침입이다.

그녀가 허둥지둥 변명했다.

"하, 하지만 큰 문제는 되지 않을 거예요. 하라자드 오빠 때문에 자주 드나들어서 핑계거리가 있거든요."

"오빠?"

"오빠라고?"

루그와 메이즈가 놀라서 물었다. 다르칸도 눈을 휘둥그레 뜨고 있었다.

에리체가 부끄러운 듯 몸을 배배 꼬면서 말했다.

"하라자드 오빠가 그렇게 부르라고 해서요. 어릴 때부터 오빠라고 불렀어요."

"……."

순간 루그와 메이즈 사이에 커다란 공감대가 형성되었다.

734살이나 먹은 주제에 어린 인간 소녀를 꼬셔서 자기를 오빠라고 부르게 하다니, 하라자드 그 양반은 변태다. 변태가 틀림없다!

'거 참. 그 양반 이 나라 오기 전까지 모진 꼴만 당하고 살았다더니 아주 그냥 욕망을 충족시키려고 혈안이 된 모양일세?'

하지만 다르칸은 좀 생각이 다른 모양이었다.

"하라자드 공은 정말 대단하군. 어떻게 하면 그렇게 젊은 인간 여성들에게 인기가 있을 수 있는 거지? 나도 젊은 인간 여성들에게 오빠라고 불러달라고 부탁하면 좋아할까?"

"다르칸… 그건 좀 아니라고 생각해."

메이즈가 생각만 해도 오한이 든다는 듯 꼬리를 세우고 부르르 떨었다.

루그가 물었다.

"메이달라 후작 영애, 그 양반 나이가 743살이라는 건 알고 그렇게 부르는 거죠?"

"네. 어차피 인간도 아니신데 뭐 어때요? 크로커다이드 기준으로는 아직 완전 젊은 나이라던데요?"

"그거 완진 새빨간 거짓말이야……."

루그가 이마를 감싸쥐며 말했다. 에리체의 눈이 휘둥그레졌다.

"네?"

"크로커다이드의 평균수명은 1200년이라고요. 그 양반은 종족 연령으로 보면 아무리 젊게 봐줘도 중년, 아니, 초로입니다."

"아냐, 주인님. 아무리 관대한 기준을 적용시키려고 해도 그냥 노인네야."

"어라? 거짓말하시는 거지요?"

"진짜입니다."

"어? 어어?"

에리체가 눈을 동그랗게 뜨고 루그와 메이즈, 다르칸을 번갈아 바라보았다. 그리고 셋 모두에게 공통된 감정이 떠올라 있는 것을 보고는 울상을 지었다.

"오빠가 나를 속였어!"

…그래도 끝까지 오빠라고 부르는 에리체는 참 순진한 성격인 것 같았다. 에리체가 불만 가득한 표정으로 말했다.

"다음부터는 할아버지라고 불러야지."

"할아버지라. 그보다는 아저씨라고 부르는 게 좀 더 정신적 타격이 심하지 않을까 싶은데……."

"그래요?"

"아마도?"

"그럼 아저씨라고 불러야지. 혹시라도 반사적으로 오빠라고 부르지 않게 연습해야겠어요. 하라자드 아저씨, 하라자드 아저씨……."

에리체가 진지하게 중얼중얼거렸다. 그 모습이 귀여워서 루그도, 메이즈도 피식 웃고 말았다.

〈근데 뭔가 화제가 완전히 다른 데로 빠진 것 같다만.〉

"아, 참."

볼카르의 지적에 루그는 퍼뜩 정신을 차리고 물었다.

"그나저나 왜 이런 일을 한 겁니까, 메이달라 후작 영애."

"저기… 그게요."

에리체는 대답을 못하고 우물거렸다. 가만히 대답을 기다리던 루그가 한마디 더 하려고 할 때, 그녀가 엉뚱한 이야기를 했다.

"에리체라고 불러주시면 안 될까요?"

"아니, 그러니까 지금 일단 제 말에 대답해 주셔야……."

"불러주시면 대답할게요."

에리체가 고집을 부렸다. 루그는 난감한 듯 메이즈를 바라보았고, 메이즈는 맥빠진 얼굴로 어깨를 으쓱했다.

"에리체 양."

"네."

고작 그것만으로도 에리체의 만면에 희색이 돌았다. 마치 꿈을 꾸는 것처럼 몽롱한 눈으로 루그를 바라본다.

루그가 말했다.

"이제 대답하세요."

"네."

루그의 냉정한 태도에 에리체는 금세 시무룩해졌다. 그 모습에 루그는 골이 지끈거렸다. 정말이지 소녀의 심정이란 종잡을 수가 없었다.

에리체가 말했다.

"어떻게든 루그님을 만나서 부탁드리고 싶은 일이 있어서 그랬어요. 저희 가문에서도 초대를 드렸지만 아버님께서 순서가 며칠 뒤라고 하셨고, 그리고 아버님이 동석해 계시면 말하기 어려울 것 같고……."

"무슨 일인가 묻기 전에… 어떻게 침입한 겁니까?"

당연하게도 왕궁의 경비는 굉장히 삼엄하다. 루그가 침입한 후로는 살벌한 수준까지 강화되었다. 칼리아의 거처인 동쪽 별궁은 에리체가 원래 마음대로 드나든다고 하지만, 국왕의 거처인 본궁은 완전히 사정이 다르다. 사실 루그 일행을 본궁에 머무르게 하는 것은 그 자체로 국빈 대우였다.

하지만 에리체는 별것 아니라는 듯 배시시 웃으며 말했다.

"이 왕궁에서 절 붙잡을 수 있는 사람은 손에 꼽아요. 왕궁 수비대 아저씨들의 눈을 피하는 건 그리 어려운 일은 아니에요."

"……."

아무리 생각해도 열여덟 살짜리 귀족 아가씨가 할 만한 소리가 아니었다. 왕궁 수비대장 펠커스가 들었으면 뒷목 잡고 쓰러지고 싶었을 것이다.

'열여덟 살이면 슬슬 철들어야 하는 나이잖아. 이런 능력을 갖고 있으면서 왜 이렇게 생각이 없지?'

상식적으로 생각해 보면 그녀는 자유자재로 왕궁에 무단침입할 수 있다는 것만으로도 위험인물이었다. 본궁에 무단침입한 것이 들키면 자기만 곤란한 게 아니라 그녀의 가문이 위험해질 수도 있다. 물론 하라자드가 그녀를 비호해서 문제를 없애준 것 같긴 하지만……

그런 루그의 심정을 모르는 에리체는 묻지도 않은 것까지 신이 나서 대답했다.

"어려서부터 숨바꼭질을 하면 절 아무도 못 찾았는걸요? 물론 그러다가 다들 실종되거나 납치된 줄 알고 난리가 나기도 했지만."

"그렇군요. 알겠습니다."

루그는 왠지 에리체가 자신에게 사고를 친 날, 하라자드에게 연락해서 하소연을 했다는 메이달라 후작의 심정을 이해할 것 같았다. 에리체는 아무리 봐도 상식으로 통제할 수 있는 존재가 아니다.

루그가 물었다.

"그럼 저한테 부탁하실 일이란 건 뭡니까?"

"그게……"

에리체는 바로 대답하지 못하고 머뭇거리면서 루그의 눈치를 살폈다. 그러다가 용기가 안 나는지 눈을 감으면서 말했다.

"저랑 왕태자 전하 귀환 기념 무도회에 같이 가주세요!"

"죄송합니다만 거절하겠습니다."

"네에?"

루그가 생각해 보지도 않고 즉시 거절하자 에리체는 눈앞에서 하늘이 무너지기라도 한 것 같은 표정을 지었다. 실로 극단적인 표정 변화에 루그는 서둘러서 이유를 말했다.

"전 그날 메이즈를 에스코트해서 참석하기로 했거든요. 다른 파트너를 찾아보시는 게 좋을 것 같네요."

"그, 그런······."

에리체는 울상을 지으며 메이즈를 바라보았다. 그리고 깊은 패배감을 느꼈다.

그도 그럴 것이 같은 여자인 에리체가 봐도 메이즈는 너무 매력적이었던 것이다. 에리체도 여기저기서 예쁘다, 귀엽다 소리를 귀에 못이 박히도록 듣고 자랐지만 메이즈의 아름다움은 도저히 흠을 찾기 어려울 정도였다.

'알로키나님도 예쁘게 생겼는데, 드래코니안은 남자든 여자든 다 예쁘구나.'

웃기는 이야기지만 에리체는 지금까지는 루그에게만 신경 쓰느라 메이즈나 다르칸은 거의 눈에도 들어오지 않았다. 루그만 앞에 두면 가슴이 두근거리고 얼굴이 뜨거워져서 다른 것은 아무래도 상관없다는 기분이 들었던 것이다.

이제야 루그에게서 눈을 돌려서 메이즈를 바라보니, 루그 곁에 있다면 아무것도 할 수 없을 것만 같다.

'아니야. 이분은 드래코니안이잖아. 루그님은 인간이시고.'

에리체는 애써 자신을 위로하며 주먹을 불끈 쥐었다.

그 모습을 보며 심란해하는 루그에게 볼카르가 능글맞게 웃으며 말했다.

〈인간 소녀들의 마음은 유리처럼 섬세하다던데 너무 잔인한 것 아닌가? 예전에는 왕따였으면서 이젠 자기 좋다는 여자한테 모질게 굴 줄도 알게 되었군그래.〉

―닥쳐, 악의 원흉.

루그가 속으로 이를 갈았다.

에리체와는 고작 두 번째 만나는 것이고, 첫 만남은 뭐라고 할 수도 없을 정도로 짧고 엉망진창이었다.

하지만 에리체가 자신에게 어떤 감정을 품었는지는 쉽게 알 수 있었다. 그녀의 행동이 너무 노골적이라서 도저히 모르고 넘어갈 수가 없을 정도다.

생전 처음 보는 사람에게 이런 감정을 품는다면 '첫눈에 반했다'는 해석이 가능할 것이다.

실제로 에리체는 지금 그런 상태였다. 그리고 루그는 그 이유를 알고 있기 때문에 더욱 더 난처했다.

―넌 머나먼 과거에 저지른 짓으로 불쌍한 여자애 하나의 인생을 망친 거야, 알고 있어?

에리체는 볼카르의 후손이다.

볼카르는 드물지만 인간의 몸으로 외유한 적이 있었고, 그때 인간들에게 귀한 손님으로 대우받으면서 수많은 여자와 관계를 맺었다고 한다. 볼카르가 인간 여자와 이렇고 저런 행위를 한다니, 뭔가 상상이 안 가지만 어쨌든 그는 별 생각 없이 그런 행위를 반복한 끝에 몇몇 여성에게 자손을 남겨주었다.

그리고 그 혈통 중 하나가 끊어지지 않고 메이달라 후작과 그 딸인 에리체에게까지 이어진 것이다.

에리체가 지닌 용제의 힘은 스포르카트의 마법과는 관련이 없다. 어디까지나 볼카르의 혈통에서 기인한 것이라 문제다.

―아무리 그래도 그렇지, 네 후손이 네 용제의 힘 때문에 나한테 반하는 게 말이나 되냐고.

볼카르의 분석에 의하면, 에리체는 루그가 지닌 용제의 힘에 끌리고 있었다. 용제인 그녀가 지닌 힘의 근원과 공명하는 감각에 매료된 것이다.

볼카르는 당당했다.

〈딱히 망쳤다고 생각하지는 않는다만. 인생에는 여러 가지 가능성이 있는 법 아닌가? 남녀가 서로 첫눈에 반하는 경우는 동물의 세계에서도 인간의 세계에서도 흔한 일이지.〉

―그 원인이 너라는 게 문제잖아!

〈글쎄. 인간이 첫눈에 반하는 이유는 다양하지 않은가? 외모가 가장 대표적이지만 그 외에도 다양한 이유가 있지. 설마 인간이 서로 만나자마자 보이지도 않는 마음을 느끼고 내면에 발정한다고 하진 않겠지?〉

―왜 거기서 발정이 나오는 거야? 발정 안 해! 안 한다고!

〈아, 정말이지 인간들은 고상한 척 진실을 부정하는 것을 좋아하는군. 어떤 식으로 포장해도 진실이 변하지는 않는 것을. 어쨌든 좋다. 설마 인간이 첫눈에 서로의 내면에 반한다고 하진 않겠지? 그렇다면 용제의 힘 때문에 연심을 품게 된다면 그것 역시 인정해야 할 부분이 아닐까?〉

―이 뻔뻔한 놈 같으니…….

볼카르가 청산유수로 말을 늘어놓자 루그는 에리체 앞이라 화를 내지도 못하고 부들부들 떨었다. 볼카르가 피식 웃었다.

〈뭐, 어쨌든 이건 내가 책임져야 할 문제는 아니라고 본다. 잘 해봐라.〉

―제, 젠장. 뭘 어떻게 잘 해야 되는 건데?

루그는 속으로 궁시렁거리면서 에리체에게 말했다.

"에리체 양, 그럼 이만 돌아가 보시지요."

"아……."

"무단침입한 게 들키면 곤란할 테니 하라자드 공께 기별을 넣어드리겠습니다. 그럼 문제없겠지요?"

"으… 네."

에리체는 루그가 부드러우면서도 단호하게 말하자 울상을 지었다. 풀이 죽은 모습이 상처받은 강아지 같아서 묘하게 죄책감이 느껴진다.

'내가 뭐 잘못한 것도 아닌데. 쩝.'

루그는 괜히 찝찝해져서 볼을 긁적였다.

그때 문득 에리체가 고개를 들었다. 그러더니 조심스럽게 물었다.

"전 루그님을 보고 있으면 신기한 기분이 들어요. 으음. 그러니까……."

"네?"

"마치… 루그님 안에서 또 누군가가 저를 보고 있는 것 같아요."

"……."

〈호오, 설마 내 존재를 느끼는 건가?〉

볼카르가 흥미롭다는 듯 중얼거렸다.

에리체가 얼굴을 붉히며 허둥지둥 변명했다.

"이, 이상한 소리 해서 죄송해요. 그냥 제가 좀 예민해서 남들의 시선을 느끼는 경우가 많거든요."

"에리체 양."

루그는 진지한 어조로 물었다.

"혹시… 자신이 가진 능력이 어디서 기인했는지 알고 있습니까?"

루그의 질문은 충동적이었다.

메이달라 후작가에 이어져 내려오는 봉인의 조각을 보관하기 위한 도구로 만들어진 여자.

요 며칠 동안 루그는 궁정 사람들을 통해서 에리체에 대한 소문을 조사해 보았다. 대부분의 사람들은 에리체를 이상할 정도로 칼리아와 친한, 귀족다운 격식을 갖추지 못한 사고뭉치로 취급하며 저래서 어디 시집이나 가겠냐고 비웃을 뿐이었다. 그녀가 인간을 초월한 힘의 소유자라는 점은 상대적으로 덜 주목받고 있었다.

하지만 몇몇 귀족들은 은밀하게 전해지는 소문을 이야기해 주었다.

메이달라 후작가에는 백여 년 전부터 기이한 광증을 불러일으키는 저주가 전해져 내려왔다. 반드시 혈족 중에 한 명은 이 저주를 계승했고, 일단 그렇게 되면 이해할 수 없는 언동을 보이다가 점점 사람들 앞에 나서지 못하게 되었다.

에리체가 태어나기 전까지는 현 메이달라 후작의 숙부가 그 저주를 계승하고 있었다. 그리고 광증에 걸려 쇠약해진 그가 죽은 후에는 저주의 행방이 묘연해졌는데, 어쩌면 에리체가 그 저주를 계승했을지도 모른다. 명문가의 딸이라고는 생각할 수 없는 그녀의 행동거지도 저주로 인한 광증의 결과라는 해석이었다.

이 소문을 들은 볼카르는 흥미로워했다.

〈확실히 예지는 인간을 미치게 하기 좋은 능력이지. 하물며 거시적인 예지 능력이 아니라 순간예지라면, 주인의 의지와는 달리 멋대로 발동한다면 인간의 정신이 그것을 버텨내는 쪽이 더 이상할 것이다.〉

—어째서? 고작 몇 초 앞의 일을 보는 정도라며? 인간이라면 누구나 주어진 정보를 갖고 바로 앞일을 통찰하는데, 그게 좀 더 뚜렷한 형태가 된다고 해도…….

〈오감 전부로 그 예지를 받아들이게 된다고 생각해 봐라. 네가 체감하는 것과 실제 상황이 계속 미묘하게 어긋나게 되는 거다. 상대방이 말하기도 전에 말을 다 듣게 되고, 돌아보지도 않은 상대와 시선을 마주하게 되고, 아직 내려놓시도 않은 접시가 눈앞에 곱게 내려졌다고 느끼게 된다면? 그리고 그 예지가 언제 찾아올지 전혀 통제할 수 없다면 어떨까?〉

—아…….

루그는 그제야 납득했다.

확실히 그건 인간의 정신이 견디기 어려운 재앙일 것이다.

자신이 체감하는 현실과 실제 현실이 미묘하게 어긋나 있는 상황. 다른 사람과 계속해서 어긋나는 상황이 누적되다 보면 미쳐 버리는 게 당연하다.

그때 에리체가 대답했다.

"알아요."

"……"

"루그님은 저에 대해서 아시는 건가요?"

"조금은."

"어디까지 아시는지 여쭤봐도 될까요?"

에리체가 살짝 떨리는 목소리로 물었다. 루그가 말했다.

"당신이 계승하고 있는 것의 정체도 알고 있습니다."

"이 저주의 정체를요?"

에리체가 눈을 휘둥그레 떴다.

루그가 고개를 끄덕이자 그녀가 물었다.

"알려주실 수 있나요?"

"어떤 존재를 가둬두기 위한 봉인의 조각 중 하나입니다."

"봉인의 조각?"

에리체의 눈이 휘둥그레졌다. 전혀 예상치 못한 사실이었다.

루그 입장에서는 여기까지는 얼마든지 알려줘도 상관없

는 정보였다. 불카누스와 블레이즈 원의 존재만 밝히지 않는다면······.

루그가 말했다.

"당신의 친구, 라한드리가 백작 영애가 계승한 것도 같습니다."

"그건 알고 있었어요. 우리는 서로 만날 때마다 그걸 느낄 수 있었고, 하라자드 오빠··· 아니 아저씨가 이건 자신으로서도 정체를 알 수 없는 어떤 거대한 마법의 일부라고 말해줬으니까요."

하지만 왜 동일한 것을 품었는지 전혀 다른 결과가 나오는 건지는 알 수 없었다.

메이달라 후작가에 계승되는 순간예지의 권능은 인간을 미치게 하는 '저주'인 반면, 라한드리가 백작가에 계승되는 공간 도약의 권능은 '축복'이었다. 계승하기만 하면 사람을 미치게 만들어 버리는 저주 때문에 메이달라 후작가는 상위 용족들에게 도움을 요청해 에리체라는 희생양을 만들어내야만 했다.

루그가 말했다.

"그건 가장 처음 봉인의 조각을 갖게 된 자의 심상 때문입니다."

"심상요?"

"봉인의 조각은 그것을 가진 인간의 의념에 반응해서 어떤 현상을 일으키는지가 결정되죠."

그래서 그것은 어떤 자들에게 축복이었고, 어떤 자들에게는 저주가 되었다. 그 운명은 혈통이라는 조건을 따라서 대를 이어 계승되어 가며 희생자들을 만들어갔다.

"그렇군요……."

고개를 끄덕이던 에리체는 문득 루그를 바라보며 방긋 웃었다.

"기뻐요. 루그님이 제 일에 관심을 가져주셔서."

"……."

그녀를 보면서 루그는 한 가지 의문을 품게 되었다.

에리체가 품은 봉인의 조각은 많은 인간을 미치게 만든 저주스러운 것이다. 그런데 그것을 안정적으로 보관할 도구로 탄생한 에리체는 어쩌면 이리도 천진난만한 것일까?

루그는 자기도 모르게 물었다.

"에리체 양, 당신은 행복합니까?"

그 말에 에리체는 눈을 동그랗게 떴다. 그녀가 잠시 고민하다가 말했다.

"행복한 거 맞는 것 같아요."

"그렇군요."

"불행하다고 주장할 근거를 생각해 봤는데, 별로 설득력이 없어요. 그러니까 적어도 지금은 행복한 거 맞는 거겠죠?"

고개를 갸웃하며 말하는 에리체를 보면서, 루그는 메이달라 후작가가 어떤 집안인지 궁금해졌다. 그녀의 탄생 배경만 보면 굉장히 음울하고 불행했어야 할 것 같은데, 도대체 애를 어떻게 키웠기에 이런 성격으로 자라난 것일까?

그때 바깥문을 노크하는 소리가 들렸다. 루그가 들어오라고 하자 시녀가 들어와서 말했다.

"하라자드 공께서 오셨습니다."

"앗."

그 말에 에리체의 표정이 변했다. 그녀는 먹이를 노리는 매처럼 눈을 빛내면서 때를 기다렸다.

잠시 후, 열린 문으로 하라자드가 들어왔다. 에리체를 발견한 그가 뭐라고 하려는 순간, 에리체가 상큼하게 웃으며 말했다.

"안녕하세요, 하라자드 아. 저. 씨."

그 순간 하라자드의 표정은 정말 볼 만할 정도로 구겨져 버렸다.

5

다이넬 왕국과 분쟁이 일어나고 있는 사우른가드 성에 파견되었던 왕태자 아사르 자프 로멜리어스가 임무를 마치고 왕도로 귀환했다.

국왕은 훌륭하게 임무를 마친 왕태자를 맞이하기 위해 환영식을 열었고, 수많은 귀족들을 초대하여 무도회를 준비했다.

그날 오후, 아사르를 태운 가마가 왕도 안으로 들어오자 길가에 몰려든 사람들이 환호성을 질렀다.

와아아아아아!

금발에 푸른 눈을 가진 열여섯 살의 왕태자는 웃으면서 사람들의 환호에 보답했다.

하지만 그 미소에는 그늘이 져 있었다. 딱히 왼쪽 다리가 부러지고 늑골이 나가서 골골대는 중이기 때문만은 아니었다.

가마 옆을 걸어가던 중년 거한, 발타르가 시선을 앞에다 둔 채로 말했다.

"전하, 당장에라도 한숨을 쉬실 것 같은 표정이로군요."

"그렇소? 신경 써야겠군."

왕태자가 실소하더니 표정을 좀 더 밝게 고쳤다.

표면적으로 그는 사우른가드 성에 파견되어 사기를 진척시키라는 임무를 훌륭하게 수행했으며, 다이넬 왕국군과의 전투에서 용맹함을 보이다가 명예로운 부상을 입은 것으로 되어 있었다. 하지만 실제로는 그를 해하려는 정체불명의 무리를 발타르가 무찌르는 것을 보고 질겁해서 혼자 발이 꼬여서 넘어지는 바람에 다친 것이라 사람들이 환호하는 것을 듣고 있자니 민망함으로 얼굴이 불타 버릴 것 같았다.

하지만 장차 왕위에 오를 몸인 아사르는 이것도 다 정치적으로 필요한 행위임을 이해하고 있었다. 그는 한숨을 참으면서 열심히 명예로운 왕태자다운 모습을 연기했다.

그런 그의 모습을 멀리서 지켜보고 있는 칼리아가 한숨을 쉬었다.

"하아."

그녀는 왕태자가 어떻게 하다 다쳤는지 그 전모를 알고 있었다. 왕태자를 수행하는 인원 중에 자기 사람을 하나 심어놓고 상황을 보고받았기 때문이다.

장차 자신의 부군이 될 남자가 저토록 유약하다는 것이 못마땅했다. 남자라면, 그것도 왕좌에 앉아 수많은 이들의 운명을 결정할 자라면 좀 더 믿음직스러운 구석이 있어야 할 것 아닌가?

왕태자의 사람됨이 나쁘지 않고 학문적인 재능이 있다는 것은 안다. 그리고 그가 자신을 진심으로 좋아하고 마음을 사기 위해 노력한다는 것도.

하지만 칼리아에게는 그것만으로는 충분하지 않았다.

왕태자는 사람을 대할 때 강한 모습을 보이지 못하고 우유부단하며, 정치적인 역량이 부족해서 지지기반이 약했다. 사실 상황을 파악하는 혜안은 있는데 정작 그것을 자기에게 유리하게 움직이질 못한다는 점이 칼리아를 분통 터지게 만드는 부분이다.

칼리아 정도 지위를 가지고 보면 이미 결혼을 개인적인 감정으로 이러쿵저러쿵하는 것은 불가능하다. 차라리 좀 더 세상을 모르고 어른스럽지 못했다면 좋으련만, 칼리아는 일찌감치 자신이 짊어지고 있는 것의 무게를 자각한 사람이었다.

칼리아는 이마를 감싸며 탄식했다.

"발타르 공도 전하를 포기했으니 기댈 사람이 없구나."

로멜라 왕국 최강의 강체술사인 발타르는 국왕이 직접 초빙한 왕태자의 무예 스승이었다. 무예라도 익히면 유약한 성품이 고쳐지지 않을까 하는 기대에서다.

하지만 왕궁 수비대장인 펠커스라는 걸출한 인재를 길러낸 그도 왕태자를 가르치는 일에는 두 손을 들고 말았다.

'하긴 춤도 제대로 못 추시는 분이니……'

왕태자는 심각한 수준의 몸치였다.

무예를 터득하기는커녕 일상생활에서도 옥체를 보중할 수 있을지 걱정되는 수준이다. 어려서부터 우수한 선생들에게 예법을 배웠음에도 아직까지도 칼리아와 춤을 출 때마다 그녀의 발을 밟고 넘어지곤 했다.

그런 왕태자를 도대체 어떻게 하면 왕답게 만들 수 있을지가 칼리아가 가진 최대의 고민거리였다. 아무리 왕태자비가 된다고 해도 자기가 도와주는 것에는 한계가 있었다.

"하아."

칼리아는 왕태자의 부상당한 다리를 보면서 다시금 한숨을 쉬고 말았다.

그런 그녀를 멀리서 바라보고 있던 루그가 투덜거렸다.

"이거 아무래도 상황이 생각했던 것보다 더 심각한 것 같은데."

"응. 왕태자 전하 보면서 한숨을 푹푹 쉬는 걸 보니… 남자로서 매력을 못 느끼는 게 아닐까?"

"그러게. 끄응. 마차 사고가 안 일어난 게 이렇게까지 문제가 커질 줄이야."

루그가 이마를 짚었다.

둘의 사이가 바뀌는 계기가 되어준 사건, 고작 그 사건 하나가 안 일어났을 뿐이다. 그런데 아무리 봐도 상황이 걱정스러웠다.

"아우, 저대로 놔둬도 되나?"

"하지만 우리가 어떻게 할 수 있는 일도 아니잖아? 블레이즈 원이 문제를 일으키지 않는 한에야 두 사람은 결혼할 거고, 왕과 왕비가 되어 지내겠지. 그러다 보면 서로의 마음을 알아줄 날도 올 거고……."

"그렇게 잘 풀릴까?"

메이즈의 말에 루그가 부정적인 태도를 보였다.

메이즈가 말했다.

"주인님이 너무 칼리아 씨한테 신경을 써서 그러는 거야. 내가 어떻게든 해주지 않으면 안 된다, 그렇게 생각하는 거지?"

"아니, 딱히 그런 건……."

"얼굴에 다 써 있어."

메이즈가 손가락으로 루그의 볼을 콕콕 쑤시면서 말했다. 루그가 부루퉁한 얼굴로 말했다.

"무슨 말도 안 되는 소릴. 난 그냥 걱정될 뿐이라고."

"글쎄. 내가 보기에 주인님은 과거에 알던 사람들은 도저히 그냥 놔두고 지나칠 수가 없는 것 같은걸."

"……."

"가만히 놔두면 또 그때처럼 될 것 같아서, 그래서 가만히 보고 있질 못하는 거잖아. 어떻게든 손을 뻗어서 괜찮다고 여겨지는 상황을 만들지 않고서는 안심할 수 없는 것 아냐?"

"그, 그런가?"

루그는 당황했다.

메이즈의 말은 정곡을 찌르고 있었다. 확실히 루그는 지금까지 그런 식으로 움직여 왔다.

라나가 불행해지지 않길 바라며 그녀를 보살폈고, 요르드가 예전보다 더 빛나는 존재가 되어주길 바라며 그를 이끌었다. 그리고 칼리아와 다시 만나는 순간부터 어떻게 하면 그녀가 행복해질 수 있을지를 골몰했다.

자신의 본심을 깨달은 루그가 심각한 표정이 되자 메이즈가 조심스럽게 물었다.

"혹시… 그녀에게 미련이 남은 거야?"

"……."

루그는 대답하는 대신 칼리아를 바라보았다. 그녀는 루그의 시선을 전혀 눈치채지 못하고 왕태자를 보고 있었다.

'미련이 남았냐고?'

라나가 그러했듯이, 예전에는 목숨을 줄 수 있을 정도로 사랑했던 여자다.

지금도 눈을 감으면 서로 상처를 핥아주듯 위안을 구했던 나날들이 뚜렷하게 떠오른다. 그녀가 자신에게 털어놓았던 이야기들도, 마지막까지 무너지지 않았던 강한 의지도… 모든 것이 루그 안에서는 조금도 퇴색하지 않은 채 남아 있었다.

라나를 그리워했듯이, 칼리아를 만나고 싶었다.

하지만 라나를 만나길 두려워했듯이, 칼리아를 만나는 것도 두려워했다.

자신이 기억하는 것과 다른, 더이상 자신을 알지도 못하고 사랑하지도 않는 그녀를 만나는 것은 견디기 어려운 공포였다. 충분히 각오를 했음에도 상처받았고 지금 이 순간에도 흔들리고 있었다.

'그래. 나는 지금도 그녀를……'

지금 여기서 손을 뻗으면 그녀의 어깨에 닿을 것만 같다. 예전에 입을 맞추었던 붉은 금발을 잡으면서 사랑의 말을 속삭이면 그때 보았던 미소를 지어줄 것만 같은 착각이 든다.

하지만 루그는 그 모든 것이 부질없는 몽상에 불과하다는 것을 안다. 자신이 사랑했던 칼리아는 죽었다. 그녀는 루그와 공유할 상처 따윈 없는, 행복하게 웃을 수 있는 여자다.

문득 등에 기대는 무게가 느껴졌다. 뒷목에 닿는 숨결의 주인이 자신을 부드럽게 끌어안으며 말했다.

"미안해."

메이즈는 루그에게 그런 질문을 던진 것을 후회했다. 그가 상처받을 것을 잘 알고 있으면서도 왜 그런 짓을 해버렸을까?

루그가 쓴웃음을 지었다.

"아니야. 네 말이 맞아. 나는… 미련을 버리지 못했어."

미련을 버리지 못했기에 칼리아의 일이라면 사소한 문제에도 민감해지고 만다.

그녀를 다시 가질 수 있다는 희망을 품어서는 안 된다. 그녀는 자신을 사랑해 주는 왕태자와 함께 행복해져야 한다.

그렇게 만들지 않고서는 견딜 수가 없다. 두 사람이 루그가 아는 사실대로 서로를 사랑하며 행복하게 사는 모습을 보지 않고서는 도저히… 이 마음속에서 맴도는 미련을 떨쳐 버릴 수 없을 것 같다.

문득 볼카르가 말했다.

〈보고 있자니 정말 답답하군. 정말 궁상스러워 보인다, 루그.〉

"이럴 때는 좀 입 다물고 있어라. 분위기 파악 못하는 녀석."

루그가 투덜거렸다. 그러자 볼카르가 코웃음을 쳤다.

〈그렇게 번민할 바에야 차라리 저질러 버리면 되지 않겠나?〉

"저지르다니… 무슨 소릴 하는 거야? 나 지금 그런 저질스러운 농담 듣고 싶은 기분 아니거든?"

〈뭔가 오해하는 것 같군. 난 네가 칼리아 일리지스와 왕태자 사이를 지켜보는 것만으론 도저히 성이 안 차는 것 같아서 현명한 조언을 해주려고 할 뿐이다만, 알아듣지 못한다니 안타깝다.〉

"무슨 뜻이야?"

〈그러니까 두 사람 사이가 안 좋은 것이 불만이라면, 네 손으로 좋게 만들면 되는 거 아닌가?〉
"뭐? 무슨 소리를 하고 싶은 거……."
루그의 말은 끝까지 이어지지 못했다. 거리 한복판에서 굉음이 울려 퍼지면서 대지가 뒤흔들렸기 때문이다.
쿠르르르릉!
"뭐지?"
루그가 눈을 크게 떴다.

6

아무런 조짐도 없이, 왕태자를 태운 가마 바로 아래쪽의 지면이 터져 나갔다. 무시무시한 힘으로 지면을 꿰뚫고 튀어나온 것은 놀랍게도 거대한 얼음 송곳이었다. 마치 나무가 자라나듯이 정중앙의 두터운 송곳을 중심으로 무수한 얼음 가지가 뻗어 나가 주변을 꿰뚫었다.
가마가 단번에 박살 나고, 그것을 들고 있던 이들은 물론 주변에 있던 이들까지 피투성이 시체로 화했다. 일순간 수십 명이 죽어버리는 사태가 벌어지자 군중은 그대로 얼어붙고 말았다.
"후훗."
그 모습을 멀리서 지켜보며 미소짓는 자가 있었다.
붉은 비늘을 가진 도마뱀 인간, 머리에 벼슬 같은 털이 있는 용족 드래고닉 리저드였다. 끝에 달린 커다란 수정이 빛을 발하는 지팡이를 든 그는 만족스러운 표정으로 혀를 날름거렸다.

"스슷. 인간 권력자들은 이래저래 과시하길 좋아해서 죽이기가 편하다니까. 환영 행사가 없었다면 난감했을 텐데, 이틀 전부터 준비한 보람이 있군."

그는 사우른가드 성에서 다이넬 왕국군과 함께 행동했던 블레이즈 원의 간부, 알더튼이었다. 그는 대담하게도 왕도 라무니아 한복판에서 왕태자 암살을 재시도한 것이다.

비요텐이 하사한 정령을 지배하는 지팡이를 이용, 또 다른 그랑드를 찾아서 지배하여 대로 한복판에 대기시켜 두었다. 기척을 죽인 그랑드는 그의 명령에 따라서 땅속에서 숨죽이고 있었고, 신호를 보내는 순간 튀어나와서 임무를 완료했다.

쿠구구구궁!

그러나 다음 순간 알더튼의 미소가 무너졌다. 그는 갑자기 산산조각 나는 얼음 기둥을 보면서 눈살을 찌푸렸다.

"건방진 인간이 또 방해를 하다니!"

발타르가 왕태자를 안은 채 지상에 내려서고 있었다. 덤으로 열 명 가까운 인간들을 기공으로 붙잡은 채였다.

얼음 기둥이 박살 난 것은 필시 그가 체공 중에 날린 공격에 의한 결과일 것이다. 알더튼은 이를 갈며 지팡이를 들어올렸다.

"정령이여, 위로 올라가라! 마정석을 받아들여 힘을 구하라!"

그는 아공간을 열고 그곳에서 청백색을 띤 마정석 수십 개를 끄집어냈다. 모두 암살에 나선 그랑드와 같은 속성을 띤 마정석들이었다.

우우우우우웅!

알더튼이 빠르게 주문을 읊조리자 수십 개의 마정석이 허공에 뜬 채 하나의 역장으로 묶였다. 그리고 서로 공명하면서 압도적인 에너지를 토해내기 시작했다.

"가라!"

알더튼이 청백색 빛 덩어리로 화한 마정석들을 하늘로 날려보냈다. 그러자 지상에서 얼음의 육체를 가진 그랑드가 날아올라 그것을 집어삼켰다.

크그극, 크그그그그그!

그랑드의 몸이 섬광에 휘감기며 격렬하게 진동했다. 얼음으로 이루어진 몸이 한 번 완전히 박살 나면서 형체를 알아볼 수 없는 빛무리 속으로 사라진다.

그 광경을 본 알더튼이 투덜거렸다.

"나도 이렇게 대책없는 짓을 저지르고 싶진 않았지만, 저 인간이 워낙 괴물 같으니 하는 수 없지."

같은 속성의 마정석을 한데 모아 서로 공명시킴으로써 그 힘을 증폭시키고, 그 상태에서 한 시간도 안 되어서 다 타버릴 정도로 기세를 가속시킨다. 그리고 그것을 그랑드에게 삼키게 해서 폭주시키면 감당할 수 없는 괴물이 탄생한다.

이러한 방법 역시 비요텐이 전수한 것이었다. 천년에 걸쳐 마법을 연마해 온 그녀는 용족인 알더튼조차 상상할 수 없는 비술들을 갖고 있었다.

쿠과과과과과!

굉음과 함께 주변의 수분이 한 지점으로 끌려 들어가며 거대한 얼음 덩어리가 생성되었다. 산처럼 거대한 얼음 덩어리가 인간을 뒤틀어놓은 듯한 기괴한 형상으로 변해서 대지를 향해 낙하했다.

"맙소사! 모두 피해!"

"으아아아아아!"

지상에 있던 자들이 비명을 지르며 달아나기 시작했다. 하지만 그들이 채 몇 걸음도 가기 전에 그랑드의 거체가 지상을 짓밟았다.

콰아아아아앙!

얼음 괴수의 형태로 화한 그랑드에게 짓밟혀 죽은 이들만 해도 수십 명! 그리고 그 여파로 건물들이 무너지면서 그보다 더 많은 희생자들이 발생했다.

그랑드가 고개를 들며 포효했다.

그워어어어어어!

무시무시한 소리가 공간을 진동시키면서, 그랑드를 중심으로 폭풍 같은 한기가 휘몰아쳤다. 일순간에 공기 중의 수분이 얼어붙으면서 국지적인 눈보라가 발생해 겨우 살아남은 사람들을 강타했다.

그 소리에 잠시 동안 압도당했던 알더튼은, 곧 정신을 차리고 통신 마법으로 동료들에게 지시했다.

"실행부대, 돌입해서 왕태자를 해치워!"

―젠장! 저런 괴물이 날뛰는데 돌입하라고?

부하에게서 신경질적인 반응이 돌아왔다. 알더튼이 코웃음을 쳤다.

"무식한 오크 녀석아, 머리가 있으면 생각을 해라. 왕태자는 곁에 있던 인간이 보호해서 멀찍이 떨어졌다. 하지만 여기의 인간 병력들은 모두 폭주한 괴물들을 상대하는 데 투입될 터! 종잇장처럼 얄팍한 호위도 못 뚫겠다고 할 셈이냐? 설마 인간을 이길 자신이 없는 건 아니겠지?"

―크우, 나를 모욕하지 마라, 닭벼슬 도마뱀!

"뭐, 뭣? 닭벼슬 도마뱀?"

…드래고닉 리저드는 벼슬 같은 털이 달린 도마뱀 인간이었으니 틀린 말은 아니었다.

상대는 알더튼이 미처 화를 내기도 전에 말을 이었다.

―인간 따윈 우리의 적수가 못 돼! 왕태자의 목을 따서 네 벼슬 위에 올려놔 주마!

상대는 일방적으로 자기 할 말만 하고 마법 통신을 끊어버렸다.

그 사실을 안 알더튼은 눈을 크게 떴다가, 보이지 않는 상대를 향해 분통을 터뜨렸다.

"크악! 이 천둥벌거숭이 같은 오크놈! 작전만 끝나면 호되게 대가를 치르게 해주마!"

로드리고의 괴물 279

당장 한달음에 부하 오크에게 달려가고 싶은 마음을 억누른 그가 궁시렁거렸다.
"…일단 이놈 좀 제어하고 나서."
그는 눈을 감고 온 신경을 집중해 폭주한 그랑드를 제어하기 시작했다. 복잡한 명령을 내리는 것은 불가능하지만, 정신을 집중하면 그저 한 방향으로 나아가게 할 수는 있었다.

7

얼음 괴수가 출현하고 시내가 아수라장으로 화했을 때, 루그의 시선은 자연스럽게 한 곳으로 향했다.
"칼리아!"
칼리아는 왕태자를 지켜보기 위해서 대로에 가까운 높은 건물의 최상층에 있었다. 얼음 괴수가 날뛰기 시작하자 건물이 연달아 붕괴했고 그녀가 있는 곳까지 그 여파가 미쳤다.
"꺄아아아아!"
지진이라도 난 것처럼 건물이 뒤흔들리자 칼리아와 시녀들이 비명을 질렀다. 쓰러진 그들이 일어나기도 전에 더욱 심한 진동이 그 자리를 덮치면서 건물이 옆으로 무너져 내렸다.
무너진 벽이 덮쳐 오는 것을 본 칼리아의 얼굴이 창백한 공포로 물들었다. 고귀한 신분의 그녀는 몸을 지키기 위한 마법 도구를 몇 개나 가졌지만, 이런 상황에서 도움이 되는 것은 단 하나도 없었다.

'끝인가?'

그녀가 그렇게 생각한 순간이었다.

모든 것이 정지했다.

"……."

칼리아는 놀람으로 눈을 떴다.

머리 위로 쏟아져 내리던 건물 파편들이 그대로 정지해 있었다. 그녀 자신도 기울어진 바닥에서 떨어져 허공에 떠 있었고, 시녀들을 비롯한 다른 사람들도 마찬가지였다.

잠시 동안 그 경이에 취해 있던 칼리아를 일깨운 것은 얼음 괴수의 포효였다.

그워어어어어어!

그 소리에 칼리아는 완전히 정지한 줄 알았던 모든 것이 서서히 움직이고 있다는 사실을 알아차렸다. 허공에서 정지한 듯 보이는 건물의 파편들도 마치 물속을 떠다니듯이 서서히 움직이고 있었던 것이다.

그리고 그 사이로 한 사람이 날아 들어왔다. 칼리아는 그의 선명한 붉은 코트 자락을 보며 중얼거렸다.

"루그 경?"

"칼리아!"

루그는 걱정적으로 그녀의 이름을 부르며 파편들 사이를 헤치고 달려왔다. 그리고 떠다니는 건물들 사이에서 그녀를 발견하고는 눈에 띄게 안도하는 표정을 지었다. 그 표정을 본 칼리아는 당혹감을 느꼈다.

로드리고의 괴물

'이 사람…….'

아무리 봐도 이상하다.

그녀를 바라보는 루그의 눈은… 뭐라고 형용할 수 없는 감정으로 가득 차 있었다.

그것은 애정 같기도 했고, 회한 같기도 했고, 슬픔 같기도 해서 도저히 한 마디로 정의할 수 없었다. 하지만 아무리 생각해도 모르는 이에게 보일 수 있는 감정이 아니다.

칼리아는 자신의 생각이 터무니없다는 것을 알면서도 묻지 않을 수 없었다.

"루그 경, 당신은… 예전부터 저를 알고 있었나요?"

그 말에 루그가 흠칫했다.

잠시 동안 무섭게 굳은 표정을 짓고 있던 루그는, 곧 표정을 풀며 고개를 저었다.

"아닙니다."

"하지만……."

"급박한 상황이라 무례를 범한 것을 사과드립니다, 일리지스 대공 전하. 일단 이곳을 빠져나가야겠습니다."

루그는 정중하게 말했다. 가면을 쓰듯 표정을 바꾼 루그의 태도에 칼리아는 입술을 깨물었다. 잠시 동안 루그를 바라보던 그녀가 추궁하길 포기하고 물었다.

"설마 지금 이건… 루그 경께서 하신 겁니까?"

"그렇습니다."

"이 모든 것을 사람의 힘으로……."

칼리아는 놀라서 말문이 막히고 말았다.

사람의 힘으로 이런 일이 가능하리라곤 상상도 못했다. 지금 일어나고 있는 모든 일들이 그저 경이로웠다.

루그가 말했다.

"그나마 최상층이라 한 층만 받치면 되어서 다행이었습니다. 하지만 워낙 무거워서 오래 가진 못합니다. 잠시 또 무례를 범하겠습니다."

루그는 대답과 동시에 칼리아를 안아들었다. 그리고 기격으로 주변에 있는 이들 전부를 붙잡고 밖으로 끄집어냈다. 갑자기 뭔가에 붙잡힌 것처럼 빠르게 건물 밖으로 날아간 이들이 비명을 질렀다.

"꺄아아아아아!"

"으아아아아!"

쿠르르르릉!

그들의 비명을 파묻어 버리는 굉음이 울려 퍼졌다. 칼리아는 자신들이 있던 건물의 최후를 보며 눈을 크게 떴다.

놀랍게도 아래층까지는 모두 무너지고 오로지 최상층만이 허공에 떠 있다가 지상으로 추락하고 있었다. 붕괴의 순간, 루그가 한 층 전체를 마법과 기격으로 붙잡아서 띄워두고 있었던 것이다.

〈시간 가속이 없었으면 큰일날 뻔했군.〉

볼카르의 말에 루그도 쓴웃음을 지으며 동의했다.

―그러게. 기격만으로 전원을 붙잡을 수도 없었으니…….

스포르카트에게 선물 받은 시간 가속의 힘.

고작 1초 동안 상대 시간을 몇 배로 가속하는 것뿐이었지만, 급박한 순간의 효력은 절대적이었다.

루그는 시간 가속의 힘을 발휘하고 1초간 상대 시간을 열 배로 가속함으로써 칼리아가 있는 층을 띄워둘 마법을 완성할 수 있었다. 시간 가속이 없었다면 도저히 제때에 맞출 수 없었을 것이다.

'이 사람은 도대체 정체가 뭘까?'

사람들을 줄줄이 단 채 하늘을 날고 있는 루그의 품에 안겨 있는 칼리아는 얼굴을 붉혔다.

고귀한 신분을 가진 그녀는 항상 시중 드는 이들이 아니면 감히 몸에 손대려는 자조차 없었다. 어린 시절, 아버지의 품에 안겼던 것을 제외하면 남자의 품에 안겨보는 것은 생전 처음이다. 그 사실을 자각하자 절로 얼굴이 뜨거워졌다.

'아무리 생각해도 만난 적이 없는데…….'

칼리아가 흘끔 루그의 얼굴을 올려다본 순간, 루그도 그 시선을 눈치채고 그녀를 바라보았다. 서로 눈이 마주치자 칼리아는 화들짝 놀라서 시선을 돌렸다.

'부, 부끄러워.'

신경 쓰고 있다는 것을 들킨 것 같아서 얼굴이 한층 더 붉어지고 말았다.

그런 그녀의 반응에 루그는 쓴웃음을 지었다. 그에게 이렇게 칼리아를 안고 있는 감각은 익숙한 것이다. 부끄러워하는 칼리아의 모습이 그가 기억하고 있던 추억과 엇갈리면서 쓰디쓴 감상을 불러일으킨다.

문득 칼리아가 말했다.

"앗, 루그 경! 저길 보세요!"

그녀가 가리키는 곳을 본 루그의 안색이 굳었다. 왕태자, 그리고 왕태자를 지키는 자들과 그들을 공격하는 마물들의 모습이 보였기 때문이다.

루그가 분노를 터뜨렸다.

"블레이즈 원!"

"저들이 그들이란 말인가요?"

칼리아가 깜짝 놀라서 물었다. 루그가 긍정했다.

"그렇습니다."

"루그 경."

"네."

"왕태자 전하를 구해주세요."

"……."

일말의 망설임도 없는 그 말에 루그의 표정이 살짝 찌푸려졌다.

바로 조금 전에 죽을 뻔했고, 얼음 괴수가 날뛰며 사방이 위험천지인 이런 상황이면 공포에 떨며 자신의 안위만을 생각해도 이상하지 않으리라.

하지만 칼리아는 위험에 처한 왕태자를 보는 순간, 주저없이 옳은 판단을 내렸다. 정말로 그녀다운 모습이었다.

로드리고의 괴물 285

'너는 지금도, 그때도 긍지 높고 아름다웠구나.'

루그는 추억 속의 그녀를 떠올리면서 가까운 건물 위에 내려섰다.

무사히 착지한 후, 루그의 품에서 벗어난 칼리아가 말했다.

"왕가의 이름으로, 그리고 일리지스 대공의 이름으로 이 은혜는 사태가 마무리된 후에 갚겠습니다. 저는 왕궁으로 돌아갈 테니 왕태자 전하를 구해주세요."

"아직 위험이 사라지지 않았으니 조심하시길. 가능하다면 라한드리가 백작 영애를 불러서 공간 도약으로 벗어나시기 바랍니다."

"조언에 감사드립니다. 말씀에 따르도록 하지요."

칼리아가 고개를 끄덕이자 루그가 몸을 돌렸다. 칼리아가 그의 등에다 대고 말했다.

"부디 무사하시길."

"……."

루그는 잠시 동안 서 있다가, 곧 땅을 박차고 왕태자가 있는 곳을 향해 날아올랐다.

순식간에 멀어져 가는 그의 뒷모습을 보며 칼리아가 중얼거렸다.

"당신은 도대체 누구죠?"

8

발타르는 어이없어하며 중얼거렸다.

"아니, 어떻게 저런 놈이 왕도 한복판에서 나타난 거지?"

왕도는 용족들이 구축한 마법으로 보호되어 있었다. 특히 성벽은 스피릿 비스트들이 본능적으로 꺼려서 피하게 만드는 파동을 발하기 때문에 아무리 그랑드라고 해도 접근해 오지 않는다.

알더튼이 그랑드를 데려올 수 있었던 것은 어디까지나 정령을 복속시키는 지팡이를 가졌기 때문이다. 하지만 그런 사정을 알지 못하는 발타르 입장에서는 그저 당혹스러울 뿐이었다.

그워어어어어!

포효하며 사방으로 한기를 뿜어내는 얼음 괴수는 적어도 50미터는 넘어 보였다. 주변의 건물들이 낮아 보일 정도로 까마득한 크기다. 저런 게 발을 움직여서 걷고 있다는 사실을 도저히 믿을 수가 없을 정도였다.

쿠구구궁! 쿠르르르……!

얼음 괴수가 움직일 때마다 주변이 얼어붙고, 그리고 나아가는 그 거대한 몸과 부딪쳐서 박살 나버린다. 처음에 낙하할 때 주변 건물들이 일거에 무너지면서 대참사가 벌어졌고, 지금도 초단위로 수십 명의 희생자가 발생하고 있었다.

"젠장!"

발타르는 분노했다.

처음 저놈이 땅속에서 솟구칠 때, 그는 마력이 부풀어오르는 기척을 감지하고 왕태자를 구했다. 그러고도 여력이 남아서 닥치는 대로 주변 사람들을 기격으로 붙잡아서 살려놓았다.

하지만 저놈이 거대화하면서 그렇게 살려놓은 목숨이 죄다 죽어버리고 말았다. 고작 몇 분 전까지만 해도 왕태자를 보며 환호하던 사람들이 떼죽음을 당하는 꼴은 그의 분노에 불을 붙였다.

"스승님!"

그때 왕궁 수비대장 펠커스가 부하들을 이끌고 달려왔다. 무사한 왕태자를 보고 반가워하던 그는 스승의 눈을 보는 순간 흠칫 얼어붙었다.

"펠커스."

"네, 넷?"

발타르의 주변 공기가 사납게 끓어오르고 있었다. 그가 말했다.

"전하를 부탁한다."

"스, 스승님께서는요?"

"저놈을 막겠다. 나 아니면 할 사람이 없을 것 같군."

대지가 진동하며 굉음이 울려 퍼진다. 울부짖는 괴수 주변에만 한겨울이 온 듯 눈보라가 휘몰아치며 폐허로 변해 버린 도시가 새하얗게 얼어붙어 간다.

"가겠다."

"예. 무운을 빕니다."

고개를 숙이는 펠커스에게 발타르가 사납게 웃어보였다.

"흥. 너는 아직도 네 스승이 어떤 사람인지 모르는 모양이구나. 잠시 후면 저 괴물은 땅에 쓰러져 자비를 구걸하고 있을 것이다."

발타르는 말을 마치는 것과 동시에 땅을 박차고 얼음 괴수를 향해 쏘아져 갔다.

펠커스는 지체없이 왕태자의 어깨를 붙잡았다.

"전하, 황송하오나 제 수하의 등에 업혀주시겠습니까?"

"아, 알겠소."

왕태자는 왕궁 수비대원의 등에 업혔다. 한쪽 다리가 부러져서 제대로 걸을 수도 없으니 어쩔 수 없었다.

그들은 등 뒤에서 들리는 굉음을 애써 무시하면서 왕궁을 향해 달리기 시작했다. 일단은 왕태자를 안전한 곳으로 데려가는 것이 최우선이었다.

하지만 그런 그들의 앞을 가로막는 그림자들이 있었다. 펠커스가 눈을 크게 떴다.

'뭐야, 마물들이 왜 여기에 있지?'

오크, 트롤, 고블린 등의 마물로 이루어진 스물 정도의 무리가 그들을 기다리고 있었다.

"크후후, 닭벼슬 도마뱀의 지시도 가끔은 쓸 만하군. 다른 놈이 아니고 내가 공을 세우게 되었어."

그렇게 말하며 앞으로 나선 것은 키가 2미터에 가까운 거구의 오크였다.

덩치가 클 뿐만 아니라 외모가 좀 이상하다. 피부색이 일반적인 오크보다 창백한 회녹색이었고, 눈동자는 핏빛이었으며, 머리칼은 백발이었다. 그리고…….

'이놈, 설마…….'

펠커스는 백발의 오크에게서 뿜어져 나오는 기운이 자신의 기감을 자극하는 것을 느끼며 최악의 가능성을 떠올렸다.

오크는 인간 외에 유일하게 강체술을 터득할 수 있는 종족. 그리고 난폭한 성정 탓에 언제나 싸움과 약탈을 즐기고 강함을 숭상하는 그들의 강체술 성취는 인간과 비교해도 떨어지지 않는다. 그렇기 때문에 가끔 그들 중에는 인간들도 도달하기 어려운 경지에 오르는 놈들이 나오곤 했다.

파아아앙!

펠커스와 백발의 오크 사이의 공간이 일그러지더니 보이지 않는 힘이 폭발했다. 펠커스는 자신의 예감이 맞아 떨어졌다는 사실에 경악했다.

"오크 주제에 기격을 쓰다니!"

놀랍게도 백발의 오크는 기격의 경지에 오른 강체술사였던 것이다!

"인간 주제에 나, 자룬타의 공격을 막다니 제법이군!"

백발의 오크, 자룬타는 커다란 검을 붕붕 휘두르며 신바람을 냈다.

"볼카르님의 은총을 입은 이후 내 적수가 없었다. 인간, 너는 좀 즐거울 것 같다."

그 말에 펠커스의 눈썹이 꿈틀거렸다. 펠커스는 주의를 기울여 자룬타를 살펴보았다. 그리고 오크 중에서는 눈에 띄는 용모를 가진 그에게서 마력의 기척을 감지했다.

'뭐지? 흑마법사들이 마법으로 개조한 오크이기라도 한 건가? 아니야. 마법으로 개조받는다고 기격의 경지에 오를 수 있을 리가 없지.'

그가 동요하는 동안 자룬타가 부하들에게 명령했다.

"쳐라! 저놈은 내가 맡을 테니 다른 놈들을 없애 버려!"

그러자 마물들이 괴성을 지르며 달려들었다. 펠커스가 아차 하며 소리쳤다.

"모두 해치워라! 전하를 지켜야 한다!"

"네!"

왕궁 수비대원들은 주저없이 마물들을 향해 달려들었다. 백발의 오크는 주의 대상이긴 하지만 다른 마물들 따위, 강체술사인 그들에게는 식후 운동거리밖에 안 된다.

그러나 서로 맞붙는 순간, 왕궁 수비대원들은 뭔가 잘못되었다는 사실을 깨달았다.

'이놈들, 뭐지?'

놀랍게도 마물들은 왕궁 수비대원들과 맞설 수 있을 정도로 강했다.

블레이즈 원의 조직원들은 하나같이 마법적인 개조를 받은 정병들뿐! 수는 적어도 전투 능력에 있어서만은 일반적인 마물들의 수준을 크게 웃돈다.

게다가 놀랄 일은 그걸로 끝이 아니었다.

검을 든 트롤과 맞서던 왕궁 수비대원에게 한줄기 섬광이 날아들었다.

퍼엉!

"크억!"

왕궁 수비대원의 몸이 크게 흔들렸다. 마치 육중한 권격을 맞은 것 같은 충격이 느껴졌다.

가까스로 쓰러지진 않았지만, 큰 허점이 생기는 건 어쩔 수 없었다. 그 틈을 타서 트롤이 그의 몸에 검을 찔러 넣었다.

푸욱!

왕궁 수비대원은 비명조차 지르지 못하고 숨이 끊어졌다.

그것을 본 이들이 경악했다.

"마, 마물 마법사라니!"

놀랍게도 트롤 마법사와 오크 마법사가 뒤쪽에 선 채 마법으로 동료들을 지원하고 있었다.

"하딘 경! 저놈들을 막아주시오!"

"아, 알겠소!"

왕궁 수비대 소속 마법사도 당황스러움을 감추지 못했다. 그는 허겁지겁 마물 마법사들에게 맞서서 마법을 펼쳐갔다.

그렇게 왕궁 수비대원들이 당황하는 사이, 자룬타가 유유히 그 사이를 가로질렀다. 그가 왕태자 앞을 가로막고 선 펠커스를 보며 씩 웃었다.

"어디 프라나의 힘을 깨달은 자들끼리 자웅을 겨뤄볼까? 오크 전사의 검 앞에 인간 따윈 적수가 될 수 없다는 걸 알려주마!"

프라나의 힘은 오크들이 기격을 일컫는 말이었다.

펠커스는 눈살을 찌푸리며 힘을 해방했다.

후우우우우우!

전신을 휘감은 스파이럴 스트림이 무서운 기세로 가속했다. 지금까지 본 적이 없는 힘의 운용법에 자룬타가 눈을 크게 떴다. 그런 그에게 펠커스가 빠른 걸음으로 다가갔다.

팍! 파밧!

한 걸음 가까워질 때마다 펠커스와 자룬타 사이에서 기격이 충돌하면서 대기가 뒤흔들렸다. 보이지 않는 힘이 무수한 벼락처럼 변화무쌍하게 공간을 흐르면서 상대방을 물어뜯으려 한다. 상대방이 기격을 발하는 순간 기격으로 막고, 다시 기격으로 공격하는 공방이 초당 수십 번이나 벌어지면서 공간이 비명을 질렀다.

콰아아앙!

서로의 거리가 3미터 이내로 줄어드는 순간, 강력한 힘이 폭발하면서 충격파가 터졌다.

하지만 펠커스도, 자룬타도 물러나는 대신 충격파를 뚫고 서로를 향해 뛰어들었다.

"크이어어!"

자룬타가 섬광처럼 검을 쳐올렸다. 검이 발사된다는 표현이 어울릴 정도의 기세로 칼날이 날아들었다.

파아아아아!

뒤이어 검의 궤적을 따라 응축된 힘이 폭발했다. 펠커스는 간발의 차이로 그것을 피했지만, 그 힘의 여파가 스치는 것만으로도 스파이럴 스트림이 찢겨져 나가면서 등에 기다란 상처가 생겼다.

"크윽!"

"죽어라, 인간!"

자룬타가 포효하면서 검을 내리쳤다. 펠커스가 검격에 맞서 발차기를 날렸다.

쾅!

쭉 뻗은 다리가 자룬타의 검과 격돌하며 폭음이 울려 퍼졌다. 서로 한 걸음씩 물러나자 자룬타가 경악했다.

"맨다리로 내 검을? 요상한 재주를 가졌군!"

그러나 자룬타는 물러설 줄 모르는 오크 전사였다. 그는 포효하면서 연타를 날리기 시작했다. 일격이 빗나갈 때마다 그 여파로 대기가 찢어지고, 폭음이 울렸다.

펠커스는 그것을 아슬아슬하게 피해내고, 스파이럴 스트림을 두른 다리로 비껴냈다. 평소 같으면 벌써 반격을 가했겠지만 지금은 정신없이 몰리고 있었다.

콰콰콰콰콰!

둘이 근거리에서 싸우는 것만으로도 사방이 초토화된다.

둘이 격돌하고, 빗나간 공격이 허공을 칠 때 발생하는 여파만으로 주변의 벽이 부서져서 함몰되고, 지면이 깨져 나가며 돌가루가 휘날렸다. 서로가 강렬한 기운을 발하는 가운데 초당 몇 번이나 기격이 격돌하면서 폭풍이 몰아치니 그럴 수밖에 없었다.

'더 이상은 물러날 수 없어.'

계속해서 몰리던 펠커스는 왕태자와의 거리가 가까워진 것을 느끼며 입술을 깨물었다.

자룬타는 강했다. 움직임은 광풍 같았고 뿜어내는 기운은 성난 파도와도 같았다.

하지만 격투술도, 기격을 다루는 기술도 펠커스가 한 수 위였다. 서로 전력을 다한다면 펠커스가 우위를 점해야 정상이다.

문제는 펠커스의 뒤에 있는 왕태자였다. 그 때문에 펠커스는 필요한 만큼 물러나거나, 자룬타와 서로 위치를 바꿔가면서 싸울 수가 없었다. 격돌의 여파가 그에게 미치지 않도록 최대한 자리를 지키면서 싸워야 했으니 밀리는 게 당연하다.

"이익!"

더 이상 한 걸음도 물러날 수 없는 상황이 되자 움직임이 어지러워졌다. 자룬타는 기술적으론 단순하기 그지없었지만 그 힘이 강맹하고, 감각이 뛰어나서 공격을 쉽게 막아낼 수 없었다.

퍼어어엇!

흐트러진 펠커스의 방어를 뚫고 자룬타의 기격이 작렬했다. 묵직한 해머가 가슴을 강타한 것 같은 충격이 느껴진다.

펠커스는 가까스로 쓰러지지 않고 버틴 채 자룬타를 노려보았다. 그 위로 자룬타의 기격이 날카로운 형태로 내리꽂힌다.
 파학!
 펠커스의 가슴이 길게 베어지면서 피가 튀었다. 그의 신형이 흔들리자 자룬타는 허점을 놓치지 않고 달려들었다.
 "끝이다!"
 자룬타의 검이 펠커스의 정수리로 떨어져 내렸다. 하지만 바로 그 순간 펠커스의 몸이 뒤로 젖혀지면서 앞으로 내놓았던 발이 벼락처럼 뻗어 나갔다.
 '라이징 스톰!'
 자룬타의 검이 내리꽂히기 직전, 맹렬하게 회전하는 기운을 휘감은 발이 자룬타의 몸통을 강타했다.
 콰아아아아앙!
 폭음이 울리며 자룬타의 몸이 뒤로 날아가 버렸다.
 "쿨럭!"
 그 직후 펠커스가 피를 토하면서 주저앉았다. 왕태자가 놀라서 그를 불렀다.
 "펠커스 경!"
 "괘, 괜찮습니다. 전하. 이 정도 부상은……."
 "젠장! 당할 뻔했잖아!"
 그때 저편에서 울려 퍼진 목소리가 펠커스를 얼어붙게 만들었다. 펠커스는 경악하며 흙먼지 너머를 바라보았다. 그곳에서 자룬타가 투덜거리면서 걸어나오고 있었다.
 "목숨을 걸고 한 방을 노리다니, 그런 방식은 나도 꽤 좋아하지."

 자룬타가 히죽 웃으며 왼팔을 들어보였다. 그의 왼팔은 부러져서 덜렁거리고 있었다. 자룬타는 펠커스의 공격이 작렬하는 순간, 본능적으로 위험을 느끼고 검세를 늦추며 방어했던 것이다.

 우드드득!

 자룬타는 부러진 뼈를 기격으로 맞춰 버렸다. 고통이 상당할 테지만 전혀 아파하는 기색이 없다.

 "으윽……."

 펠커스는 낭패한 기색으로 그를 바라보았다. 무리해서 카운터를 노린 대가는 컸다. 가슴뼈에 금이 갔고, 갈비뼈도 두 대나가 있었다. 게다가 가슴과 등에 길게 베인 상처가 생겨서 출혈량도 상당했다.

 이런 상태로는 도저히 자룬타를 막을 수 없다. 절망한 그의 앞에서 자룬타가 검을 들어 올렸다.

 "즐거웠다! 인간!"

 그의 검이 섬광처럼 내려쳐지고, 그리고…….

 콰아아앙!

 폭음이 울려 퍼지며 새하얀 거구가 날아가 버렸다.

 "어……?"

 순간 그 자리에 정적이 내려앉았다.

 펠커스도, 왕태자도, 그리고 열심히 싸우던 왕궁 수비대원들과 마물들마저도 모두 뒤통수를 맞은 듯한 표정으로 서 있

로드리고의 괴물

었다. 도대체 무슨 일이 일어났단 말인가?

"아슬아슬했군."

약간 어색한 발음의 나샤어가 울려 퍼졌다. 그리고 하늘에서 붉은 코트 자락을 휘날리는 청년이 그들 사이로 내려왔다.

연갈색 머리카락 아래서 청록색 눈동자를 빛내는 청년이 왕태자를 돌아보며 물었다.

"왕태자 전하 맞으십니까?"

"그, 그렇소. 그런데 당신은……?"

"전하께서 안 계시는 동안 왕궁에서 신세지고 있는 몸입니다. 늦지 않아서 다행이군요."

붉은 코트를 입은 청년, 루그는 왕태자를 향해 씩 웃어 보였다.

9

"크워어어어! 어떤 개자식이냐!"

땅에 처박혔던 자룬타가 괴성을 지르며 일어났다. 그런 그를 보며 루그가 눈살을 찌푸렸다.

"이상한 오크로군. 백화증인가?"

피부와 털이 하얗게 변하는 백화증은 인간에게만 나타나는 게 아니라 모든 종에 나타난다. 오크 중에 백화증에 걸린 개체가 있다고 해서 이상한 일은 아니었다.

〈선천적인 게 아니라 후천적인 것 같군. 마법적인 개조를

받는 과정에서 색소가 빠져나간 걸로 보인다.〉

—어떻게 개조를 했길래……. 하긴, 블레이즈 원 놈들 중에 개조 안 받은 놈 찾기가 더 어려울 정도긴 하지.

파밧!

여유있게 서 있는 루그 앞에서 가벼운 충격이 터졌다. 자룬타가 날린 기격을 루그가 받아치면서 생긴 현상이었다.

자룬타가 눈을 크게 떴다.

"네놈도 프라나의 힘을 깨우친 놈인가?"

"오크 주제에 기격이라……. 두 번째로 보는군."

루그는 대답하는 대신 시공 회귀 전의 기억을 되살리며 중얼거렸다.

이전에 기격의 경지에 오른 오크와 싸웠을 때는 목숨을 걸어야 했다. 다른 강체술사들과 합공까지 하면서도 상당한 피해를 내고서야 그놈을 제압할 수 있었다.

자룬타는 그때 겨뤘던 놈보다 더 강해 보인다. 방금 전의 한 수만으로도 알 수 있었다.

"하지만 그래 봤자 오크지."

"버러지 같은 놈! 다시는 두 다리로 대지를 밟을 수 없게 해주마!"

자신을 무시하는 루그의 태도에 자룬타가 분노했다. 그는 기격을 나뭇가지처럼 무수히 뽑아내어 루그를 항해 뻗어내면서 돌격했다.

투우우웅!

자룬타가 혼신의 힘을 다해 내리친 검이 루그의 팔뚝에 가로막혔다. 소용돌이치는 기운을 휘감은 그 팔을 본 자룬타가 경악했다.

"무슨 짓을 한 거냐?"

"저번에 싸워보면서도 느낀 사실인데, 오크들은 너무 단순한 성격 때문에 기격을 손에 넣고서도 물리적인 힘을 발휘하는 데만 정신이 팔려. 그건 너도 마찬가지군."

"뭐라고?"

자룬타가 경악하는 순간, 놀라운 일이 벌어졌다.

파학!

참혹한 파육음이 울려 퍼졌다. 수십 번에 걸쳐 울려야 할 소리가 완벽한 타이밍으로 겹쳐지자 다들 자기도 모르게 몸을 움츠렸다.

"크악!"

"크워어어!"

"케에엑!"

동시에 주변에서 싸우던 블레이즈 원의 조직원들이 일제히 비명을 지르며 쓰러졌다. 그들의 몸에는 하나같이 굵은 창으로 관통한 듯 커다란 상처가 나 있었다.

괴기스럽기까지 한 사태에 자룬타가 놀라서 물었다.

"무, 무슨 짓을 한 거냐?"

"네 기격을 받아서 내 기격과 융합시켜서 네 부하들을 찔러 줬을 뿐이지."

루그는 어깨를 으쓱하며 대답했다. 자룬타의 눈이 찢어져라 크게 떠졌다.

"말도 안 돼! 그런 일이 가능할 리가 없다!"

이 순간만큼은 왕태자의 앞을 지키고 있던 펠커스도 자룬타에게 깊이 공감했다. 그도 기격의 경지에 오른 이였지만 그런 일이 가능하다고는 생각할 수 없었으니까.

하지만 루그는 태연하게 웃고 있었다.

"마음대로 생각해라. 그것 역시 네가 누릴 수 있는 얼마 안 되는 권리 중 하나일 테니까."

"으윽……."

루그가 한 걸음 앞으로 내딛자 자룬타가 주춤했다. 작은 인간이 발하는 위압감 때문에 짓눌려 버릴 것 같은 공포감이 엄습해 왔다.

하지만 곧 그는 정신을 다잡았다. 그는 용맹한 오크의 전사다. 적을 앞에 두고 물러나는 것 따윈 상상할 수도 없다!

"크워어어어어!"

그는 전심전력으로 검을 휘둘렀다. 섬전처럼 뻗어 나간 칼날이 공간을 가르고, 그 너머에 있는 루그의 몸을 두 동강 냈다.

'아니!?'

자룬타의 눈이 경악으로 물들었다. 스스로 해놓고도 믿을 수가 없었다. 그토록 무서워 보였던 인간이 이렇게 어이없게…….

콰직!

미처 환희가 찾아오기도 전에, 둔중한 충격이 육체를 관통했다.

자룬타는 검을 뻗은 자세로 굳어진 채 혼란 가득한 목소리로 말했다.

"어, 어떻게……?"

분명히 베었다. 실체 없는 환상을 벤 것이 아니라, 베는 순간 살과 뼈를 절단할 때의 그 짜릿한 감각까지 느껴졌다.

하지만 루그는 그의 옆으로 돌아가서 옆구리에 주먹을 찔러넣고 있었다.

루그가 속삭였다.

"짧지만 좋은 꿈이었지?"

모든 것이 루그가 기격으로 맛보게 해준 환상이었다. 하지만 자룬타에게는 진실을 깨달을 시간조차 주어지지 않았다.

"이제 죽어라."

화아아아악!

그 직후 자룬타의 내부에서 폭염이 일어나 그 육체를 불태웠다. 압도적인 열기가 강건한 오크의 육체를 일거에 탄화시키고, 폭발의 충격으로 조각조각 부서져서 흩어졌다.

루그가 펠커스를 보며 말했다.

"아직 숨이 붙어 있는 놈들은 쓸모가 있을 겁니다."

루그가 쓰러뜨린 블레이즈 원의 조직원들 중 반수 가량은 아직 숨이 붙어 있었다. 루그가 일부러 포로로 잡기 위해서 살려두었기 때문이다. 이들에게서 정보를 캐내면 블레이즈 원의 존재가 밝혀지고, 이 나라의 귀족들은 경각심을 갖게 되리라.
"아, 알겠소. 도움에 감사하오."
펠커스가 목례했다. 그도 루그의 뜻을 대번에 알아차렸다.
루그는 그에게서 몸을 돌리며 중얼거렸다.
"자, 이제 저걸 막아야 할 차례군."
그의 시선이 닿은 곳에는 용족들의 맹공을 받으며 날뛰고 있는 거대한 얼음 괴수가 있었다.

『폭염의 용제』 제11권에 계속…

秘龍潛虎
비룡잠호

오채지 新무협 판타지 소설

『백가쟁패』, 『혈기수라』의 작가 오채지가 돌아왔다!
그가 선사하는 무림기!

비룡잠호!

야만의 전사 오백으로 일만 마병을 쓰러뜨리고
홀연히 사라진 희대의 잠룡(潛龍).
그가 십 년의 은거를 깨고 강호로 나오다.

"나를 불러낸 건 실수야."

이가 갈리고 치가 떨리는
경험을 만들어주겠다!

Book Publishing CHUNGEORAM
WWW.chungeoram.com

장강삼협 長江三峽

조돈형 新무협 판타지 소설

『궁귀검신』,『마도십병』,『운룡쟁천』의
작가 **조돈형**
그가 장강의 사나이들과 함께 돌아왔다!

굽이쳐 흐르는 거대한 장강의 흐름 속에서
선혈처럼 피어나 유성처럼 지는 사내들의 향취!

장강삼협(長江三峽)!

하늘 아래 누구보다 올곧았던 아버지의 시신을 이끌고
고향으로 돌아온 유대웅을 기다리고 있던 것은
천오백 년의 시공을 뛰어넘은 패왕(霸王)의 무(武)와 검(劍)!

패왕칠검(霸王七劍)과 팔뢰진천(八雷振天)의 무위 아래
천하제일검(天下第一劍)으로 우뚝 설 한 소년의 일대기!

장강의 수류는 대륙을 가로질러
이윽고 역사가 된다!

WWW.chungeoram.com

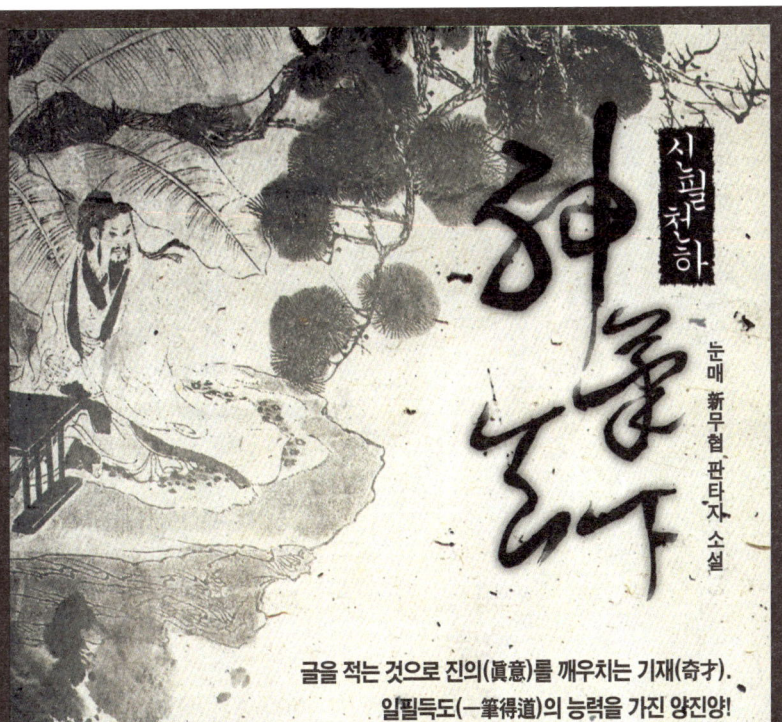

김현석 현대 판타지 소설

전능의 팔찌

THE OMNIPOTENT BRACELET

「신화창조」의 작가 김현석이 그려내는
새로운 판타지 세상이 현대에 도래한다!

삼류대학 수학과 출신, 김현수
낙하산을 타고 국내 굴지의 대기업 천지건설(주)에 입사하다!

상사의 등쌀에 못 견뎌 떠난 산행에서, 대마법사 멀린과의 인연이 이어지고……

어떻게 잡은 직장인데 그만둘 수 있으랴!

전능의 팔찌가 현수를 승승장구의 길로 이끈다!

통쾌함과 즐거움을 버무린 색다른 재미!
지.구.유.일.의 마법사 김현수의 성공신화 창조기!

Book Publishing CHUNGEORAM

유행이 아닌 자유추구 -
WWW.chungeoram.com